全面解读一生不容错过的古典名著

名家解读古典名著·

世情讽喻小说（上）

解读

《金瓶梅》
《红楼梦》
《镜花缘》

侯忠义 主编

辽宁教育出版社

ⓒ侯忠义 2013

图书在版编目（CIP）数据

名家解读古典名著. 世情讽喻小说. 上 / 侯忠义主编. —沈阳：辽宁教育出版社，2013.1
ISBN 978-7-5382-9965-6

Ⅰ.①名… Ⅱ.①侯… Ⅲ.①讽刺小说—小说研究—中国—古代 Ⅳ.①I207.41

中国版本图书馆 CIP 数据核字（2013）第 018452 号

辽宁教育出版社出版、发行
（沈阳市和平区十一纬路 25 号　邮政编码 110003）
沈阳新华印刷厂印刷
开本：710 毫米 × 1010 毫米 1/16　字数：219 千字　印张：13
印数：1—5000 册
2013 年 1 月第 1 版　　　　　　　　2013 年 1 月第 1 次印刷
责任编辑：严中联　　　　　　　　　责任校对：王玉昆
封面设计：谭慧丽　张　瑞　　　　　版式设计：王　萌
ISBN 978-7-5382-9965-6
定价：25.00 元

目 录

解读《金瓶梅》 ………………………………………………… 1

一 《金瓶梅》是一部什么性质的小说 …………………………… 2
二 《金瓶梅》的故事及其意义 …………………………………… 5
三 《金瓶梅》的人物描写 ………………………………………… 26
四 《金瓶梅》在文学史上的地位及其局限 ……………………… 38
五 《金瓶梅》的时代、作者和版本 ……………………………… 44

解读《红楼梦》 ………………………………………………… 53

小引 …………………………………………………………………… 54

一 生于末世运偏消——《红楼梦》产生的时代 ………………… 54
二 倩谁记去作奇传——《红楼梦》的故事、作者和版本 ……… 56
三 字字看来皆是血——《红楼梦》的思想意蕴 ………………… 64
四 堪叹古今情不尽——《红楼梦》人物形象之一 ……………… 78
五 十二花容色最新——《红楼梦》人物形象之二 ……………… 90
六 你方唱罢我登场——《红楼梦》人物形象之三 ……………… 108
七 千古未有之奇文——《红楼梦》的艺术成就 ………………… 113
八 传神文笔足千秋——《红楼梦》的地位、影响和红学研究 … 122

名家解读古典名著
世情讽喻小说(上)

解读《镜花缘》……………………………………………… 131
一 故事的梗概 ……………………………………………… 132
二 思想与艺术 ……………………………………………… 160
三 李汝珍其人 ……………………………………………… 200

名家解读古典名著
世情讽喻小说（上）

解读《金瓶梅》

章培恒　卞建林　著

提起《金瓶梅》，很多人都"认为"它是一本"黄色小说"，在流传过程中曾多次被禁，今天也很难看到其原著。其实在我国小说史上，《金瓶梅》是我国明代著名长篇小说，被誉为"四大奇书"之一，其历史地位和作用是早已被肯定了的。那么，《金瓶梅》到底是一本什么样的书呢？下面就对这一问题作全面、系统的解读。

一 《金瓶梅》是一部什么性质的小说

《金瓶梅》是我国明代著名长篇小说，共一百回。作者为兰陵笑笑生。他从书中三个女性主人公潘金莲、李瓶儿、庞春梅的姓名中各取一个字合成了书名《金瓶梅》。

这部小说主要写了商人兼官僚西门庆的发迹、他的众多妻妾和外室、他的死亡和家族的败落，兼写了当时的朝政、吏治以及市井中的地痞流氓等，反映的社会生活面非常广泛。

但由于书中还有大量关于性的描写，它也经常招致非议和攻击，被诋为"淫书"，在流传过程中曾多次被禁，书商为了逃避禁网，又给它起了《钟情传》《多妻鉴》等名称。

对于《金瓶梅》这部文学名著，历来争议比较多。为弄清这部书的性质，有必要简单回顾一下历来对它的评论；当然，我们只能选择一些有代表性的意见来加以介绍。

《金瓶梅》刚开始流传时，虽然只是在一小部分士大夫的范围内，但马上就引起了强烈反响。明万历二十四年（1596年），著名文学家袁宏道写信给董其昌："《金瓶梅》从何处得来，伏枕略观，云霞满纸，胜于枚生《七发》多矣。后段在何处？抄竟当于何处倒换？幸一的示。"（《袁中郎全集·与董思白书》）这里，袁宏道急于读《金瓶梅》的心情跃然纸上，同时也表现了他对《金瓶梅》的高度赞美。"枚生"是指西汉著名文学家枚乘，他所作的赋《七发》在文学史上有较高地位。袁宏道将《金瓶梅》和《七发》加以比较，显然认为它们之间存在着共通性，因为没有共通性的东西就不存在可比性。但《金瓶梅》和《七发》虽都是文学作品，在形式上却很不一样：前者是小说，后者是词赋；前者是白话，后者是文言。所以，它们的共通性应在内容方面。

《七发》全文共七段，前六段写生活中的种种享受，如音乐、饮食、车马、美女、台榭、狩猎、美丽的自然景色，等等，也可说是描绘人的种种欲望，最后一段则写"天下要言妙道"的伟大作用；总的意思是要说明这些欲望对人无益，只有皈依"要言妙道"才是正确的生活道路。

而据《金瓶梅》卷首欣欣子的《序》，此书虽写了生活中的种种享乐，如"锦衣玉食，何侈费也"等等，但最终却归结为"既其乐矣，然乐极必悲生"，全书宗旨"无非明人伦，戒淫奔，分淑慝，化善恶"；就这一点说，它也是要通过描写人的种种欲望而把人引向作者所认为的正道的。这就与《七发》有了共通之处。所以，袁宏道把《金瓶梅》与《七发》相比，也即意味着他并不认为《金瓶梅》是一部不道德的书，反而将它看作向读者宣示"要言妙道"的作品。不过，袁宏道写这信时还只读了《金瓶梅》的前半部，尚未看到"乐极必悲生"的情节，因此他所谓"云霞满纸，胜于枚生《七发》多矣"，乃是以《金瓶梅》前半部与《七发》前六段相比，也即以这两种作品中写欲望和享乐的部分相比较而得出的结论。"云霞满纸"，是说作品写得像云霞那样的灵动变化、舒展自如而又充满美感，这是一种很高的评价。所以，他在另一著作《觞政》中称《水浒传》和《金瓶梅》为"逸典"，并把它们同六经、《论语》《孟子》《离骚》《史记》《汉书》等排列在一起，十分推崇。

袁宏道的朋友沈德符对此书的看法却与袁宏道完全相反。他在《万历野获编》中说，他有一部《金瓶梅》抄本，因那时《金瓶梅》尚未刊行，是一部不容易得到的书，有人就劝他交给书商刻印成书，但他却拒绝了，认为"此等书必遂有人板行，但一刻则家传户到，坏人心术，他日阎罗究诘始祸，何辞置对？吾岂以刀锥博泥犁哉！""泥犁"，即地狱，"刀锥"指财利。他以为如果刻印了《金瓶梅》，虽可得到一笔钱，但却会遭到阎罗的追究而入地狱。这显然是把《金瓶梅》看作一部严重危害世人的坏书。

袁宏道的弟弟文学家袁中道与著名艺术家董其昌（也就是把《金瓶梅》借给袁宏道的人）的态度则与袁宏道、沈德符都不同。袁中道《游居柿录》载：董其昌曾告诉他："近有一小说，名《金瓶梅》，极佳。"但又说此书有害于人，"决当焚之"；袁中道自己在看了《金瓶梅》后，一面称赞小说"琐碎中有无限烟波，亦非慧人不能"，一面又对它加以批判："此书诲淫，有名教之思者，何必务为新奇以惊愚而蠹俗乎？"但他不同意把此书烧掉，提出了"不必焚，不必崇，听之而已"的主张，因为"焚之亦自有存者，非人力所能消除"。

由此可知，《金瓶梅》一问世，就有完全赞美、完全诋毁和毁誉参半的三种不同态度。到了清代，沈德符的意见占了上风，《金瓶梅》经常作为淫书受到禁毁，反对者既从伦理上加以否定，又以果报之说来加以诋斥。例如徐谦《桂宫梯》卷四引《最乐编》说："李卓吾极赞《西厢》《水浒》《金瓶梅》为天下奇书，不知凿淫窦，开杀机，如酿鸩酒然，酒味愈甘，毒人愈深矣。有聚此等书、看此等书、说此等书、借赁此等书者，罪与造者、买者同科。"这是把《金瓶梅》比作毒酒，因而把作书、看书的人统统骂了一顿；

名家解读古典名著
世情讽喻小说（上）

不过晚明的进步思想家、文学家李卓吾在这里多少受了点儿冤枉，因他实在并未赞美过《金瓶梅》。

徐谦还引述了这样一件事：《金瓶梅》作者负盛名而不第。考官本来对其考卷很欣赏，想不到第二天早上考卷上有点点血痕，原来是"《金瓶梅》发作了"，鼠交其上而污之，作者因淫亵报而被斥落，儿子流为乞丐而死。（《桂宫梯》）这是说写《金瓶梅》的人罪孽深重，理当受到报应。不过，清代人实在连《金瓶梅》作者是谁都不清楚了，他却连作者的儿子都知道，实在难得。

不但《金瓶梅》的作者受到了这样的报应，连有关的书商也不能避免。汪棣香说了这样一件事：苏州、扬州两地都有书商刻印《金瓶梅》。苏州的杨氏因此经常生病，又没有儿子，幸而后来听了朋友劝戒，把《金瓶梅》书版劈而焚之，自此病也不发，儿子也有了，家成业就。扬州的一个书商却不听劝告，最后得病死在外乡，尸腐虫攒，竟不能殓。（清·梁恭辰《劝戒录四编》卷四）在我们今天看来，果报之类自属无稽之谈，但从中颇能反映清代一些人反对《金瓶梅》的态度。

五四运动以后，由于反封建和提倡科学民主，小说得到了重视和研究。对于《金瓶梅》也开始有了新的评价。鲁迅先生1920年开始讲述写印、1923年排印的《中国小说史略》是一项开拓性的工作。在这部著作中，鲁迅先生评论《金瓶梅》说：

"作者之于世情，盖诚极洞达，凡所形容，或条畅，或曲折，或刻露而尽相，或幽伏而含讥，或一时并写两面，使之相形，变幻之情，随在显见，同时说部，无以上之……至谓此书之作，专以写市井间淫夫荡妇，则于本文殊不符，缘西门庆故称世家，为搢绅，不惟交通权贵，即士类亦与周旋，著此一家，即骂尽诸色，盖非独描摹下流言行，加以笔伐而已……故就文辞与意象以观《金瓶梅》，则不外描写世情，尽其情伪，又缘衰世，万事不纲，爱发苦言，每极峻急，然亦时涉隐曲，猥黩者多。后或略其他文，专注此点，因予恶谥，谓之'淫书'；而在当时，实亦时尚。"

著名的文学研究者郑振铎也说：

"《金瓶梅》是一部不名誉的小说；历来读者们都公认它为'秽书'的代表……其实《金瓶梅》岂仅仅为一部'秽书'！如果除净了一切的秽亵的章节，它仍不失为一部第一流的小说，其伟大似更过于《水浒》，《西游》《三国》更不足和它相提并论。在《金瓶梅》里所反映的是一个真实的中国社会。

这社会到了现在,似还不曾成为过去。要在文学里看出中国社会的潜伏的黑暗面来,《金瓶梅》是一部最可靠的研究资料。"(《谈〈金瓶梅词话〉》,载1933年7月《文学》第一卷第一期)

著名历史学家吴晗于1933年写了《金瓶梅的著作时代及其社会背景》,这是一篇很重要的考证文章,但也对小说的内容作了分析、评价,他说:

"《金瓶梅》是一部现实主义作品,所集中描写的是作者所处时代的市井社会的侈靡淫荡的生活。它的细致生动的白描技术和汪洋恣肆的气势,在未有刻本以前,即已为当时的文人学士所叹赏惊诧。但因为作者敢对性生活作无忌惮的大胆的叙述,便使社会上一般假道学先生感觉到逼胁而予以摈斥,甚至怕把它刻板行世会有堕落地狱的危险,但终之不能不佩服它的艺术的成就。"

"《金瓶梅》是一部现实主义小说,它所写的是万历中期的社会情形。它抓住社会的一角,以批判的笔法,揭露当时新兴的勾结官僚势力的商人阶级的丑恶生活。透过西门庆的个人生活,由一个破落户而土豪、乡绅而官僚的逐步发展,通过西门庆的社会联系,告诉了我们当时封建统治阶级的丑恶面貌,和这个阶级的必然没落。"

由此可见,跟清代那些反对《金瓶梅》的人相反,五四运动以后的伟大思想家和严肃的学者对《金瓶梅》给了很高的评价。到了现在,不但国内的大多数研究者都肯定此书在我国文学史上具有重要地位,而且外国的中国文学研究者也对它十分赞扬,它已被译成多种外文(包括英文、法文、日文、俄文等),在国外出版。当然,由于《金瓶梅》作者"敢对于性生活作无忌惮的大胆的叙述",在清代这样的封建社会里多次被禁,也是很自然的。但它之有"淫书"这种恶谥,却正如鲁迅所说,是"略其他文,专注此点"的结果。确实,也有人阅读时较为注意,甚至专门注意有关性描写的内容,把它当淫书来消遣,但这只是阅读态度的不当,不能因此而否定《金瓶梅》的价值。

那么,《金瓶梅》的价值到底何在呢?鲁迅、郑振铎、吴晗对此都已作过正确的原则性的论述,为了求得进一步的理解,让我们较具体地看一看这部书的内容。

二 《金瓶梅》的故事及其意义

《金瓶梅》的故事实际分为两条线索:一条是西门庆的发迹、作恶和死

名家解读古典名著
世情讽喻小说（上）

亡，从中反映当时政治、经济生活的特点；一条是与西门庆有关的若干女性的经历，特别是潘金莲、李瓶儿、庞春梅的命运，从中反映当时妇女的痛苦。在总体上，则都显示出那个社会太黑暗、太可怕。

（一）西门庆的发迹、作恶和死亡

让我们从故事梗概说起。宋徽宗皇帝政和年间，山东清河县有一个破落户财主，名西门庆，二十五六年纪，在县门前开着个生药铺。近来发迹有钱，专在县里管些公事，与人把揽说事过钱，交通官吏，满县人都惧怕他，因此都称他做"西门大官人"了。

他先头浑家早逝，身边只有一女，新近又娶了清河左卫吴千户之女月娘为继室。房中也有四五个丫鬟妇女，还专一飘风戏月，调占良家妇女，娶到家中，稍不中意，就令媒人卖了，一个月他到媒人家里去二十余遍。

有一天，他偶然看到了卖炊饼武大的老婆潘金莲，见她生得美丽，就与她通奸，并毒死了武大。武大的弟弟武松要为哥哥报仇，向县衙门告状。知县受了西门庆的贿赂，不准状词。武松就自己去杀西门庆，没能如愿，却杀了另一个人，因而被发配充军去了。西门庆就把潘金莲娶到家里，做第五房妾。

就在他娶潘金莲为妾前不久，凭着媒婆说合，娶了一个叫孟玉楼的寡妇做第三房妾。孟玉楼的前夫家里很有钱，这些财产就作为嫁妆都给了西门庆。而在娶潘金莲为妾后，他又跟把兄弟花子虚的妻子李瓶儿交好。李瓶儿也把丈夫和自己的很多财产给了他。西门庆就越发富了。

正当他得意之时，他的儿女亲家陈洪却出了事，西门庆的女婿陈经济和女儿西门大姐都到西门庆家来躲避。原来陈洪是权奸杨戬的门下。此时杨戬被参劾倒了，陈洪自然不能免罪，而且把西门庆也牵连上了。他赶快派家人来保拿了五百两银子到当朝宰相蔡京处去打点。蔡京不接见，却由其儿子指点来保去当朝右相、资政殿大学士兼礼部尚书李邦彦处行贿。西门庆本被列入杨戬"亲党"，科道参语甚重，已定问发；那邦彦收了五百两银子，就把案卷上西门庆的名字改成了贾庆；后来因查不到贾庆这个人，事情当然就不了了之。

西门庆见没事了，就又出来走动。其间李瓶儿因丈夫已死，西门庆又因杨戬案件而消声匿迹，不与她来往，她就嫁了医生蒋竹山。西门庆知道后，勃然大怒，指使两个流氓诬赖蒋竹山欠他们的钱，又勾结官府，把蒋竹山关了起来。李瓶儿婚后与蒋竹山感情本就不好，此事一发生，她就认为蒋竹山在外面欠债很多，虽出钱把蒋竹山赎了回来，但接着就与蒋竹山分手了。西门庆便把李瓶儿也娶到家。

这之后，西门庆又与家人来旺的妻子宋蕙莲通奸，并诬陷来旺偷盗，把他发配出去了。宋蕙莲不料西门庆以这样毒辣的手段来对付自己的丈夫，就不再与他来往，心里很痛苦，又受了别人的羞辱，就自杀了。惠莲的父亲宋仁说她女儿死得不明，拦着尸首不容火化。西门庆大怒，即写帖子差人送与正堂李知县，一条绳子拿了宋仁，反问他打网诈财，倚尸图赖。那被宋仁打得两腿棒疮，归家着了重气，害了一场时疫，不上几日，便呜呼哀哉死了。

其时西门庆得知太师蔡京的生日到了，便备了一份重礼，差家人来保和吴典恩送去。蔡太师十分喜欢，因向来保说道："礼物我故收了，累次承你主人费心，无物可伸，如何是好？你主人身上可有甚官役。"来保道："小的主人，一介乡民，有何官役。"太师道："既无官役，昨日朝廷钦赐了我几张空名告身劄付，我安你主人，在你那山东提刑所，做个理刑副千户，顶补千户贺金的员缺。"即时金押了一道空名告身劄付，把西门庆填注上面，列衔金吾卫衣左所副千户、山东等处提刑所理刑，居五品大夫之职。又向来保道："你二人替我进献生辰礼物，多有辛苦。"把来保名字填写山东郓王府，做了一名校尉，吴典恩安在清河县做驿丞。太师府管家翟谦乘机要来保捎信给西门庆，为他在山东讨个"十五六上下"的"好人才女子"送去。来保等把事情干得完备，星夜回清河县报喜。西门庆家中李瓶儿生了一男孩，不满三日，正合家欢喜，乱成一团。现又平白地做了副千户之职，众亲邻朋友都来趋附，送礼庆贺的不断。

一日，东京太师爷府里翟管家寄书与西门庆，除问前次所托之事以外，又嘱他照应新状元蔡一泉。说那蔡一泉是蔡京的干儿子，回家省亲，路经清河，要来看西门庆。过了不久，蔡状元和同榜进士安忱同船来到，西门庆差人远接，管待了一日。到次日，西门庆叫人捧出礼物。蔡状元是金缎一端，领绢二端，合香五百，白银一百两；安进士是色缎一端，领绢一端，合香三百，白金三十两。二人俱谢道："此情此德，何日忘之！倘得寸进，自当图报。"作别而去。接着，西门庆又戈了个十五岁的女孩子，并陪上许多财物，给翟谦送去。翟谦大喜。

那女孩的母亲叫王六儿，只有三十多岁。由此就跟西门庆有了来往。其时扬州城有一员外苗天秀，在旅途被其家人苗青伙同艄子陈三、翁八谋害。

名家解读古典名著
世情讽喻小说(上)

苗青作案后到清河销赃。一日事发,陈三、翁八被获,一一招承。苗青就央王六儿来西门庆处说项。打点了一千两银子,装在四个酒坛内,抬送到西门庆处。西门庆将银两与夏提刑分了,其余节级、原解缉捕处苗青另送了五百两。常言道:火到猪头烂,钱到公事办。苗青便作了漏网之鱼,起身回扬州了。不想此事为巡按山东监察御史曾孝序所知,上本参劾夏提刑和西门庆。西门庆和夏提刑看了邸报,大惊失色,急忙打点礼物,星夜差来保等上东京找翟谦。翟谦便对来保说:"此事不打紧,叫你爹放心。现今巡按也满了。另点新巡按下来了。况他的参本还未到。等他本上时,等我对老爷说了,随他本上参的怎么重,只批了'该部知道'。老爷这里再拿帖儿吩咐兵部余尚书。只把他的本立了案,不覆上去。随他有拨天关本事,也无妨。"

巡按曾孝序见本上去不行,就知道西门庆、夏提刑打点了,心中愤怒。又见蔡太师新近条陈七事,皆损下益上,即上了一道表章。蔡京大怒,奏上天子,说他"大肆倡言,阻挠国事",黜为陕西庆州知州。陕西巡按御史宋盘,就是蔡京亲戚,便阴令宋盘陷害曾孝序,终于将他除名,窜于岭表。

其时蔡状元点了两淮巡盐,和山东新巡按御史宋乔年同船来到。西门庆请至家中。当时轰动了东平府,抬起了清河县,都说:"巡按老爷也认得西门大官人,来他家吃酒来了。"当日西门庆这席酒,连同管待手下跟从,也费了千两金银。又送了重礼给宋御史和蔡御史。宋御史走后,西门庆因知蔡京所上七事中有"更盐钞法"一条,有利可图,就向蔡御史求托,说自己有些盐引(盐引:当时盐是官营的,盐商向政府交纳款项后,由政府发给盐引,再凭盐引将盐支放给他们),乞早些支放。蔡御史笑道:"这个甚么打紧!我比别的商人早掣取你盐一个月。"至掌灯时分,西门庆又招来两个妓女,服侍蔡御史。蔡御史十分感谢,于是与西门庆握手相语,说道:"倘我日后有一步寸进,断不敢有辜盛德。"

不久,因东京蔡太师寿诞已近,各路文武官员进京庆贺送礼的,不计其数。西门庆也赶到东京,拜了蔡太师做干爷,送上二十来杠礼物。计有:大红蟒袍一套,官绿龙袍一套,汉锦二十匹,蜀锦二十匹,火浣布二十匹,西洋布二十匹;其余花素尺头共四十匹,狮蛮玉带一围,金镶奇南香带一围,玉杯、犀杯各十对,赤金攒花爵杯八只,明珠十颗;又梯己黄金二百两。蔡太师看了礼物,心下十分欢喜,对西门庆礼遇特别优厚。

从东京回来,恰值朝廷钦差殿前六黄太尉经过山东,一路供给,皆出于州县,取之于民。州县忧苦,公私困顿,官吏倒悬,民不聊生。宋乔年巡按托人告诉西门庆，要借他家宴请六黄太尉，并送上山东两司八府官员所凑酒资一百零六两。西门庆赶紧增添银子，着意准备。到日，钦差与山东巡抚侯蒙、巡按宋乔年等都来他家，他殷勤接待。自此与宋乔年等关系更为密切。不久，西门庆靠了蔡太师和管家翟谦的力量，转了正千户掌刑。

在这期间，西门庆的买卖也越做越大。到外地去贩运缎匹等货物，都是几千两银子的本钱。因在官面上熟人多，过关查验征税时，不但免予查验，优先放行，而且把贵重货物当低价物品来抽税，所以他赚的钱越来越多，赚了钱来，再进一步应酬官场。到得后来，巡按宋乔年跟他成了知己，地方的文、武官员反而来走西门庆的门路，要他在巡按面前保举他们了。

然而，正在他做官和做生意都十分红火之际，却因色欲过度，得病而死。死后不久，他的家庭也逐渐败落了。

从以上的故事梗概中，我们首先会感到西门庆是个作恶多端的人。别的不说，单是他手里的人命就有几条：武大、宋惠莲、宋仁。然而，他不但没有遭到惩罚，反而生活得越来越阔气、越来越舒服。

为什么会这样呢？官府在保护他。小至县令、大到宰相，都站在他这一边。当他害了第一条人命——毒死了武大时，武松曾经乞求知县为武大伸冤。但知县受了西门庆的贿赂，不予受理。武松气愤难平，要寻西门庆厮打。当时西门庆正在酒楼上与一个皂隶李外传喝酒，望见武松，赶快逃走；武松问李外传："西门庆哪里去了？"李外传吓得说不出话来，武松一时性起，就把他打死了。为此，西门庆又送了知县和上下吏典许多钱，让他们务必把武松判成死罪。知县果然将武松严刑拷打，不准他在口供中提及西门庆毒杀武大的事，并拟了个绞罪。但把武松解到上司衙门——东平府署复审时，府尹陈文昭却是个"清廉的官"，要清河县把西门庆与潘金莲、三婆一起提去重审。西门庆不敢向陈文昭行贿，就托人走了提督杨戬的门路，杨戬又托了太师蔡京，蔡京就给陈文昭写信，要他免提西门庆与潘金莲。陈文昭"系蔡太师门生，又见杨提督乃是朝廷面前说得舌的官"（第十回），就不再追究西门庆毒死武大的事了，但他总算"清廉"，把武松的死罪改成了充军。这就清楚地说明，他的作恶是受到了多少官府的保护！纵有个别官吏曾想伸张正义，但在这样的形势下却也无可奈何。

是不是陈文昭骨头不够硬呢？那么再看一个骨头比陈文昭硬、地位也比东平府尹重要的官——山东巡按曾孝序。如前所述，曾孝序由于当时已荣任提刑副千户的西门庆接受贿赂，包庇杀人犯苗青，上章弹劾，但在蔡京的把

名家解读古典名著
世情讽喻小说（上）

持下，西门庆与苗青全都没事，曾孝序却不肯像陈文昭那样适可而止，继续跟蔡京对着干，结果就落得自己完蛋。

所以，这本来是西门庆之类的人物得以肆意作恶、官吏得以肆意受贿、良善的人们则只能遭受蹂躏和迫害的时代！

正因为那是一个黑白颠倒的社会，所以西门庆这样的奸恶小人只凭着向蔡京行贿，就可以突然做到提刑副千户，而且越做越得意，在地方上成了举足轻重的人物，一些官位比他高的人反而要走他的门路了。

那么，是否古代的封建社会全都是如此的呢？倒也并非这样。《金瓶梅》产生于明代后期（这一点我们在下面还要作进一步的介绍），书中虽写的是宋代的故事，但却处处用明的制度。例如，西门庆因陈文昭要提审自己，"……下书与杨提督，提督转央内阁蔡太师"（第十回），这"内阁"就是明朝的官制。又如书中一再写到巡按，那曾孝序就是"巡按御史"（第四十八回），又被称为"巡按山东察院"（第四十七回），后来跟西门庆很要好的宋乔年也是山东巡按。这种巡按御史也是明朝设置的。明朝中央政府的监察机构为都察院，共有监察御史一百一十人，其中有一些算是代表皇帝到地方上去巡察的，称为巡按，因其本职为监察御史，所以又称为巡按御史；对一般的省份，每省只派出一名巡按，所以也往往将其与所派省份合称为"山东巡按""浙江巡按"等，又因其本属于都察院，故又有了"巡按山东察院"之类的称呼。这类巡按御史虽然官位只有七品，跟知县同级，但管的面很宽，最厉害的是：这个省的大小官员都得由他考评，他的评语对那官员的升、降关系很大；同时，对省里的每一个官他都可以上奏章弹劾，有些事情并可直接处理，所谓"大事奏裁，小事立断"（《明史·职官制》）。此外，书中提到山东巡抚侯蒙，"巡抚"也是明朝的官；又一再述及在清河、临清等地看守"皇庄""皇木""砖厂"的太监，派太监到地方上来管这种事，也是明朝才有的。作者之所以这样做，显然是向读者暗示：他所写的实在是明代的情况。书中的这些怪现象，也只有放到明代的社会环境中才能得到合理的解释。

明代在政治上的一个明显特点，就是专制独裁的加强。权力全都集中在皇帝一人手里，而没有任何抑制的力量。在这以前，尽管最后仍是皇帝作决定，但根据当时体制，皇帝在作决定前还应倾听大臣们的意见，给予相应重视。即使是秦始皇的下令焚书，也是因有人主张"师古"，秦始皇将此征求丞相李斯意见，李斯反对，并提出了焚书的反建议，再经秦始皇批准，作为命令颁布的；在李斯提出意见之前，秦始皇并没有正式表过态。换言之，他对丞相的意见相当尊重。而在明代开国皇帝朱元璋即位后，除了对功臣、文人大肆杀戮以建立其绝对权威以外，又废去宰相，设立内阁。用现代的话来说，内阁就是皇帝的秘书班子，内阁中最负责的一位，当时称为首辅，也即秘书长。因军政大事最后要集中到内阁，阁员在正常情况下又能常和皇帝接触，人们在习惯上就把内阁视为宰相之职，其实远非如此。进入内阁的为"大学士"，而大学士只是正五品的官，地方上的知府却是正四品，比大学士还高一品。其所以要把内阁的地位压得这么低，就是不让这些大学士像以前的宰相那样地在政治上发挥重要作用，分皇帝的权，因而皇帝可以毫无顾忌地为所欲为。不但如此，明代还有"廷杖"制度，即使是有相当地位的官员，皇帝也可以命人在金殿上打他们的屁股，这也是以前所没有的事。总之，皇帝的权力达到了前所未有的高峰，专制独裁空前加强，其结果却是政治更加腐败，因为天下事决定于一个人，那就必须这个人确实非常英明、非常负责，才能勉强应付。但这种人本来就极少，在皇位世袭的制度下，做皇帝的又绝大部分是不了解社会情况，甚至只会吃喝玩乐的人。因而，有些比较负责的，遇事都自己拿主意，其主意却十有八九是错的，结果仍然把事搞糟，崇祯皇帝就是这样的典型；不负责任的，便只管自己玩乐（我们把求仙、打醮之类的事也包括在"玩乐"之内）。把国家大事交给一两个他所喜欢的人，任凭他们把政治搞得一塌糊涂，嘉靖皇帝、天启皇帝等都是如此。书中的徽宗皇帝也属于这种类型。有人说作者所写的徽宗实际是指嘉靖，蔡京父子则是指嘉靖时的权相严嵩及其儿子严世蕃，这话虽然说得绝对化了一些，但说在书中的徽宗皇帝身上反映了嘉靖皇帝的某些特点，却不能算错，例如两个人都迷信道教，都把很多重要事情交别人处理而自己不管，等等。

总之，明代是一个由于独裁加强而政治更加黑暗、腐败的时代。也只有在这样的时代里，才会出现像西门庆那样毫无功名的人却可以靠着送礼而突然被任命为提刑副千户的怪事。

不过，这一切又并不只是政治黑暗的产物，而另有其更深刻的社会原因。

明朝后期，商业已经相当发达。即以《金瓶梅》中所写清河来看，就有相当多的人以经商为业，例如，西门庆的父亲西门达曾经至"甘州贩绒"，和扬州开客店的"马头经纪"王伯儒的父亲是好朋友。西门庆的结拜兄弟应伯爵的父亲是开绸绢铺的。孟玉楼的前夫开着个"一日常有二三十染工吃饭"的染布作坊，自己又出外贩布，她过世公公的铺子的营业额"一日不算银子，搭钱两大簸箩"，这样颇近于加工半成品然后自产自销。陈经济续娶的妻子家

名家解读古典名著
世情讽喻小说(上)

里是开缎铺的，应伯爵的哥哥开绸绢铺，王六儿丈夫韩道国的许多朋友是开纸铺、银铺的。孟玉楼的兄弟荆州买纸、川广贩蜡，一次出去就是五六年，外地的客人贩货经过清河一带的也很多，书中写及的就有川广客人（第十六回）、杭州丁二官人（第二十回）、湖州何官人（第三十三回），等等。小说中还特别描写到清河"诸行货殖如山"（第七十九回）。足见其商业的繁荣。与此相反，在书中的重要人物里，除李瓶儿丈夫花子虚有田庄外，其余人则都看不出其与土地有联系；西门庆虽买过土地，但并非用于耕种。这又可见当时已有相当一部分人并非以农业为生。换言之，农业在社会经济生活中的地位较之以前已有所降低。目前史学界有不少学者根据可靠的经济史料，认为明代后期已有资本主义萌芽；《金瓶梅》反映的上述情况，跟史学界的这种看法是一致的。

资本主义萌芽的产生意味着市民力量的增长与工商业的发展。伴随着工商业发展而来的是物质生活的提高、享乐的滋长，对某些人来说，就是生活的进一步奢侈化。例如，《金瓶梅》第十一回写西门庆在李桂姐的妓院里喝酒的情景说："琉璃钟，琥珀浓，小槽酒滴珍珠红。烹龙炮凤玉脂泣，罗帏绣幕围香风。"这并不完全是夸大。三十七回写西门庆初见王六儿时，她"上穿着紫绫袄儿，玄色段红比甲；玉色裙子下边，显着跷跷的两只脚儿，穿着老鸦段子羊皮金云头鞋儿。"当时的王六儿只是西门庆铺子里一个伙计的妻子，尚且穿绫罗缎子，则一个普通妓院里有"罗帏绣幕""琉璃钟"也并非怪事。但如果不是工商业的发展，一个商店伙计的妻子和一家普通的妓院，绝不可能是这种样子。

对封建统治阶级来说，这是一种可怕的腐蚀剂。上面提到过西门庆招待宋巡按和蔡御史吃饭，晚间又以两个妓女来侍候蔡御史，仅此一事，即可略窥一斑。书里对此是这样写的：

……只见两个唱的，盛妆打扮，立于阶下，向前花枝招飐磕头……蔡御史看见，欲进不能，欲退不可。便说道："四泉（西门庆的号——引者），你如何这等爱厚，恐使不得！"西门庆笑道："与昔日东山之游，又何别乎？"蔡御史道："恐我不如安石之才，而君有右军之高致矣。"于是月下与二妓携手，不啻恍若刘、阮之入天台……于是与西门庆握手相语，说道："贤公盛情盛德，此心悬悬。若非斯文骨肉，何以至此？"（第四十九回）

在这些文字里，蔡御史看到这两个妓女时的惊喜交集以及由此引发的对西门庆感恩戴德的心情，跃然纸上。顺便说一下，这两个妓女既是"盛妆"，比王六儿的那种衣饰自更华美得多，那就难怪蔡御史要眼花缭乱、"恍若刘、阮之入天台"了。

单这一个例子，就可看出此类生活对封建统治阶级具有多么大的吸引力。但封建统治阶级是依附于土地的，当时的农业收入远不足以使封建统治阶级普遍过上这种生活。明代的官员俸禄都很低，那倒并不完全是皇帝吝啬，而是政府征来的税收（主要是农业税收）支付不起高的俸禄。在这样的情况下，官员们的正常收入与他们对奢侈生活的向往之间就产生了尖锐的矛盾。上面提及的蔡御史，在受妓女服侍后，第二天早晨给了一个妓女一两银子，西门庆在背地里嘲笑说："文职的营生，他哪里有大钱与你？这个就是上上签了。"（同上）就正是这种矛盾的反映。但有钱的上层市民却根本不存在这样的问题，以《金瓶梅》来看，蔡御史为之受宠若惊的一幕，早就成了西门庆日常生活的组成部分。

封建统治阶级为了解决这个矛盾，唯一的办法是贪赃枉法。明代政治之所以特别腐败，其政治原因是独裁的加强，其经济原因则在于此。而贪赃枉法的重要内容之一，便是与上层市民相勾结。勾结的目的，是从他们那里得到钱财；给予上层市民的报酬，则是保护他们为非作歹，利用权力使他们得到经济上的好处，甚至出让某些政治上的利益。

西门庆就是上层市民中与封建统治阶级相勾结的代表人物。

《金瓶梅》中对西门庆的出身是这样介绍的：原是清河县一个破落户财主，就县门前开着个生药铺。从小儿也是个好浮浪子弟，使得些好拳棒，又会赌博，双陆象棋，抹牌道字，无不通晓。近来发迹有钱，专在县里管些公事，与人把揽说事过钱，交通官吏，因此满县人都惧怕他。

对这段文字要稍作解释。由于他父亲就是经商的（第二十五回），所谓"破落户财主"，当是因经商而成为"财主"，后又破落。在交代他"开着个生药铺"后，接着又说他"近来发迹有钱"，而并未另外说明其"发迹有钱"的原因，则其致富所依靠的自是其生药铺。在"近来发迹有钱"之后再说"专在县里管些公事"等等，则是因"发迹有钱"以后社会地位提高，有了做这些事的资格，所以就干起以前并未干过的这些事来，显然并非因干了这些事才导致了"发迹有钱"的结果。所谓"说事过钱"，是说有人要向官吏求情行贿，他居间说合，并代行贿者把钱交给官吏。在做这类事时，有人会从中捞点好处，如从行贿者那里拿一百两银子，交给受贿者八十两；但也有人为了从其他方面得到好处而不这么干。书中既未说西门庆借此渔利，我们就只能认为他属于后一类。因此，西门庆在书里一出现，就是一个靠经商致富、又利用财力来勾结官吏的上层市民。

他虽然交通官吏，但在他做官以前，并未看到他靠此来谋夺别人的财产。唯一可以与此挂起钩来的是两件事：一件是给花子虚的官司说情而得了李瓶儿三千两银子，但那是因李瓶儿已与他有了私情，本来就要把钱财转移到他那里去，不过以此为借口罢了。另一件是他依靠官府的势力把蒋竹山关起来，以致李瓶儿与蒋竹山离婚，重又嫁给了他，因而得到了李瓶儿的一大笔钱。但他在害蒋竹山时并不知道李瓶儿一定会再嫁给他，也不知李瓶儿还有一大笔钱，所以这都不能算是依靠官势谋夺别人财产。总之，在他做官以前，增加财富的主要途径仍是经商；虽然也有一些其他财源，如孟玉楼的陪嫁、李瓶儿的陪嫁等，但对一般市民来说，这也并非反常的现象。

做了官以后，他虽然也贪赃枉法，但书里所写到的，就是苗青一案，他得了五百两银子，其他并未看到他捞多少钱。赔钱的事却不少。例如山东官员在他家里宴请六黄太尉、宋巡按在他家里为巡抚钱行、宴请蔡九知府等，那都是要赔很多钱的。

那么，他是靠什么来维持其豪华生活而且还变得越来越有钱的呢？仍然靠经商。他在原先的生药铺外，又陆续开了当铺、绒线铺、缎铺等，又常派伙计到扬州、松江、杭州等地去贩货，如在杭州就曾购进一万两银子的缎绢货物，六千两银子的绸、布等。他是靠着生意越做越大，才能越来越富的。至于他在官场上混，实在并无直接的经济好处，只是官面上结识的人越多，生意越好做而已。如第六十回写西门庆开缎铺，从南京来了一大批货，过关时需要交税，西门庆就给有关官吏送了些礼物，要他在"船货过税"时"青目一二"，这事就顺利地解决了。

总之，西门庆虽然也做了官，但就其经济来源说，主要仍是个大商人。他做官这件事本身，就是上层市民与封建统治阶级相勾结的一个出色的例子。他愿意赔很多钱来从事这种勾结，意味着市民阶层的力量还不够强大，因而不得不仰封建统治阶级的鼻息；封建统治阶级愿意与他们勾结，甚至愿意给他们做官，则因他们已有了相当的经济实力，在这种勾结中有利可图。西门庆在想拜蔡京做干爹时，跟蔡京主管翟谦有一段对话，就很说明问题：

酒过两巡，西门庆便对翟谦道："学生此来，单为老太师庆寿，聊备些微礼，孝顺太师，想不见却。只是学生向有相攀的心，欲求亲家预先禀过，但拜太师门下做个干生子，也不枉了一生一世。不知可以启口带携的学生么?"翟谦道:"这个有何难哉!我们主人虽是朝廷大臣,却也极好奉承。今日见了这般盛礼,自然还要升选官爵,不惟拜做干子,定然允哩。"西门庆听说,不胜之喜。(第五十五回)

所以,西门庆这样的人物的出现,既是由于强化了的独裁政治所导致的空前的腐败,也是由于经济上资本主义萌芽的形成以及由此导致的政治情况的变化。

(二) 书中的女性形象

西门庆是一条色狼,他跟许多女子发生过性关系。在他发迹、作恶和死亡的过程中,牵涉到许多女子的命运。她们的经历也就成了小说的重要组成部分,包含了很多值得深思的内容。但为了节省篇幅,只能说一说潘金莲、李瓶儿、庞春梅这三个主要人物的事情。

在书中,作者着力描写的第一件事,就是潘金莲与西门庆的关系。潘金莲的父亲是个裁缝。她从小学做针线活,并往余秀才家上了三年女学,聪明伶俐,写过字仿,认得诗词歌赋唱本上的字。七岁时父亲死了,由于家里贫穷,九岁就被卖到了王招宣府,习学弹唱,学会了描眉画眼,做张做势,弹得一手好琵琶。王招宣死后,以三十两银子转卖与张大户家,做房中使女。长成一十八岁,出落得十分美丽。一日,主家婆不在,已经六十多岁的张大户把金莲收用了。后主家婆颇知其事,甚是苦打金莲。大户知主家婆不容,遂倒陪房奁,白白嫁与卖炊饼武大为妻。那武大长不满三尺,三分似人,七分似鬼,人称三寸丁,谷树皮。浮浪子弟们见了这一对夫妻,都嚷道:"这好一块羊肉,如何落在狗口里!"张大户把金莲嫁给武大后,遇见无人,便踅入房中与金莲私会,武大虽一时撞见,亦不敢声言。

金莲自嫁武大,见他一味老实,人物猥獕,甚是憎嫌,只是抱怨叫苦。因见武大胞弟武松人物壮健,便起了留恋之心,武松却是个硬心汉子,一顿抢白,"我武二眼里认的是嫂嫂,拳头却不认的是嫂嫂",使金莲十分羞惭。后来无意中撞见了西门庆,对他颇有好感。在邻居王婆的牵线撮合下,两人就常在王婆处玩耍取乐,武大听到风声,前来捉奸,被西门庆一脚踢中武大心窝。其后三人又一起计议,用砒霜结果了武大性命。

武大死后,家中无人,西门庆和金莲两人停眠整宿,肆意恣情。但过了不多久,西门庆新娶了孟玉楼做三房,两人燕尔新婚,如胶似漆,因此把金莲冷落了。潘金莲十分痛苦。又过了些时候,西门庆才把金莲娶到家中。做

名家解读古典名著
世情讽喻小说（上）

了第五房，把原大娘子房中使的丫头春梅拨给了金莲。春梅长得也相当漂亮，西门庆又看上了她，便向潘金莲示意，要把春梅占有。潘金莲同意了。自此潘金莲对她就一力抬举，不令她上锅抹灶，只叫她在房中铺床叠被，递茶水，衣服首饰拣心爱的与她，缠的两只脚小小的。

虽然金莲为了讨好西门庆，屈身忍辱，床帏之事也尽量迎合，又让西门庆收用了春梅，怎奈他喜新厌旧，很快又恋上了妓院中的李桂姐，约半月不曾来家。潘金莲无一日不走在大门首倚门而望。到晚来睡不着，就在花园闲走。等到西门庆生日将近，吴月娘又使小厮拿马去接。潘金莲暗暗修了一柬帖，上写词一首，名《落梅风》："黄昏想，白日思，盼杀人多情不至。因他为他憔悴死，可怜也绣衾独自。灯将残，人睡也，空留得半窗明月。孤眠心硬浑似铁，这凄凉怎挨今夜？"那桂姐知道，顿时恼了，西门庆就把帖子扯得稀烂，对小厮大发脾气。潘金莲难耐寂寞，就与孟玉楼带来的小厮琴童有了私情。

后来有人将此事向西门庆告密，西门庆大怒，将琴童打得皮开肉绽，鲜血顺腿淋漓，赶出去了。到得潘金莲房内，兜脸就是一个耳刮子，取了一根马鞭子在手，喝令："淫妇脱了衣裳跪着！"潘金莲只好照办。被西门庆狠狠打了一鞭，她极口讨饶和辩白。幸得春梅帮她撇清，使西门庆认为并无此事，西门庆这才教她起来穿好衣服。潘金莲经这场羞辱后，对西门庆百般殷勤服侍，屈身忍辱，无所不至。

西门庆跟李桂姐好上以后不久，又看上了把兄弟花子虚的老婆李瓶儿。花家就在西门庆家隔壁。有一天，花家使小厮拿帖子请西门庆至妓院吃酒。西门庆径到花家，想与他同行，不料花子虚不在，却见到了花子虚浑家李瓶儿。

李瓶儿原是大名府梁中书的妾。梁中书全家老小被梁山英雄李逵所杀，这李瓶儿带了一百颗西洋大珠，二两一对鸦青宝石，逃出大名府。后嫁与花太监侄男花子虚，带了好大一份财产。这西门庆留心已久。当时见她生得很美，不觉魂飞天外。李瓶儿便请西门庆劝花子虚在妓院少玩一会儿，早些回家。西门庆满口答应，到时却把花子虚灌得酩酊大醉，然后相伴他回家。他又在李瓶儿处买好，说若不是他苦劝，花子虚还要到别的妓院去。李瓶儿很感谢，就对他说："往后大官人但遇他在妓院中，好歹看奴薄面，劝他早早回家，奴恩有重报，不敢有忘。"西门庆满脸堆笑道："嫂子说哪里话！我一定苦谏哥哥，嫂子放心！"

自此西门庆就设计图谋这妇人，屡屡叫他的狐朋狗友把花子虚拉到妓院里饮酒过夜。他自己则常在花家门口来回走动，显示出对李瓶儿的爱慕之意。李瓶儿本因花子虚老是在妓院胡闹，"气了一身病痛在这里"，经此一来，对花子虚更增恶感，而对西门庆情意渐浓，终于有了私情。西门庆便用梯凳扒过墙来相会。

一日，李瓶儿使小厮请西门庆说话。原来是花子虚的本家因与花子虚争财产，在官府递了状子，因而把花子虚抓去了。李瓶儿搬出三千两银子来，教西门庆收去，寻人情上下使用。西门庆道："只消一半足矣，何消用得许多！"李瓶儿说："多的大官人收去。"而且把藏有值钱物品的四口描金箱柜，也叫西门庆收去。西门庆求了他亲戚的一封信，把花子虚放了出来，那些钱财就都归了他了。

花子虚打了一场官司出来，见三千两银子没了，要李瓶儿去找西门庆，把多余的银子要回来，反被李瓶儿骂了四五日。依着西门庆，想还花子虚几百两银子，李瓶儿不肯，暗地使人来对西门庆说："开送了一篇花账与他，只说银子上下打点都使没了。"花子虚气得发昏，不久就害了重病。初时李瓶儿还请医生来看；后来怕使钱，只挨着，挨到三十头，花子虚断气身亡。李瓶儿虽是守灵，但一心只想着西门庆，又把剩下的四十斤沉香和白蜡、水银等物给了西门庆，让他卖了银子盖房子用。

正当西门庆准备迎娶李瓶儿时，他的亲家出了事，他也牵进去了，急得他如热地蚰蜒一般，把娶李瓶儿的事丢在九霄云外去了。李瓶儿朝思暮盼，音信全无，每日茶饭顿减，精神恍惚，渐渐形容黄瘦，饮食不进，卧床不起，因此请医生蒋竹山来看病。蒋竹山对李瓶儿说了西门庆的许多坏话。李瓶儿以为西门庆已经出事，又见蒋竹山语言活动，一团谦恭，就嫁了蒋竹山，且凑了三百两银子，与蒋竹山开了个大生药铺。但因婚后在性生活上不如意，又中了西门庆陷害蒋竹山的计，她终于与他分手，想再嫁西门庆。西门庆把她娶进门来，却折辱了她一番，并用鞭子抽打她，要她脱光了衣服跪在地上。等到李瓶儿求饶，他才把李瓶儿拉起来，两人喝酒。原来李瓶儿还有许多贵重物品，包括从梁中书家里带出来的一百颗西洋大珠。到了次日，她便把这些都拿出来给西门庆看。自此，西门庆和李瓶儿便十分恩爱。后来，李瓶儿又怀了孕，西门庆对她更是另眼相看了。

在李瓶儿嫁过来以前，在西门庆的妻妾中最得宠的是潘金莲。李瓶儿嫁过来后，潘金莲感到自己受了威胁，对李瓶儿越来越忌恨，背地里挑唆李瓶

名家解读古典名著
世情讽喻小说(上)

儿和吴月娘。其间因西门庆宠爱来旺的妻子宋蕙莲,潘金莲曾一度把攻击的矛头指向宋蕙莲,撺掇西门庆把来旺发配,终于迫得宋蕙莲自杀。宋蕙莲死后不久,李瓶儿为西门庆生了个儿子,西门庆又恰在此时被任命为理刑所副千户,因而对这个儿子特别喜爱。李瓶儿的地位就明显在潘金莲之上了。潘金莲就更加愤恨不平。特别是看到西门庆把还在襁褓中的儿子官哥儿与当地乔大户的女儿结了亲,李瓶儿在席间披红簪花递酒,她心中怒恼已极,暗暗咒骂道:"多大的孩子,一个怀抱的尿泡种子,平白子扳亲家,有钱没处施展的。争破卧单没的盖,狗咬尿泡空欢喜!如今做湿亲家还好,到明日休要做了干亲家才难。"就在这次筵宴的第二天早晨,潘金莲以她房中的一个丫头秋菊昨晚没有及时给她开门为借口,命她顶着大块柱石,跪在院里。跪到她梳好了头,她又命小厮扯去了秋菊底衣。潘金莲一面用大板子打着她,一面骂道:"贼奴才淫妇!你从几时就恁大来?别人兴你,我却不兴你!姐姐,你知我见的,将就脓着些儿罢了。平白撑着头儿,逞什么强?姐姐,你休要倚着。我到明日,洗着两个眼儿看着你哩!"打得秋菊杀猪似的叫。李瓶儿那边才起来,正看着奶子奶官哥儿,让他睡着了,却又被吓醒了。她听见金莲骂丫头的言语都是针对自己的,却一声不响,吓得只把官哥儿耳朵握着。又使丫头去请潘金莲不要再打秋菊了,因为官哥儿刚睡着。潘金莲听了,越发打得秋菊狠了,骂道:"贼奴才!你身上打着一万把刀子,这等叫饶?我是恁性儿,你越叫我越打!莫不为你拉断了路行人?人家打头,也来看着。你好姐姐,对汉子说,把我别变了罢!"李瓶儿听后,把两只手气得冰冷,忍气吞声,敢怒而不敢言。早晨茶水也没吃,搂着官哥儿在炕上就睡着了。这潘金莲因见李瓶儿从有了官哥儿,西门庆对她百依百随,便想把官哥儿害死。她知道官哥儿平昔怕猫,就在自己房中驯养一猫,十分肥壮,平时用红绢裹肉,令猫扑食。有一次官哥害病,连日吃药,略觉好些,在炕上穿着红衫儿一动动的顽耍,那猫见了,只当平日哄喂他肉食一般,猛然望下一跳,扑在官哥儿身上,把身子都抓破了。只听那官哥儿呱的一声,倒咽了一口气,就不言语了,手脚俱被风搐起来。虽延医诊治,拖了几日,断气身亡。那李瓶儿哭得死去活来,恨不得也跟着一起去。

那潘金莲见孩子没了,每日抖擞精神,百般称快,指着丫头骂道:"贼淫妇!我只说你日头常晌午,却怎的今日也有错了的时节?你斑鸠跌了弹也,嘴答谷了!春凳折了靠背儿,没的倚了!王婆子卖了磨,推不的了!老鸨子死了粉头,没指望了!却怎的也和我一般?"李瓶儿这边屋里,分明听见,不敢声言，背地里只是掉泪。着了这暗气暗恼，又加之烦恼忧戚，渐渐心神恍乱，梦魂颠倒儿，每日茶饭都减少了。

这李瓶儿一者思念孩儿，二者着了重气，把旧时病症又发起来，照旧下边经水淋漓不止。请医来看，讨将药来，吃下去如水浇石一般，越吃药越旺，只消半月之间，渐渐容颜顿减，肌肤消瘦，只剩下一口游气儿，没多久，就亡故了。

李瓶儿死了以后，潘金莲专宠，但西门庆仍常在外拈花惹草，所以她仍感到不满足。有一天，西门庆在外边与情妇欢会回来，人已懒得动弹，潘金莲却给他吃了过量烈性春药，终致西门庆髓竭人亡。

西门庆在时，潘金莲与西门庆女婿陈经济就犯嘴嘲戏，甚至动手动脚，搅在一起，西门庆死后，他们更是无所忌惮，经常偷情。有一次被春梅撞见，潘金莲求她不要说出去，她回答道："好娘，说哪里话！奴服侍娘这几年，岂不知娘心腹，肯对人说！"但潘金莲却一定要她也跟陈经济相好，说是"你若不肯，只是不可怜见俺每（们）了。"春梅无奈，只得同意。从此三人就常在一起。

后来吴月娘得知风声，将内外隔绝得紧了，潘金莲约有一个多月不能与陈经济相会。"金莲每日难挨绣帏孤枕，怎禁画阁凄凉？未免害些木边之目，田下之心，脂粉懒匀，茶饭顿减，带围宽腿（褪），恹恹瘦损。每日只是思睡，扶头不起。"春梅就自告奋勇，向潘金莲说："娘，你放心，不妨事。塌了天，还有四个大汉扶着哩……我好歹叫了姐夫，和娘会一面。"这样，两人才又欢会了一次。最后，吴月娘肯定两人确有私情，就叫媒人来把春梅卖了，并且说，只许春梅空着身子出去，不准带衣裳。潘金莲听后，半日说不出话来，不觉满眼落泪。春梅却一点眼泪也没有，对潘金莲说："娘，你哭怎的？奴去了你耐心儿过，休要思虑坏了。你思虑出病来，没人知你疼热的。等奴出去，不与衣裳也罢。自古好男不吃分时饭，好女不穿嫁时衣！"金莲送春梅走后，"归进房中，往常有春梅娘儿两个相亲相热，说知心话儿。今日她去了，丢得屋里冷冷落落，甚是孤恓，不觉放声大哭。"

接着，吴月娘又要王婆把潘金莲也领出去卖了。那时春梅已卖在周守备府里，很得周守备宠爱，做了二房。听得潘金莲的消息，她就哭哭啼啼地对周守备说："俺娘儿两个在一处厮守这几年，她大气儿不曾呵着我，把我当亲女儿一般看承。自知拆散开了，不想今日她也出来了！你若肯娶将她来，俺娘儿俩还在一处过好日子。"又说了潘金莲许多好处，并说："她若来，奴

名家解读古典名著
世情讽喻小说（上）

情愿做第三的也罢。"周守备便派人到王婆处去说。不料王婆以为潘金莲奇货可居，定要一百两银子。周守备派去的人出到八十两，王婆还不肯。春梅得知后，就要求周守备再加点银子，为此每日只是哭泣。周守备已决定出一百两银子了，但尚未最后定局。正在此时，武松从发配之处回来，把潘金莲和王婆都杀了。春梅得知潘金莲被杀的消息，整哭了两三日，茶饭都不吃。自己拿出钱来，买了棺木，把她葬埋了。到了清明节，前去上坟。拜了四拜，说道："我的娘，早知你死在仇人之手，奴随问怎的，也娶来府中，和奴做一处。还是奴耽误了你，悔已是迟了。"说毕，放声大哭。

过了些时，春梅生了个儿子，周守备的正室夫人又死了，就把她扶了正。对她百依百顺。恰值吴月娘受到一个小官巡检的勒索，派人来求春梅帮助。春梅要守备给吴月娘解决了问题。自此两家交往不绝。到西门庆去世三周年时，春梅派人去送礼，月娘就把春梅接到家中。春梅到潘金莲旧日住的房间去看了看，见只剩下两个橱柜，床也没了。就问："俺娘那张床往哪去了？怎的不见？"月娘回答说，孟玉楼嫁过来时有一张床，给了西门大姐；西门庆死后，孟玉楼嫁人，就把潘金莲睡的床拿走了。春梅又问："西门大姐的那张床呢？"月娘说："那床没钱使，只卖了八两银子。"春梅听言，点了头儿。那星眼中，不由得酸酸的，口内不言，心下暗道："想着俺娘那咱争强不服弱的，问爹要买了这张床。我实承望要回了这张床去，也做她老人家一念儿！不想又与了人去了！"不由得心下惨切。

这次旧地重游，增加了她对往事的怀念，对旧日情人陈经济就更为忆恋。原来，吴月娘在卖掉潘金莲与春梅时，把陈经济也赶了出来。陈经济终于流落为道士。在这之前不久，陈经济犯了事，被捉到守备官署受刑。恰被春梅所知，她就跟周守备说陈经济是自己姑表兄弟，要周守备把他放了。她所以不把陈经济留下来，是因为原先西门庆的第四房妾孙雪娥也被卖到了守备府，春梅恐怕孙雪娥揭露她跟陈经济的关系，只好暂时忍耐。这时她已把孙雪娥卖出去了，所以就想把陈经济找回来。周守备不敢拂她的意，派人找到了陈经济，于是春梅与他重叙旧情。当时西门大姐早已死了，春梅便给他娶了一个有钱人家的女儿做妻子。那女孩儿只有二十岁，长得很好，陈经济跟她也说得来。

婚后，陈经济在临清开了座酒馆，跟暗娼韩爱姐交好，因而与周守备麾下的张胜闹了矛盾，被张胜所杀。其时周守备已升了统制，就把张胜活活打死。接着，周统制奉旨去征讨金兵，春梅为他置酒钱行，不觉簌地两行泪下，

20

说："相公此去，未知几时回还。出战之间，须要仔细。番兵猖獗，不可轻敌。"统制走后，她难耐孤寂，就去勾引统制麾下的李安。李安害怕，逃走了。她又与老家人周忠的儿子周义私通。不久，周统制战死，春梅也因纵欲过度而亡。

以上这三个女性的经历，构成了"金瓶梅"故事的第二条主线索。如果从封建道德的角度来看，这三个人当然是万恶的淫妇，但如果换一个角度看，那么，她们都是被侮辱与被损害的。她们自然也有残忍的一面，而这正是被侮辱与被损害的处境扭曲了她们性格的结果。所受到的侮辱与损害越是严重，其残忍性也就越加突出。

在这里最值得注意的仍是潘金莲，因为她在这三个人里不但最残忍，而且最淫荡。在吴月娘让王婆把她领出去卖掉时，她住在王婆家里，竟然又跟王婆的儿子发生了性关系。根据我国传统的道德观念，这样的人实在下流之至。

然而，她的寡廉鲜耻、根本不把贞操当回事，不正是她所生活的那个具体环境养成的吗？她从九岁就被"卖在王招宣府里，习学弹唱"（第一回），也即从小就把她作为乐伎来培养；而这种乐伎，不正是主人享乐和泄欲的对象吗？后来，她又被转卖到张大户家"习学弹唱"，而当她长到十八岁时，就被六十多岁的主人"收用了"（同上）。这样的处境，容许她注重贞操吗？由于主家婆的阻碍，张大户不再能自由地享用她，就把她白白嫁给了贫困的武大。"这武大自从娶的金莲来家，大户甚是看顾他。若武大没本钱做炊饼，大户私与银五两，与他做本钱。武大若挑担儿出去，大户候无人，便踅入房中，与金莲私会；武大虽一时撞见，亦不敢声言。"（同上）实际上，就是大户出一点儿钱，与武大共同占有她；而武大为了得到点儿钱，也加以默认。这样的生活条件，这样的丈夫，容许她注重贞操吗？倘若不是从心中压根儿清除了贞操观念，她活得下去吗？从这一点来说，她的寡廉鲜耻乃是迫使穷人卖儿鬻女、对儿童和妇女的利益不给予任何保障的社会逼成的。

她确实干过不少残忍的事，但她从别人那里又享受过多少爱和关心！在十八岁上就把她奸污了的那个六十多岁的主人，因主人奸污了她就把她"苦打"的主家婆，为了钱而愿意跟别人共同享有她的丈夫，这些人又何尝对她有真正的爱和关心？在她跟西门庆偷情以后，曾经以为西门庆是爱她的，因而她也真心地爱过西门庆，如同她自己所说："奴家又不曾爱你钱财，只爱你可意的冤家，知重知轻忒儿乖。""当初奴爱你风流，共你剪发燃香，雨态

名家解读古典名著
世情讽喻小说(上)

云踪两意投。背亲夫和你情偷,怕什么旁人议论,覆水难收。"(第八回)但渐渐地她知道实际情况并非如此。她先是听到西门庆娶了孟玉楼,不禁长叹一声:"我与他从前已往那样恩情,今日如何一旦抛闪了!""止不住纷纷落下泪来。"(同上)等到后来他贪恋妓院李桂姐,把潘金莲写给他的柬帖扯得稀烂,她对西门庆的感情就已淡了,因此跟琴童偷情。接着又受西门庆的责打、辱骂。她尽管口中讨饶,而且以后还一直力图取悦西门庆,并跟别人争宠,其实对西门庆已没有多少感情,只不过把西门庆当作了她的泄欲工具,以致在西门庆病重时,她还不放过他。当时吴月娘、孟玉楼等都向神灵许愿,祈求西门庆病好,孟玉楼许的愿比吴月娘等更重;而她却不许愿。这跟初婚时她"每日和孟玉楼两个""走在大门首倚门而望"西门庆归来的情况(第十二回)成了鲜明的对照。所以,西门庆死前与她诀别时她虽"亦悲不自胜"(第七十九回),但西门庆一死,她就"无一日不和"陈经济"两个嘲戏"(第八十回)。可以说,她到最后对西门庆也是冷酷的,但西门庆对她变心却更早。

她撺掇西门庆发配来旺以打击宋惠莲,为战胜李瓶儿甚至害死官哥,这固然都很残忍,然而,这也跟她在西门庆家里的地位有关。严格说来,她在家里只是西门庆的奴才。西门庆高兴时疼她一番,不高兴时折辱她一通。就在西门庆和李桂姐很要好的那会儿,因西门庆在李桂姐面前夸口,说自己待这些小老婆很厉害,"但打起来,也不善,着紧二三十马鞭子,还打不下来,好不好还把头发都剪了",李桂姐就要西门庆把潘金莲头发剪一绺来。西门庆果然照办,请看他回去是怎么对待潘金莲的:

……他便坐在床上,令妇人脱靴,那妇人不敢不脱。须臾脱了靴,打发他上床。西门庆且不睡,坐在一只枕头上,令妇人褪了衣服,地下跪着。那妇人吓得捏两把汗,又不知因为甚么,于是跪在地下,柔声大哭道:"我的爹爹,你透与奴个伶俐说话,奴死也甘心!饶奴终夕怎提心吊胆,陪着一千个小心,还投不着你的机会。只拿钝刀子锯处我,教奴怎生吃受?"西门庆骂道:"贼淫妇!你真个不脱衣裳,我就没好意了!"因叫春梅:"门背后有马鞭子,与我取了来!"

在这么威吓了一通以后,他才向潘金莲说出剪头发的要求:

……向金莲道:"我且不打你,你上来。我问你要椿物儿,你与我不与我?"妇人道:"好亲亲,奴一身都骨朵肉儿,都属了你。随要甚么,奴无有不依随的。不知你心里要甚么儿?"西门庆道:"我心要你顶上一柳儿好头发。"妇人道:"……这个剪头发却成不的,可不吓死了我罢了!奴出娘胞儿，活了二十六岁，从没干这营生，打紧我顶上这头发，近来又脱了奴好些，只当可怜见我罢！"西门庆道："你只嗔我恼，我说的你就不依我。"（第十二回）

潘金莲无法可想，只好让他在"当顶上，齐臻臻剪下一大梆来"（同上）。又有一次，他听得李瓶儿嫁了蒋竹山，满心恼怒，回家来就拿潘金莲等出气。

刚下马进仪门，只见吴月娘、孟玉楼、潘金莲并西门大姐，四个在前厅天井内，月下跳马索儿耍子。见西门庆来家，月娘、玉楼、大姐三个都往后走了。只有金莲不去，且扶着庭柱兜鞋。被西门庆带酒骂道："淫妇们闲的声唤，平白跳甚么百索儿！"赶上金莲踢了两脚。（第十八回）

潘金莲不但挨了踢，接下来又受吴月娘的气。

吴月娘甚是埋怨金莲："你见他进门有酒了，两三步又开一边便了。还只顾在跟前笑成一块，且提鞋儿，却教他蝗虫蚂蚱，一例都骂着。"……金莲接过来道："这一家子，只我是好欺负的。一般三个人在这里，只踢我一个儿。那个偏受用着甚么也怎的？"月娘就恼了，说道："你头里，何不教他连我也踢不是？你没偏受用，谁偏受用？恁的贼不识高低货，我倒不言语，你只顾嘴头子哔哩礴喇的！"那金莲见月娘恼了，便转把话儿来撅说道："姐姐，不是这等说。他不知那里因着甚么由头儿，只拿我煞气，要便睁着眼，望着我叫，千也要打个臭死，万也要打个臭死。"月娘道："谁教你只要唧他来？他不打你，却打狗不成？"

倘若不能受到西门庆的特别宠爱，她所过的就是这样的日子。不过，当时她还是比较得宠的一个，倘若失宠，其情景当然更可怕，西门庆说的"着紧二三十马鞭子还打不下来"，倒并不是吹牛。因此，她跟别人争宠，不但是一场决定其一生成败的斗争，在某种意义上甚至是生死斗争。对一直受着侮辱与损害、业已形成了冷酷性格的潘金莲来说，在这场斗争中无所不用其极，有什么可奇怪的呢？

然而，她对春梅的感情却是真实的。这从上文引用的春梅对她的反应里就可以看出。尽管春梅相当善良，但如果她不是真心对春梅好，春梅也不可能这样。当然，春梅也确实很照顾她。她跟琴童有私情，西门庆听了别人的告密，要毒打她，春梅就为她遮护，西门庆为要剪她头发而折磨她，春梅就帮她说话。因此，她对春梅心存感激，也是自然的吧。但这也说明了：别人如果真的对她怀有爱和关心，她也会以同样的感情来回报。爱与善良在她心

名家解读古典名著
世情讽喻小说(上)

中并未泯灭，只是在那样的环境里，能够激发她这种感情的人和事实在太少。

环境把她造成了这样一个人，然后又给她一个如此悲惨的结局，并且长期受万众唾骂。

跟潘金莲相比较，李瓶儿似乎善良得多。在潘金莲的欺凌下，她一直逆来顺受，并且还尽可能地把这情况瞒着西门庆。对家里的丫头、小厮等也颇有同情心（这一点我们在下文还要分析）。但她也有狠恶的一面，甚至可以说花子虚就是死在她手里的。她交给西门庆的三千两银子，并非她的陪嫁，而是花子虚的财产。当花子虚出狱，向她查起这笔钱时，反被她"整骂了四五日"。她骂道：

呸！魍魉混沌！你成日放着正事儿不理，在外边眠花卧柳，不着家，只当被人所算，弄成圈套，拿在牢里，使将人来对我说，教我寻人情。奴是个女妇人家，大门边儿也没走，能走不能飞，晓得甚么？认得何人？哪里寻人情？浑身是铁，打得多少钉儿！替你到处求爹爹、告奶奶，甫能寻得人情。……你今日了毕官司出来，两脚踏住平川地，得命思财，疮好忘痛，来家还问老婆找起后帐儿来了！（第十四回）

其声口何等泼辣！跟后来的良善怕事，好像是两个人。而当花子虚害病时，"初时李瓶儿还请的大街坊胡太医来看，后来怕使钱，只挨着。"（同上）挨了近三十天，花子虚就死了。其实，当时李瓶儿自己还很有钱，而花子虚的银子则是被她送掉的，在这种情况下，她竟不肯拿出钱来，眼看着花子虚死去，跟她后来在西门庆家里时颇有同情心的表现，也截然不同。

为什么会这样呢？如同她自己所说，花子虚"成日放着正事儿不理，在外面眠花卧柳，不着家"，她曾一再劝他，但他仍一味"在外胡行，不听人说"，以致她"也气了一身病痛在这里"，（第十三回）但她并未决绝。当西门庆应花子虚之约，第一次来到他家，并相偕同去妓院时，她就拜托西门庆"好歹看奴之面，劝他早些来家。两个小厮又都跟的去了，只是这两个丫鬟和奴，家里无人"（同上）。及至当夜花子虚喝得大醉，西门庆伴送回家，她又求恳西门庆："往后大官人但遇他在院中，好歹看奴薄面，劝他早早回家，奴恩有重报，不敢有忘。"（同上）可见直到那时，她还在渴望花子虚回心转意，两人一心一意过日子。但花子虚没有改变，反而变本加厉。她这才移情别恋。也可以说，她是由于自己的感情遭到花子虚轻蔑和践踏，她才转而对花子虚如此冷酷。这跟潘金莲从小没能在人们中感受到温暖，因而她也对人们残酷，实是同样的道理。

后来她嫁到了西门庆家里，虽然开始几天西门庆对她很凶，但她带来的钱多，后来又给西门庆生了个儿子，所以西门庆很快转变了态度，而且对她越来越好。在这方面，她得到了满足。她不但对西门庆温柔体贴，对其他人也充满了善意。

然而，那是一种可怜的满足。因为她并没有完全得到西门庆。西门庆还有很多别的女人。在这种情况下要感到满足，必须先承认女人应该比男人低一等，从而把他作为自己的主人，处处为他着想，否则绝不能看着自己心爱的男人跟很多女人厮混而仍能心安理得，甚至心满意足地生活下去。这是奴隶的道德。到了西门庆家里以后，她成了这种道德的信徒。

其实，她本来也就是如此的吧。花子虚在外胡闹，她只是劝，只是气出了一身病痛，然后再请花子虚的朋友劝，却不敢有所反抗，就正是这种奴隶道德的体现。倘若不是花子虚对她太过分和西门庆对她的引诱，她大概不会干出那样绝情的事来。因此，嫁到西门庆家里来后，她只是恢复了原有的奴隶道德。

但既已恢复了这种道德，那就活该受潘金莲的欺凌。第四十一回写潘金莲指桑骂槐地把李瓶儿骂了一顿，"哭得眼红红的"，躺在炕上，但西门庆回来问她为什么还不起床、眼睛怎么红了，她"也不提金莲那边指骂之事，只说我心中不自在。"这正是信奉那种妇女道德的妇女所应该做的。因为只有这样，才不至于给丈夫增添烦恼。直到官哥儿被潘金莲的猫所吓、得病快死时，她都没有把潘金莲的猫抓扑官哥的事告诉西门庆。

所以，尽管李瓶儿获得了可怜的满足，但她仍在被当时社会认为正常的一夫多妻的家庭里，作为奴隶道德的顺民，悲哀地夭折。但她曾经背叛过奴隶道德，所以她在社会舆论中仍是淫妇。

至于春梅，则是一个介于潘金莲和李瓶儿之间的人物。她大概也是很小卖到人家家里做丫头的。潘金莲嫁到西门庆家里时，她已经是吴月娘房里的丫头了，这年她只有十五岁。她原姓庞，但吴月娘她们根本没有去管她姓什么，等后来她富贵了以后，才算弄清了她的姓。可见她们原只把她作为使唤的工具。也就在这一年，西门庆把她"收用"了，她又成了西门庆的泄欲工具。这种环境当然不容她注意贞操，更何况她在潘金莲来后就成了潘金莲的丫头，在潘金莲的影响下，自更不知贞操观念为何物。所以，后来潘金莲求她跟陈经济好，她也同意了。幸运的是，潘金莲一直待她很好，把她当亲女儿看，因此她没有吃过潘金莲早年吃的那种苦，也没有潘金莲那样冷酷。尽管她曾对孙雪娥报复得很厉害（因为她觉得孙雪娥也害过她和潘金莲），但一般说来，在可能范围内，她是愿意帮助人的，连曾经对她很凶狠的吴月娘，她也没有记恨，在吴月娘困难时给了不小的帮助。尽管陈经济是她的情人，但她因为自己是有丈夫的人，不想陈经济为她而独身，反而帮他娶了个妻子。这些地方都跟李瓶儿有些相似。

她的悲剧在于：她从来不是自己的主人。西门庆要"收用"她，潘金莲要她跟陈经济好，她都无法拒绝；吴月娘要把她卖给周守备作妾，她更无法反抗；周守备死了，她作为命妇，自然又只得按照惯例守寡。从这个意义上说，她早就失去了自己。那么，她依靠什么信念活下去呢？她说："人生在世，且风流了一日是一日！"（第八十五回）所以，她并不怨恨周守备，在他出征时她还伤感，但对他却并不忠实。她因色欲过度而在二十九岁时就死亡，这固然是青年夭折，但她如守寡而活到老年，对她来说难道就比青年夭折幸福吗？

无论她死在什么时候，采取怎样的生活态度，她的一生都是悲剧。但她成为目前书中的这种样子，自然为当时的道德所不容。

所以，书中通过这三个人物的经历，实际是显示了三种不同类型的妇女的悲惨命运。而且，通过书中的描写，人们如果仔细想一想，难免会产生这样的疑问：她们的悲惨命运，难道主要应由她们自己负责吗？

三 《金瓶梅》的人物描写

《金瓶梅》的故事已如上述。这种类型的故事，在它以前的中国小说中还从未出现过，因而具有重要的意义。然而，决定一部小说的成败的，首先不是情节。即使情节很有新意，但如果没有活生生的、能够打动读者的人物，情节也就没有感人的力量。而且，没有这样的人物，就不可能真实、深刻地挖掘人物的内心和揭示人与人之间的关系，从而在实际上也写不出具有新意的情节。因此，《金瓶梅》之获得突出的成就，其根本在于人物形象的塑造。

在人物形象的塑造上，《金瓶梅》有三点很值得重视：

第一，它能注意到人物性格的复杂性，而不是片面地、简单化地描写人物。因此，书中人物不仅不是概念的化身，甚至也不是某种性格特点的简单的体现者。具体地说，在一个人物身上往往具有两组从表面上看来彼此矛盾的性格特点，但又并不是违反逻辑的拼凑，而是主次分明、存在着明显的共同点的矛盾的统一体。

这部作品里的第一主角应该说是西门庆。他自私、狠毒、贪婪、好色，这是每个读过《金瓶梅》的人都留有深刻印象的。但这些恶德的表现形式极为复杂，有时看起来甚至像是与此相反的东西。他跟李瓶儿的关系就很好地说明了这一点。

他先骗奸了李瓶儿，又得了李瓶儿的许多钱财，本已跟李瓶儿约好，"（五月）二十四日行礼，出月初四准娶"（第十七回），后因其所投靠的杨提督倒台，他怕连累，在家避祸不出，对李瓶儿却连个信都不给。到了约定行礼之日，李瓶儿派人送头面来，他不见来人，只叫小厮对那人说："教你上覆二娘（李瓶儿），再待几日儿，我爹出来往二娘那里说话。"（第十七回）但却根本不把李瓶儿放在心上，不但到了原定迎娶的六月初四日仍然不理不睬，甚至在他知道自己已经平安无事之后，也不立即跟李瓶儿联系。等到得知李瓶儿因他没有消息，染病将死，经蒋竹山治愈，已与蒋竹山成婚，他不但不为自己对李瓶儿不负责任、害得她差点死去而内疚，却对李瓶儿十分痛恨，用计陷害了蒋竹山，使李瓶儿成为他的第六个妾。李瓶儿一进门，他又故意在精神上加以折磨，轿子到门时不叫人出去迎接，又一连三天不进她的房，迫使李瓶儿上吊。救活后，他还把李瓶儿毒骂一顿，并用马鞭抽打，李瓶儿苦苦哀求才罢。书里是这样描写李瓶儿被迫自杀并获救后他对李瓶儿的进一步虐待的：

西门庆向李娇儿众人说道："你每休信那淫妇，装死儿唬人，我手里放不过她（指李瓶儿）。到晚夕，等我进房里去，亲看着她上个吊儿我给瞧，方信。不然，吃我一顿好马鞭子！贼淫妇，不知把我当谁哩！"……到晚夕，见西门庆袖着马鞭子，进他房中去了……

且说西门庆见妇人在床上，倒胸着身子哭泣，见他进去不起身，心中就有几分不悦。他先把两个丫头都赶去空房里住了，然后走来椅子上坐下，指着妇人骂道："淫妇，你既然亏心，何消来我家上吊？你跟着那矮王八过去便了，谁请你来？我又不曾把人坑了你什么，缘何流那毯尿怎的？我自来不曾见人上吊，我今日看着你上个吊儿我瞧！"于是拿一根绳子丢在她面前，叫妇人上吊。那妇人……越发烦恼，痛哭起来。

这西门庆心中大怒，教他下床来，脱了衣裳跪着。妇人只顾延挨不脱。被西门庆拖翻在床地平上。袖中取出鞭子来，抽了几鞭子，妇人方才脱去上下衣裳，战战兢兢跪在地平上。西门庆坐着，从头至尾问妇人："我那等对

名家解读古典名著
世情讽喻小说（上）

你说过，教你略等等儿，我家中有些事儿，如何不依我，慌忙就嫁了蒋太医那厮？你嫁了别人，我倒也不恼，那矮王八有什么起解？你把他倒踏进门去，拿本钱与他开铺子，在我眼皮子跟前开铺子，要撑我的买卖！"（第十九回）

明明是他对不起李瓶儿，但他却心安理得，反而觉得李瓶儿一万个对不起他，因而对她百般凌辱。这是因为他的自私和狠毒已经达到了这样的地步：他认为别人理所当然地要服从于他的利益，为他作出贡献甚至牺牲，如果谁敢不这么做，那就必须受到任何残酷的报复，无论这个人在以前曾经给予他多少好处。

在这一场风波里，由于李瓶儿的软语恳求，总算把西门庆的气消下去了。到了第二天，李瓶儿给他看了她所带来的许多金银财宝，他对李瓶儿就变得言听计从了，以致潘金莲取笑他说："使的你狗油嘴里推磨，不怕你不走"（第二十回）。这就暴露了他的贪婪本性。第二年，李瓶儿给他生了个儿子，他对李瓶儿更加宠爱了，但实际上不过把李瓶儿作为泄欲的工具。即使在李瓶儿的经期，他也要满足自己的兽欲（第五十回）。李瓶儿就是被他和潘金莲共同害死的。第六十一回通过良医何老人交代李瓶儿得病致死的原因说："这位娘子乃是精冲了血管起来（的病），然后着了气恼。气与血相搏则血如崩。……""气恼"是潘金莲给她受的，作为起病主因的"精冲了血管"，则是西门庆的罪行。这又显示了他的自私与好色。

然而，李瓶儿临终和死去之时，西门庆却表现了真诚的悲痛之情。李瓶儿将死时，潘道士曾嘱咐西门庆："今晚官人切忌不可往病人房里去，恐祸及汝身。慎之，慎之！"但西门庆还是进瓶儿房里去了，他想的是："法官戒我休往房里去，我怎生忍得！宁可我死了也罢，须得厮守着，和她说句话儿。"及至李瓶儿一死，他不顾污秽，不怕传染，抱着她，脸贴着脸哭："我的没救的姐姐，有仁义好性儿的姐姐，你怎的闪了我去了，宁可教我西门庆死了罢，我也不久活于世了，平白活着做什么！"在房里离地跳得有三尺高，大放声号哭。（第六十二回）接着，他拿出许多银子来给她办丧事。还在李瓶儿房中伴灵宿歇，于李瓶儿灵床对面搭铺睡眠。"白日间供养茶饭，西门庆在房中亲看着丫鬟摆下，他便对面桌儿和他同吃，举起箸儿来，'你请些饭儿'，行如在之礼。丫鬟养娘都忍不住掩泪而哭。"（第六十五回）这跟其早先折磨李瓶儿判若二人。

但是，这种悲痛和惊人的慷慨是建筑在什么基础上的呢？深知西门庆心腹的玳安说得好："俺爹（西门庆）饶使了这些钱（指李瓶儿的丧葬费用），还使不着俺爹的哩。俺六娘（李瓶儿）嫁俺爹，瞒不过你老人家，是知道该带了多少带头来。别人不知道，我知道。把银子休说，只光金珠玩好、玉带绦环狄髻、值钱宝石还不知道有多少。为甚俺爹心里疼？不是疼人，是疼钱。"（第六十四回）

西门庆的悲痛感情，其实是李瓶儿用巨额财富买来的；他慷慨地为李瓶儿使钱，是因为李瓶儿给了他更多的钱。而尤其有意思的是，他为李瓶儿伴灵还不到"三夜两夜"，就在李瓶儿灵床对面的床铺上，奸污了奶子如意儿，不但进一步暴露了他的好色，而且充分显示了他对李瓶儿的所谓深厚感情不过是一时冲动，那种"我也不久活于世了，平白活着做什么"之类的哭喊，只是自欺欺人而已。

当然，这并不意味着我们可以把西门庆对李瓶儿的感情与他对钱的欲望等同起来，因为在李瓶儿死后，这些钱全都归了他，如果仅仅是基于对金钱的贪欲，他原不必为李瓶儿的死而悲伤，而且更没有必要花那么多钱来为李瓶儿大办丧事。可以说，西门庆到后来确实对李瓶儿产生了颇深的感情，但归根到底，他对李瓶儿的感情是建筑在他的自私、贪婪的欲望得到高度满足的基础上的，而且他的自私与冷酷又决定了他的那种深情的悲痛不可能持久。总之，自私、冷酷、贪婪是他身上的主流，在他跟李瓶儿的关系上，也充分体现了这样的特色。然而，在像李瓶儿死亡那样的场合，他却也能显示出忘我、深情、不爱惜钱财的特点，尽管这些本是从其主流生发出来，但又似乎与其主流相矛盾。正因如此，西门庆这个形象并不是自私、冷酷、贪婪之类性格特点的化身或图解，而是渗透了这类性格特点的、具有复杂思想感情的活生生的人。

关于这一点，还可从以下两件事得到印证：一件是西门庆周济常时节。常时节既可说是西门庆的朋友，也可说是他的帮闲。因为家里穷困，住的房子是租人家的，又常常付不起房租，被房主催着搬家。为此，他向西门庆求告。西门庆答应了让他自己去寻房子，寻到了就买下来，钱由西门庆出；另外还给了他十二两银子，作家里的日常开支，以便"买件衣服，办些家活"（第五十六回）。等常时节寻到了房子，房价银为三十五两，西门庆却给了五十两，剩下的教他"开个小本铺儿，月间撰（赚）的几钱银子儿"过活。（第六十回）这跟他送银子给蔡状元等人使用不同，那是为了在将来得到更大的好处，而作为帮闲在西门庆处白吃白喝的常时节，却显然不能起到这样的作用。所以，书中也把西门庆的周济常时节称为"仗义疏财，救人贫难"

名家解读古典名著
世情讽喻小说(上)

(第五十六回)。这件事情,跟他的自私、冷酷、贪婪的性格特点似乎颇有矛盾;如果仅以此事为依据,甚至可以称赞他把友情看得很重,不惜为此而抛舍钱财。而且,这对西门庆来说并不是绝无仅有的事例,另一个帮闲朋友应伯爵曾受到他更多的照应,应伯爵妻子生产时,西门庆就送应伯爵五十两银子,供孩子做满月之用。(第六十七回)然而,花子虚不也是西门庆的好朋友吗?西门庆却处心积虑地挑拨李瓶儿与他的感情,以便自己与李瓶儿私通,最后并把花子虚的家产也据为己有。可见西门庆绝不是一个看重友谊的人。应该说,在处理朋友关系上,他同样是自私、冷酷、贪婪的,在牵涉到重大利益时,他可以毫不踌躇地害得朋友家破人亡;但在一些小事情上,他却又可以显得很够朋友、慷慨大方。这后一节从表面上看来固然跟自私、冷酷、贪婪相反,却又并非不能相容,因为他在送常时节、应伯爵几十两银子时,自己已经发了大财,这区区之数对他无关重要,而为了取乐,他不但需要娼妓、娈童,也需要凑趣的篾片,应伯爵之流正是他所不可或缺的工具,只要看看第三十二、五十四诸回所写应伯爵插科打诨引得西门庆兴高采烈的描写,就可知其中的消息。当然,这并不意味着他对应、常之流没有感情,否则他也不必送银子给他们,因为即使他们因此对他疏远了,他也还找得到另外的篾片;而从他这么大方地送银子给他们这点来看,他跟视钱如命的吝啬鬼又确实并不一样。所以,他固然是自私、冷酷、贪婪的,但作为一个具有复杂的思想感情的人,他有时又似乎有所突破。

另一件事情是他死前对潘金莲的态度。他的暴得重病,其直接起因是潘金莲在他醉后给他服了春药,但他对潘金莲毫无怨恨。临死前,他"一手拉着潘金莲,心中舍不得她(潘金莲),满眼落泪,说道:"我的冤家,我死后,你姊妹们好好守着我的灵,休要失散了。"又嘱咐其嫡妻吴月娘:"六儿(潘金莲)她以前的事,你担待她罢。"(第七十九回)从表面上看来,他此时对潘金莲的感情已经克服了他的自私,否则就不会轻易地原谅潘金莲导致严重后果的上述孟浪行为。

然而,为什么他此时对潘金莲的态度跟其初嫁过来时完全不同了呢?就是因为潘金莲处处投其所好,不仅充当了美丽而驯顺的泄欲工具,而且被他认为是忠心耿耿的女奴。一天晚上,西门庆要下床小便,潘金莲为了讨好他,就说:"我的亲亲,你有多少尿,溺在奴口里替你咽了吧,省得冷呵呵的,热身子下去冻着,倒值了多的。"这本是一个使正常人无法接受的建议,但"西门庆听了,越发欢喜无已,叫道:'乖乖儿,谁似你这般疼我?'于是真个溺在妇人口内。妇人用口接着，慢慢一口一口都咽了。西门庆问道：'好吃不好吃？'"（第七十二回）在他们二人的这种关系中，既深刻反映了潘金莲的卑贱，也充分显示出西门庆的自私、冷酷，他竟然可以如此对待一个他所喜欢的女人。当然，潘金莲的"疼"西门庆还不仅表现在这件事上。例如，西门庆陷害来旺儿，就是潘金莲的提示（第二十五、二十六回）；而在西门庆看来，这正是潘金莲忠心为他的明证。又如，西门庆私通李瓶儿、宋惠莲等人，潘金莲都曾给予帮助或遮护。至于在性生活方面，潘金莲更是尽量地迎合西门庆的要求。潘金莲的这一切当然使自私、冷酷、好色的西门庆得到很大的满足，从而对她越来越宠爱，以至产生了那种似乎超越自私的感情——在其自私、冷酷、好色的基础上培育起来的感情。

《金瓶梅》在人物描写上的这种特点，不仅体现在主角身上，也体现在很多重要的配角身上。这里再看一看宋惠莲。

宋惠莲本是厨役蒋聪的妻子，长得很漂亮。蒋聪生前，她就与西门庆的家人来旺通奸。蒋聪被人戳死，宋惠莲要来旺跟西门庆说了，把正犯问成死罪，替蒋聪抵了命，之后她就嫁了来旺，却又贪图钱财，与西门庆通奸。于是打扮得妖妖娆娆，装腔作势，跟另一些男人打情骂俏。试看她与潘金莲、孟玉楼等人在元宵晚上去街市观灯的一段：

当下三个妇人，带领着一簇男女。来安、画童两个小厮，打着一对纱吊灯跟随。女婿陈经济踽着马，抬着烟火花炮，与众妇人瞧。宋惠莲道："姑夫，你好歹略等等儿，娘们携带我走走，我到屋里搭搭头就来。"经济道："俺们如今就行。"惠莲道："你不等，我就是恼你一生。'于是走到屋里换了一套绿闪红缎子对衿袄儿，白挑线裙子，又用一方红绡金汗巾子搭着头，额角上贴着飞金并面花儿，金灯笼坠子，出来跟众人走百媚儿……那宋惠莲一回叫："姑夫，你放过桶子花我瞧！"一回又道："姑夫，你放过元宵炮仗我听"一回又落了花翠拾花翠，一回又掉了鞋，扶着人且兜鞋，左来右去，只和经济嘲戏。玉楼看不上，说了两句："如何只见你掉了鞋？"玉箫道："她怕地下泥，套着五娘鞋穿着哩。"玉楼道："你叫她过来我瞧，真个穿着五娘的鞋？"金莲道："她昨日问我讨了一双鞋，谁知成精的狗肉她套着穿。"惠莲于是搂起裙子来与玉楼看。只见她穿着两双红鞋在脚上，用纱绿线带儿扎着裤腿。（第二十四回）

不仅如此，通过这次看灯，她跟陈经济"两个言来语去，都有意了"（第二十四回）。这些都给人轻狂、淫贱的感觉。

名家解读古典名著
世情讽喻小说（上）

　　后来来旺得知了一点儿风声，在盛怒之下，打了她一拳。那妇人便大哭起来，说道："贼不逢好死的囚根子，你做甚么来家打我？我干坏了你甚么事来？你怎是言不是语，丢块砖瓦儿也要个下落。是那个嚼舌根的，没空生有，枉口拔舌，调唆你来欺负老娘？老娘不是那没根基的货，教人就欺负死，也拣个干净地方。……宋家的丫头若把脚趄趄儿，把宋字儿倒过来。我也还龇着嘴儿说人哩，贼淫妇王八，你来嚼说我！你这贼囚根子，得不的个风儿就雨儿，万物也要个实才好。人教你杀那个人，你就杀那个人。"（第二十五回）不但把自己与西门庆的事推得一干二净，而且还显得那么理直气壮，似乎错处都在来旺和别人身上，其泼辣和无赖都令人吃惊。所以作者在写了上述事件后，评论宋惠莲说："正是东净里砖儿，又臭又硬。"（同上）

　　等到西门庆得知来旺因宋惠莲的事对他不满，向她询问，她一面为来旺掩饰，一面向西门庆提出，"爹，你依我，不要教他在家里，在家里和他合气；与他几两银子本钱，教他信信脱脱，远离他乡做买卖去。休要放他在家里，旷了他身子。自古道：饱暖生闲事，饥寒发盗心。他怎么不胡生事儿！这里无人，他出去了，早晚爹和我说句话儿也方便些。"（同上）甚至在西门庆陷害来旺、把他关入牢监后，她开始很悲痛，及至西门庆骗她说来旺在监牢里没吃什么苦，过几天就把他放出来，她便又高兴起来，还对西门庆说来旺释放后，"你若嫌不自便，替他寻上个老婆，他也罢了。我常远不是他的人了。"明确表示了愿与来旺离异而做西门庆小老婆的心愿。在这些地方，很难看出她对来旺有什么爱情。

　　然而，她一知道来旺已被打了四十板、递解徐州，就"关闭了房门，放声大哭道：'我的人呢！你在他家干坏了甚么事来，被人纸棺材暗算计了你？你做奴才一场，好衣服没曾挣下一件在屋里。今日只当把你远离他乡算的去了，坑得奴好苦也！你在路上死活未知，存亡未保，我如今合在缸底下一般，怎的晓得？'哭了一回，取一条长手巾，拴在卧房门槛上，悬梁自缢。"（第二十六回）被人救醒后，她就当面指责西门庆："你原来就是个弄人的刽子手，把人活埋惯了。害死人，还看出殡的！你成日间只哄着我，今日也说放出来，明日也说放出来，只当端的好出来。你如递解他，也和我说声儿。暗暗不透风，就解发远远的去了。你也要合凭个天理！你就信着人，干下这等绝户计！把圈套儿做得成成的，你还瞒着我。你就打发，两个人都打发了，如何留下我做甚么？"（同上）无论西门庆怎么派人劝慰她，要跟她恢复关系，她仍坚决拒绝，最后找了个机会自杀了。

在宋惠莲身上，显然存在着严重的矛盾：她轻狂、淫荡、无耻、泼辣，但又善良、坚贞、勇敢。但这一组矛盾却又并非不能并立。她的贫贱出身和经历决定了她缺乏教养，甚至也缺乏当时社会一般的道德观念，因而在她身上存在着一股野性。这股野性与青春的活力相结合（她死时还只有二十五岁），使她不顾一切地追求欢乐——从好吃好穿直到性的满足。因而她没有意识到自己必须忠于丈夫，甚至认为没有必要与丈夫白头偕老。但她却又不是不顾及丈夫，因此她要西门庆在给来旺另娶个妻子后她才离开来旺。这跟她在蒋聪生前与来旺通奸，但蒋聪死后她又要给蒋聪报仇是同样的心理。所以，她的本性其实是善良的。然而，西门庆却连她的这种要求都加以践踏，竟如此残忍地迫害来旺，这就使她感到痛苦而难于忍受，她身上的野性——曾经促使她毫无顾忌地追求欢乐的野性——就促使她勇敢地反抗西门庆，并最终献出了自己年轻的生命。所以，她性格中的这一组严重的矛盾，实际上又存在着彼此相通之处，是一个有机的统一体。正因作者如此深刻地写出了她性格中的矛盾，这一人物才具有血肉丰满的、感人的形象。他使读者看到了：在宋惠莲的美丽的外貌下，隐藏着轻浮、淫荡的灵魂，但在这个灵魂的深处，却又蕴含着"富贵不能淫，威武不能屈"的高尚品质。不但在《金瓶梅》词话以前的小说中，没有出现过类似的形象，就是在《金瓶梅词话》以后的我国古代小说中，也很难看到。鲁迅说，陀思妥耶夫斯基对其作品中的人物，"不但剥去了表面的洁白，拷问出藏在底下的罪恶，而且还要拷问出藏在那罪恶之下的真正的洁白来。"（《且介亭杂文二集·陀思妥耶夫斯基的事》）《金瓶梅词话》之写宋惠莲，虽未达到这样的程度，却有某些相似之处。

总之，善于显示人物性格中的矛盾，而不是简单化概念化地描写人物，这是《金瓶梅》在人物描写上的第一个值得重视之处。

第二，《金瓶梅》善于从发展中来刻画人物的性格，而不是把人物写得一成不变。

在现实生活中，随着境遇的不同，人物会不断地表现出不同的性格特点。这些性格特点，有时是彼此接近的，有时又截然相反，但又必然存在着可以相通之点。作品如能交代出人物的这种发展变化，人物就会灵动而有生气，否则就是静止的死人。《金瓶梅》在这方面也相当成功。前面提到过的西门庆对李瓶儿、潘金莲前后态度的违异，宋惠莲之从轻狂、淫荡变为坚贞、勇敢，就都是这样的例子。这里再以李瓶儿为例。

如前所述，李瓶儿在与西门庆有了私情后，对花子虚是很冷酷的。在嫁

名家解读古典名著
世情讽喻小说（上）

给蒋竹山后，由于蒋竹山在性生活方面不相适应，她对蒋竹山感到不满，因而态度越来越粗暴。但在嫁给西门庆后，西门庆虽然在开始时给了她一个下马威，但接下来却一直对她很好，她就变得善良温柔而富于同情心。对西门庆固然十分体贴，尽管自己饱受潘金莲的凌辱，却不愿把这些情况告诉西门庆，以免引起他的烦恼，而且她对家里的下人也尽量予以照顾，用西门庆家里的奴仆玳安的话来说：

"说起俺这过世的六娘性格儿，这一家子都不如他。又有谦让，又和气，见了人只是一面儿笑。俺每下人，自来也不曾呵俺每一呵，并没失口骂俺每一句奴才，要的誓也没赌一个。使俺每买东西，只抬块儿。俺每但说：'娘，拿等子你称称，俺每好使。'她便笑道：'拿去罢，称什么？你不图落，图甚么来？只要替我买值着。'"（第六十四回）

甚至对潘金莲的母亲，她也十分关怀。直到她死后，潘金莲的母亲还在念叨她的好处：

"你娘（指李瓶儿）好人，有仁义的姐姐，热心肠儿。我但来这里，没曾把我老娘当外人看承，到就是热茶热水与我吃，还只恨我不吃。夜间和我坐着说话儿。我临家去，好歹包些甚么儿与我拿了去，誓没曾空了我。不瞒姐你每说，我身上穿的这件披袄儿，还是你娘与我的。正经我那冤家（指潘金莲），半个折针儿也迸不出来与我。"（第七十八回）

她之这样做，绝不是为了收买人心。这只要看看她临终时的情况就可知道的：

……李瓶儿教迎春把角门关了，又唤过冯妈妈来，向枕头边也拿过四两银子，一件白绫袄，黄绫裙，一根银掠儿，递与他，说道："老冯，你是个旧人，我从小儿，你跟我到如今。我如今死了去，也没甚么，这一套衣服，并这件首饰儿，与你做一念儿。这银子你收着，到明日做个棺材本儿。你放心，那房子等我对你爹说，你只顾住着，只当替他看房儿，他莫不就撵你不成！"……李瓶儿又叫过奶子如意儿，与了她一袭紫绸子袄儿、蓝绸裙，一件旧绫披袄儿，两根金头簪子，一件银满冠儿，说道："也是你奶哥儿一场。哥儿死了，我原说的教你休撅上奶去，实指望我在一日，占用你一日，不想我又死去了。我还对你爹和你大娘说，到明日我死了，你大娘生了哥儿，也不打发你出去了，就教接你的奶儿罢。这些衣物与你做一念儿，你休要抱怨。"……李瓶儿一面叫过迎春、绣春（她的两个丫头——引者）来，跪下，嘱咐道："你两个，……也是你从小儿在我手里答应一场，我今死去，也顾不得你每了。你每衣服都是有的，不消与你了。我每人与你这两对金裹头簪儿，两枝金花儿，做一念儿。那大丫头迎春，已是她爹收用过的，出不去了，我教与你大娘房里拘管着。这小丫头绣春，我教你大娘寻家儿人家，你出身去罢，省的观眉说眼，在这屋里，教人骂没主子的奴才。我死了，就见出样儿来了。你服侍别人，还像在我手里那等撒娇撒痴，好乜罢歹也罢了，谁人容的你？"（第六十二回）

在这样的交代里，我们可以看出她对这些人是真的关心，对迎春、绣春固然透出一分真情，对其儿子的奶妈也显露出她在待人接物方面的特点：她已为如意儿打算得相当周到，但却还觉得有点儿对不起别人，所以特地叮嘱说"你休要抱怨。"正因为如此，那些人全都感动得哭了。她的这些话也确招人泪下。

不仅如此，当这些人不在跟前时，她又恳托西门庆的嫡妻吴月娘说：

"奴与娘做姊妹这几年，又没曾亏了我，实承望和娘相守到白头。不想我的命苦，先把个冤家没了，如今不幸我又得了这个拙病，死去了。我死之后，房里这两个丫头无人收拘。那大丫头已是他爹收用过的，教他往娘房里服侍娘。小丫头，娘若要使唤，留下；不然，寻个单夫独妻。与小人家做媳妇儿去罢。省的教人骂没主子的奴才，也是他服侍奴一场，奴就死口眼也闭。又奶子如意儿，再三不肯出去，大娘也看着奴分上，也是她奶孩儿一场，明日娘十月已满，生下哥儿，就教接她奶儿罢。"（同上）

直到临死，她还是在为这些人的命运操心。

李瓶儿从冷酷、泼辣变成如此善良而富于同情心，不但绝不是什么不可调和的矛盾，而且完全符合生活的逻辑。其实，她本来就是善良得甚至有点懦弱的，所以，花子虚一直把她撇在家里，自己在外边胡闹，"整三五夜不归家"（第十回），她除去"气了一身病痛"（第十三回）以外，毫无办法，而且仍然希望花子虚回心转意，甚至恳求花子虚的朋友帮助劝他，在她身上何尝有丝毫的凶恶和冷酷！她之所以和西门庆发生性关系，一方面固然是基于青年女子对爱情的渴求，另一方面也是对花子虚的反抗。而在对西门庆产生爱情以后，花子虚就转而成了阻碍她与西门庆爱情的对象，她对花子虚也就进而成为仇视了。因此，她对花子虚的冷酷、泼辣，其实正是一个善良、懦弱的人的报复，也可说是她那善良的本性被扭曲了以后的变态。至于她对蒋竹山，本就没有深厚的感情基础，婚后在性生活上又不能协调，若从心理学的角度来看，在她的潜意识里产生对蒋竹山的怨恨——如果不是蒋竹山，

名家解读古典名著
世情讽喻小说（上）

她就不至于与西门庆分离——也是可以理解的，因而，尽管她对蒋竹山的态度日渐粗暴，却并不能就此把她视为残忍，而且，当蒋竹山被陷害而吃了官司后，她虽不知道蒋竹山是冤枉的，反而认为他罪有应得，却仍然代他还了钱、使他得以释放，才跟他分手。这就可见即使在这样的情况下，她仍然没有丧失善良的一面。而在嫁了西门庆后，她的生活上和感情上的要求都获得了满足，她就又恢复了善良甚或懦弱。

因此，李瓶儿的这种前后变化，不仅使这一人物形象显得极为真实而感人，而且还向读者提出了一个很有意思的问题：当一个人的正常要求得不到满足时，善良、懦弱就会转变为冷酷、残忍。那么，当社会上出现许多残酷的事件时，仅仅对当事人加以谴责、严惩——这正是封建社会的一贯做法——是否公正呢？提出这样的问题，也正意味着对封建社会的传统观念已发生了若干怀疑。

由此可见，《金瓶梅》在人物描写上的第二个特点——从发展中来描写人物——既使它在人物描写上取得相当大的成功，也使作品的思想更为深刻。

第三，《金瓶梅》在人物描写上的第三个特点，是对人的谅解。作者并不是没有爱憎，也不是没有对人的严厉的谴责甚至批判，但并不对那些有严重错误甚至罪行的人采取简单化的态度，把他们写成跟普通人的好恶完全相反，从而基于道德上的义愤，把他们的痛苦写成大快人心的事情。在他的笔下，即使是大恶人，也还存在着跟普通人的感情相通的一面，甚至在写他们的痛苦时，还能引起读者的某种共鸣。这不仅并不减弱这些人的罪恶和读者的憎恶，而是使读者的憎恶更具有现实性，因为只有在这样的情况下，读者所憎恶的才是现实生活中的人而不是现实生活中不存在的妖魔鬼怪，而且也才能使读者不仅憎恶这些人本身，又能进而思考社会上为什么会存在这样的恶人、产生如此的恶行的问题。

这个特点，在对书中许多人物的描写上都程度不同地体现出来，如写西门庆在李瓶儿死后的悲痛感情、临死前对潘金莲的态度，就属于这一类；而在这方面最为突出的，则是其所塑造的潘金莲这一形象。

潘金莲当然很残忍，作了许多恶，但另一方面，她也是一个被侮辱与被损害的，有自己的种种痛苦。作者对此并不幸灾乐祸，把它看作是潘金莲作恶多端的报应，而是出之以谅解和同情。试看第三十八回《潘金莲雪夜弄琵琶》的一段。

那一段是写西门庆娶了李瓶儿后，对她十分宠爱，又跟妍妇王六儿打得火热，因此潘金莲被冷落了多时。一天晚上大雪，潘金莲在房中等他归来，等了好久，谁知他却早已到李瓶儿房中去了。

……潘金莲见西门庆许多时不进她房里来，每日翡翠衾寒，芙蓉帐冷。那一日把角门儿开着，在房内银灯高点，靠定帏屏，弹弄琵琶，等到二三更，便使春梅瞧数次，不见动静。正是：银筝夜久殷勤弄，寂寞空房不忍弹。取过琵琶，横在膝上，低低弹了个《二犯江儿水》，以遣其闷。在床上和衣儿又睡不着，不免"闷把帏屏来靠，和衣强睡倒"。猛听得房檐上铁马儿一片声响，只道西门庆来到，敲得门环儿响，连忙使春梅去瞧。春梅回道："娘错了，是外边风起落雪了。"妇人于是弹唱道："听风声嘹亮，雪洒窗寮，任冰花片片飘。"一回儿灯昏香尽，心里欲待去剔续，见西门庆不来，又意儿懒得动弹了。……（潘金莲）独自一个儿坐在床上，怀抱着琵琶，桌上灯昏烛暗。待要睡了，以恐怕西门庆一时来；待要不睡，又是那眈困，又是寒冷。不免除去冠儿，乱挽乌云，把帐儿放下半边来，拥衾而坐。……又唤春梅过来，"你去外边再瞧瞧，你爹来了没有，快来回我话。"那春梅走去，良久回来，说道："娘还认爹没来哩。爹来家不耐烦了，在六娘屋里吃酒的不是！"这妇人不听罢了，听了如同心上戳上几把刀子一般，骂了几句"负心贼，"由不得扑簌簌眼中流下泪来。

在这段文字里，潘金莲的寂寞和痛苦表现得何等深切！它所显示的，是一个在一夫多妻制下呻吟的普通妇女的悲惨处境。大概很少有读者会在读这一段时产生如此的想法："谁让你毒死了武大郎来嫁西门庆的，活该受罪！"其所以如此，是因作者写这一段本来就用的是饱含同情的笔触，读者自也在不知不觉中受了他的影响。这就是我们所认为的作者对人的谅解。

这种态度，实际上是基于对人的客观的分析。作者并不因潘金莲有许多恶行而把她一棍子打死，而是客观地分析她的恶行是怎么造成的，环境应负多少责任，她自己应负多少责任。在哪些方面是值得同情的，在哪些地方是不可容忍的。这种客观的分析，在引起读者同情的同时，也就更能使读者产生恰如其分的憎恨。例如，理解了她在雪夜弄琵琶时的感情，也就能理解她何以要害死李瓶儿的孩子，但这绝不是使读者去同情她杀害婴孩的罪恶，而是令读者真切地看到她的残酷，当然，同时也就看到了造成这种残酷的客观原因。

这种对人的谅解所导致的，主要不在于对人物的确切评价，而在于对人物的深入的了解。只有具备了这种了解，才能把握人物性格和感情的复杂性，塑造出栩栩如生的人物形象。有了这样的人物形象，才谈得上文学作品的思想意义，否则就必然沦为说教——那是牧师的职责，却不是作家的本分。

四　《金瓶梅》在文学史上的地位及其局限

　　从前面对《金瓶梅》的故事和人物的分析中，我们可以看到，这部作品在我国小说史乃至整个文学史上具有十分重要的地位。它在我国小说史上是一部里程碑性质的作品，因为它显示出现实主义在我国小说创作中的进一步发展，标志着我国小说史的一个新阶段的开始。而就现实主义的严格定义来说，我国文学的现实主义传统首先是体现在小说里。《金瓶梅》在我国文学史上的重要性也就可想而知了。

　　作为现实主义在我国小说领域中的进一步发展，《金瓶梅》的第一个特点在于它对社会现实所作的清醒的描绘。

　　如上所述，读者从《金瓶梅》中可以看到：当时的政治黑暗和腐朽已经达到了顶点。西门庆一生的经历就是这种黑暗、腐朽的结晶。而且，《金瓶梅》是把西门庆的经历放在特定的政治背景下来描写的，它深刻地显示出：西门庆的飞黄腾达并不是个别的、偶然的现象，而是当时政治环境的必然产物。尤其有意思的是，据第七十八、八十七回所写，当地的一个想跟西门庆合作的富户张二官，在西门庆死后，立即采取跟西门庆同样的行贿手法，顶了西门庆的缺，做了提刑官；西门庆原拟利用其跟官府的关系包揽为朝廷购古器的买卖，已被张二官包揽去了；围绕在西门庆身边的帮闲已追随在张二官身后；连西门庆的小老婆李娇儿都成了张二官的妾。换言之，一个跟西门庆类似的人物已经继承了他的事业。在那个时代里，西门庆是死不绝的，西门庆式的罪行既不会停止，也不会间断。

　　应该说，在《金瓶梅》以前或同时的我国小说中，没有一部能够像它那样深切地揭示社会的黑暗，政治的腐败。就元、明两代的著名小说来看，《三国志通俗演义》虽有若干处所涉及人民的苦难，但那是在动乱时期发生的，并不能代表封建社会的一般情况；《封神演义》虽也揭露了纣王的残暴和昏乱，但同时又歌颂了周文王、武王的仁德，而且最后是周取代了殷，所以它并不是对于社会的批判；《西游记》是神魔小说，更属于别一范畴；在这方面唯一可资比较的，只有《水浒传》。《水浒传》里被害死而又毫无抵偿的，其实仅林冲娘子一人。宋江、卢俊义虽被害死，但死后成了神，皇帝又为他们建庙，四时享受祭祀，实在不能算是怎么不幸（今天看来，死后成神云云当然只是鬼话；但在那个迷信盛行的时代，这却是颇可安慰的结局）。除此以外，如解珍、解宝之被毛太公陷害，宋江、花荣之被刘、高陷害，柴进之被高廉陷害等等，其结局全都是被害者安然无恙，害人者遭受恶报，正义伸张，人心大快。自然，这是歌颂反抗，应该肯定。但另一方面，人们也不能不有点怀疑：在那样黑暗的社会残酷的统治下，正义能这样频繁地得到伸张，社会的蟊贼能如此经常地被歼除，善良的人们多数都能得到若是美满之反抗结果吗？王国维氏在《红楼梦》评论中说："吾国之文学，以挟乐天的精神故，往往说诗歌的正义，善人必令其终，而恶人必罹其罚：此亦吾国戏曲、小说之特质也。"《水浒传》虽没有完全体现这种"乐天的精神"，但却不可否认地受有它的影响，给那个黑暗的现实涂上了若干理想的色彩。说得明白一些，在对现实的揭露上，《水浒传》并不是充分现实主义的。

在《金瓶梅》中，我们却看到了许多无告的沉冤、难雪的不平：武大被毒死了，首犯西门庆却逍遥法外，虽英雄如武松，也只不过杀死了两个从犯——王婆与潘金莲；宋惠莲被害死了，她的父亲想给她报仇，于是也被迫害而死；苗员外惨遭杀害，主犯苗青却因此成了富豪；冯淮被孙文相等打成重伤身死，但凶犯只出了十两烧埋银完事（第六十七回）；来旺在其妻子成为西门庆的情妇后，自己还遭受酷刑，押回原籍……所有这一切，都使人深深感到那个社会的暗无天日。

尤其令人感到压抑的是：这个作恶多端的西门庆，却在荣华富贵中度过了一生，享尽了福，没有受到任何惩罚。虽然他死时只有三十三岁，但那是因他纵欲过度，也即享受了过多的兽性的快乐，而并非'恶有恶报'的惨死。而且，他连在阴间也没有受到什么报应，在作品的最后一回，写他的鬼魂跟武大等人的鬼魂一起去投胎，同时说明他来世依旧做富户，被他害死的那些人也不会再对他报复——因为普静禅师已经告诫过这些鬼魂："汝当各托生，再勿将冤结。""改头换面轮回去，来世机缘莫再攀。"（第一百回）王国维氏所谓"诗歌的正义"，在这里连影子都找不到了；人们所看到的，只是封建社会里常见的、能反映本质的现象：凶狠残忍的剥削者、压迫者终身受用不尽，善良的人们一辈子在苦难中煎熬、悲惨地死亡。从这点来说，《金瓶梅》所显示的，乃是中国小说史上第一次出现、并未涂上理想主义色彩、压得人喘不过气来的真实。这也就意味着：在中国小说领域中，现实主义向前跨进了一步。

名家解读古典名著
世情讽喻小说（上）

《金瓶梅》在我国小说史上推动现实主义发展的第二个方面，是它在人物描写上所取得的成就以及由此所体现的原则。

如同恩格斯所指出的："现实主义的意思是，除细节的真实外，还要真实地再现典型环境中的典型人物。"因此，离开了典型人物，也就谈不上现实主义。

在《金瓶梅》以前的我国古代小说中，最以写人物擅长的是《水浒传》（百回本《西游记》的成书年代是否在《金瓶梅》之前，难以断言，姑不置论）。金圣叹甚至说："《水浒传》写一百零八个人性格，真是一百零八样。"（《读第五才子书法》）虽不尽然，但其主要人物却确实各有性格。较之《水浒》，《金瓶梅》又有了新的特点和成就。

由于我国的通俗小说是从民间的"说话"发展而来（所谓"话"，即故事之意），它首先是以故事情节来吸引人的。相形之下，对于人物性格的描写就成了次要的事，在作品中没有独立的地位和价值。因此，即使是《水浒传》，也只是在那些根据情节需要而设计的事件中注意人物性格的描写，却没有仅仅为了显示人物性格而对情节发展并无多大意义的事件，这说明作者的主要着眼点还在于情节。例如，该书第三回写鲁达和史进同去酒楼，路上遇见李忠在使枪棒卖膏药，鲁达要李忠一起去喝酒，李忠想等膏药卖完了再去，鲁达就把围着李忠看热闹的人都赶跑，使李忠没了主顾，只得马上跟他们走。及至到了酒楼上，因周济金翠莲，鲁达向李忠借钱，李忠拿出二两来银子，鲁达嫌少，"把这二两银子丢还了李忠"。这都很能表现鲁达的性格。但作者之设计鲁达跟李忠见面的事件，其目的却不仅在此。其后鲁智深打周通，周通请李忠来报仇，李忠因与智深是旧日相识的朋友，遂和平解决了此一争端。若没有第三回鲁达与李忠见面的一幕，打周通以后的情节就不可能成为现在这种样子了。可见这一幕乃是为后来的情节发展准备条件的。但在《金瓶梅》中，却有不少仅仅为了显示人物性格而对情节发展并无什么意义的事件，说明作者的主要着眼点已在于人物的性格描写而不在于故事情节了。这在我国小说史上是一个极为重要的进步。例如，《金瓶梅》第八回，写潘金莲因等西门庆不来，拿迎儿来出气：

……于是不由分说，把这小妮子跣剥去了身上衣服，拿马鞭子下手打了二三十下，打的妮子杀猪也似叫……打了一回，穿上小衣，放起她来，吩咐在旁打扇。打了一回扇，口中说道："贼淫妇，你舒过脸来，等我掐你这皮脸两下子。"那迎儿真个舒着脸，被妇人尖指甲掐了两道血口子，才饶了她。

这个事件，对作品的情节发展毫无影响，但却深刻显示了潘金莲的凶残、暴戾。当然，在这以前，潘金莲已经毒死了武大，其狠毒的一面已经暴露出来，但那还可以说是由婚姻不如意所造成，跟虐待迎儿的性质有所不同。所以，为了充分揭示潘金莲的残忍，此等描写是不可或缺的。此外如五十四回写西门庆与应伯爵等游郊园，五十七回写道长老募缘，西门庆施银五百两，等等，也都很能表现人物性格，但对整部作品的情节发展来说，却都并无意义。

总之，在《金瓶梅》之前的我国古代小说，以情节为主，力争故事的曲折离奇、引人入胜，《金瓶梅》则以描写人物为主，故事情节也转为平淡无奇。从这点来说，《金瓶梅》在我国古代小说中开辟了一个新的方向，《儒林外史》和《红楼梦》乃是它的后继。《石头记》的脂评说它"深得《金瓶》壶奥"（甲戌本十三回第五页眉批），实非无见。

那么，《金瓶梅》的这种新的创作原则带来了什么结果呢？在《金瓶梅》以前，即使是像《水浒传》这样的优秀作品，其人物性格也是单一的：在坏人身上，除了恶德以外没有别的东西；在好人身上，纵有缺点，都无损于其作为好人的基本品质，如鲁达的性急、好酒等，在某种意义上正是草莽英雄的本色。但实际生活当然并不如此简单。在阶级社会里，统治的思想就是统治阶级的思想。虽是劳动人民中的英雄人物，也难免或多或少地染上剥削阶级的坏思想、坏作风，何况古代小说中的所谓好人，许多都是剥削阶级中的人物，岂能如此单纯、完美？至于所谓坏人，也都有其发展过程，其思想感情中也不会毫无矛盾，正如毛泽东同志所指出的：'矛盾存在于一切过程中。"因此，这种单一的人物性格至少是不完整的，有时甚至可说是没有说服力的、不真实的。而如上所述，《金瓶梅》中的人物性格却趋于复杂化，从而更为真实、生动和丰满，这不能不说是它在人物描写上的新原则所结出的硕果。

《金瓶梅》在我国小说史上推动现实主义发展的第三个方面，是它在语言运用上所取得的成功。

文字本是语言的艺术，现实主义的小说如果没有活生生的、能够体现高度的生活真实的语言，就不能认为是充分的现实主义的。

在《金瓶梅》以前，我国小说在语言运用方面最有成就的是《水浒传》。但《水浒传》的语言虽然明快、生动，却缺乏个性鲜明的对话。例如，林冲在被陷害而发配时，为了顾及妻子的安全和幸福，决心写下休书，对他岳父

名家解读古典名著
世情讽喻小说(上)

说道:

> 泰山在上,年灾月厄,撞了高衙内,吃了一场屈官司。今日有句话说,上禀泰山。自蒙泰山错爱,将令爱嫁事小人,已经三载,不曾有半些儿差池。虽不曾生半个儿女,未曾面红耳赤,半点相争。今小人遭这场横事,配去沧州,生死存亡未保。娘子在家,小人心去不稳,诚恐高衙内威逼这头亲事。况兼青春年少,休为林冲误了前程。却是林冲自行主张,非他人逼迫,小人今日就高邻在此,明白立纸休书,任从改嫁,并无争执。如此,林冲去的心稳,免得高衙内陷害。(《水浒传》第八回)

这实在只是一种事务性的交代,读者仅仅能从这件事情中看出林冲的品质,却不能从这些语言中感受到林冲的个性。再如鲁智深在野猪林救了林冲后,直送到将近沧州才分手,行前吩咐两个公人道:"你两个撮鸟,本是路上砍了你两个头,兄弟面上饶你两个鸟命。如今没多路了,休生歹心。"(同上第九回)这固然比上引林冲的那段话显得有个性一些,也是《水浒传》中最富于个性的对话之一,但其所以造成这样的效果,除了"撮鸟"之类的特殊用语外,就是语句简短,缺少修饰,甚至没有必要的连接词,从而显出说话人的粗犷直率。倒过来说,这样的语言可以适合于许多粗犷直率的人,因而也就不是充分个性化的语言。

然而,在《金瓶梅》里,语言的个性化却有了长足的进展。例如在上文中引用过的宋惠莲向来旺抵赖其与西门庆不正当关系的那段话,以攻为守,指鹿为马,于辩白中含炫耀,在责骂中有抚慰,充分显示出她的机智、泼辣、无耻、粗野,因而也就具有较鲜明的个性。再如西门庆得知来旺在咒骂自己后,本要对他加以惩罚,但又听信宋惠莲的话,准备派他去东京送礼,并捎带别人的一千两银子前去,潘金莲就对他说:

> ……我说的话儿你不依,倒听那奴才淫妇一面儿言。她随问怎的,只护她的汉子。那奴才有话在先,不是一日儿了。左右破着把老婆丢与你,坑了你这头子,拐的往那头里停停脱脱去了,看哥哥两眼儿哩!你的白丢了罢了,难为人家一千两银子,不怕你不赔他。我说在你心里,随你随你。老婆无故只是为你。这奴才发言不是一日了。不争你贪他这老婆,你留他在家里不好,你就打发他出去做买卖也不好。你留他在家里,早晚没这些眼防范他;你打发他外边去,他使了你本钱,头一件你先说不得他。你若要他这奴才老婆,不如先把奴才打发他离门离户。常言道:剪草不除根,萌芽依旧生;剪草若除根,萌芽再不生。就是你也不耽心,老婆他也死心塌地。(第二十五回)

这段长篇大论的话，不仅全都是生动的口语，而且有埋怨，有讥嘲，有爱护，有分析，有建议，处处都显出对西门庆无微不至的关心，而把她的真实动机——书中已明白交代，她之这样做其实是通过陷害来旺而打击宋惠莲——掩盖得一丝不漏，这是怎样的深沉、狠毒、虚伪、奸诈！在这样的语言里，体现着多么鲜明的个性！可以说，《金瓶梅》是我国小说史上第一部具有鲜明的个性化语言的作品。

以上三个方面，就是《金瓶梅》在现实主义道路上的三项重大进展，也是它在我国小说史乃至文学史上的重大贡献。

在述说《金瓶梅》的现实主义成就时，有必要谈一谈书中那些关于性行为的描写。由于这些描写，此书被有的研究者视为自然主义；也就是说，不承认它为现实主义的作品。

首先必须指出，在今天的创作中完全不应该作这样的描写，但同时也要看到：此类描写在当时出现，有其复杂的历史背景。有一种意见：那个时代的统治者荒淫无耻，方士、文臣竟有进献房中术而得宠的，以致士大夫渐不以纵谈闺帏为耻，在文学创作中也带来了这样的风气。然而，哪个时代的封建统治者不荒淫无耻呢？南朝的皇帝在这方面即使不超过明朝，至少也不相上下；在《隋书·经籍志》中还著录着好几种房中术的书，可见它们在南朝是公开流行的，并未被认为是下流东西。那么，为什么在南朝的文学创作中就没有这样的风气呢？我们虽然骂南朝的宫体诗荒淫无耻，宫体诗中却没有性行为的描写。所以，这种文学风气恐怕并不仅仅是封建统治者荒淫无耻的反映，而且与当时以李贽为代表的、把"好货好色"作为人类自然要求加以肯定的进步思潮有关。如同欧洲早期文艺复兴时期曾大力提倡人的自然欲望以与中世纪道德相对抗，晚明时期的进步思想家李贽等人也以肯定"好货好色"的欲望来对抗封建道德。

正因把"好货好色"作为人类的自然要求，所以，就不会用封建教条把人一棍子打死，也才能显示人物性格的复杂性。例如，按照"万恶淫为首"的封建教条，李瓶儿这个人自然坏透了，应该彻底否定，哪里还谈得上什么善良等等？但如把"好色"——男女之欲——作为人的正常要求，那么李瓶儿的某些行为就是可以理解的，就不会因这些问题而对她全盘否定了。然而，也正因把这作为自然要求来肯定，所以，在作品中描写性行为也就被认为无可厚非了。

金圣叹在《西厢记·酬简》总批中说："有人谓《西厢》此篇最鄙秽者，

此三家村中冬烘先生之言也。夫论此事（指《酬简》写及的性行为），则自从盘古至于今日，谁人家中无此事乎？……谁人家中无此事，而何鄙秽之与有？"这很能代表晚明接受这种思潮的人的一般看法。文学作品中的此一风气也就由此而形成。不但《金瓶梅》如此，《三言》《两拍》《牡丹亭》中都有这类描写，仅程度有别而已。可以说，这其实是那个进步思潮本身带来的历史局限。

还应该看到，《金瓶梅》之写这些，虽然是一种历史局限，但其中却也包含揭露的成分。有些描写显然是为了揭示西门庆等人的自私、丑恶，如上文提到的使李瓶儿"精冲血管"的那一幕，实际上揭露了西门庆是杀害李瓶儿的凶手。

那么，这是否妨碍《金瓶梅》成为现实主义的小说呢？第一，这类描写在作品中仅占很小的一部分，即使它们是自然主义的，也并不妨碍整部书的现实主义性质。第二，在现实主义和自然主义之间，本来并不存在一条不可逾越的鸿沟。朱光潜先生的《西方美学史》就曾指出："法国的现实主义不但朝过去看没有和浪漫主义划清界线，朝未来看，也没有和自然主义划清界线。"在一部现实主义作品中有些自然主义的描写实在没有什么可以奇怪的。

最后需要说明的是，作品中的性描写虽然不能据以否定其现实主义的特性，但这部书到底是明代后期的小说，在现实主义方面也就不可能没有缺陷。最明显的一点，就是在某些重要环节上还缺乏对人物思想感情的交代。例如在潘金莲被张大户"收用"后的心理活动、在嫁给武大而又充当张大户外室时的感受，作品中都丝毫未提，而这对于形成潘金莲的残忍、冷酷的性格大概是有决定性的作用的吧！缺掉了这样的环节，也就不能完整地、富于说服力地展示出潘金莲性格的演变历程。但对于明代后期的作者，我们当然不能苛求，所以，这并不是作者的过错，而是历史的局限。

五　《金瓶梅》的时代、作者和版本

现在回过头来简单地说一说《金瓶梅》的时代、作者和版本的问题。这本来是应该在开头部分介绍的，但因为其中涉及的情况比较复杂，写来较为烦琐，读者如对《金瓶梅》本身尚无了解，一开头就接触这些烦琐的事，难免会感到厌烦，所以留到最后来介绍。

在明代谢肇淛的《小草斋集》里有一篇《金瓶梅跋》，其中说："《金瓶梅》一书，不著作者名代。相传永陵中（即嘉靖时——引者）有金吾戚里，凭怙奢汰，淫纵无度，而其门客病之，采摭日逐行事，汇以成编，而托之西门庆也。"

又，万历刊本《金瓶梅词话》所附廿公《跋》说："《金瓶梅传》，为世庙时（也即嘉靖时）一钜公寓言，盖有所刺也。然曲尽人间丑态，其亦先师不删郑卫之旨乎？"

在这两段文字中，都肯定《金瓶梅》是明代嘉靖（1522—1566年）时的作品，但都没有说明作者是谁。一个说是"金吾戚里"的门客，一个则说是"钜公"——地位相当高的人，两种说法显然存在矛盾。同时，这两篇《跋》都写在明代万历（1573—1619年）时期，可见在明代万历时就已不清楚作者是谁，并在这问题上产生了彼此矛盾的说法。至于作者的创作动机，两文所述也不大一样，这倒是不奇怪的，既然连作者的身份也大相径庭，其创作动机自不会一致，对他们在这方面的说法，我们也不必过于看重。如果一定要了解作者的创作动机，还不如到《金瓶梅》本身中去探究。

由于在万历时期就传说此书作于嘉靖时，后人也就把它作为嘉靖时的作品，直到20世纪30年代吴晗先生写《〈金瓶梅〉的著作时代及其社会背景》，才提出不同意见。他根据书中所写及的一些社会现象——如皇帝向太仆寺借马价银等——来考察《金瓶梅》的成书年代。因为这些现象在当时确曾发生过，但主要都发生在万历及其后的时期，所以他认为《金瓶梅》应是万历时的作品，至早写于万历稍前的隆庆时期，而不可能写于嘉靖年间。在他的论文发表后，在相当长的一个时间里，研究者都认为《金瓶梅》写于万历间。但后来又有研究者提出不同看法，以为皇帝向太仆寺借马价银之类的事，嘉靖时也并非没有，只不过没有像万历时那样频繁和普遍罢了，因此不能根据这些情况就认定《金瓶梅》并非嘉靖时的作品。

总之，关于《金瓶梅》的成书年代，目前在研究界还没有一致的意见，成于嘉靖与成于万历的两种说法同时并存。因为此书现在还存有万历刻本，所以，它写成于万历以后的可能性是不存在的。

现在说此书的版本。

今天保存下来的《金瓶梅》的最早版本，是万历年间刊刻的《金瓶梅词话》和崇祯（1628—1644年）时刻的《金瓶梅》，但这两个版本却颇有不同。

首先，在《金瓶梅词话》中保留着词话的痕迹，而在崇祯刊本《金瓶梅》中，这样的痕迹却都没有了。

名家解读古典名著
世情讽喻小说（上）

现引七十九回写西门庆临终前与吴月娘诀别的文字为例：

……那吴月娘不觉桃花脸上滚下珍珠来，放声大哭，悲恸不止。西门庆道："你休哭，听我嘱咐你，有《驻马听》为证。贤妻休悲，我有衷情告你知：妻，你腹中是男是女，养下来看大成人，守我的家私。三贤九烈要贞心，一妻四妾携带着住。彼此光辉光辉，我死在九泉之下口眼皆闭。"月娘听了，亦回答道："多谢儿夫，遗后良言教道奴。夫，我本女流之辈，四德三从，与你那样夫妻。平生作事不模糊，守贞肯把夫名污！生死同途同途，一鞍一马不须吩咐。"

所谓词话，是一种民间的说唱。在上引的段落中，说唱的痕迹十分明显。但在崇祯刊本《金瓶梅》里，这两段却成了很简单的几句话：

……那月娘不觉桃花脸上滚下珍珠来，放声大哭，悲恸不止。

说唱的痕迹，在这里泯灭无遗。

其次，《金瓶梅词话》的第一回是《景阳冈武松打虎，潘金莲嫌夫卖风月》，全书从景阳冈武松打虎写起，而在写武松之前，又有一大段文字，讲"情色二字，乃一体一用"的道理。但在崇祯年间刻的《金瓶梅》中，第一回的回目改为《西门庆热结十弟兄，武二郎冷遇亲哥嫂》，从西门庆结拜十兄弟写起，那段讲"情色"大道理的文字也被改掉了。

由于这两种不同都很重要，就必须弄清到底哪一种类型的本子在前。当然，崇祯本刊刻于万历本之后是不成问题的，但它的祖本是什么呢？如果它是根据一个与它相同的本子翻刻的，那么，那个本子也有可能在万历本以前或与万历本同时，因而崇祯本《金瓶梅》一系的本子也就不一定比万历本《金瓶梅词话》系统的本子来得晚。但从上引第七十九回的文字来看，崇祯本的这种写法恐怕是据万历本删改而成，因为《金瓶梅》写人物都相当细腻，吴月娘在即将与西门庆永别之际，其思想感情自然相当复杂，跟西门庆必定有不少话想说，现在把二人的生死诀别写得如此草率，那是不符合《金瓶梅》的特点的。这显然是崇祯本的改定者不愿保有说唱这样的形式，却又懒得将此段文字重写，以致成了现在的样子。所以，我们可以推定，《金瓶梅词话》是比较接近这部书的原貌的，崇祯本则是经过后来人的改动的。

《金瓶梅词话》所保留的说唱痕迹并不止第七十九回一处，这里再引第八十九回为例。那一回写到吴月娘、孟玉楼等人到西门庆墓前祭扫：

……月娘（把香）插在香炉内，深深拜下去，说道："我的哥哥，……我和你做夫妻一场，想起你那模样儿并说的话来，是好伤感人也！"玳安把纸钱点着。有《哭山坡羊》为证：

烧罢纸，小脚儿连跺。奴与你做夫妻一场，并没个言差语错。实指望同偕到老，谁知你半路将奴抛却。当初人情看望全然是我，今丢下铜斗儿家缘，孩儿又小，撇的俺子母孤孀，怎生遣过？恰便似中途遇雨，半路里遭风来呵！拆散了鸳鸯，生揪断异果。叫了声好性儿的哥哥！想起你那动影行藏，可不嗟叹我！（带《步步娇》）烧的纸灰儿团团转，不见我儿夫面。哭了声年少夫，撇下娇儿，闪的奴孤单。咱两无缘，怎得和你重相见！玉楼向前插上香，深深拜下，哭唱前腔：烧罢纸，满眼泪堕。叫了声人也天也，丢的奴无有个下落。实承望和你白头厮守，谁知道半路花残月没。大姐姐（指吴月娘——引者）有儿童他房里还好，闪的奴耐倒无阴，跟着谁过？……

从"哭唱前腔"四字，可知这是唱的，其唱词又全是孟玉楼的声口，这正是说唱艺术的特点。今天的弹词还是如此，艺人一会儿以自己的身份——旁观者的身份——对人物、事件作客观的介绍，一会儿以作品中人物的身份来说和唱。这里的"玉楼向前插上香，深深拜下"就是以旁观者的身份作的介绍，"烧罢纸，满眼泪堕"等词句则是以孟玉楼的身份来唱了。至于写吴月娘的"烧罢纸，小脚儿连跺。……"那一段，也全是吴月娘的声口，应该也是以吴月娘的身份来唱的。这又可见在《金瓶梅词话》中一再出现的"有……为证"，都是要唱的。

所以，《金瓶梅》乃是词话体。

不过，既然是词话体的说唱，唱自然应占很大的比重。而在《金瓶梅词话》中，说与唱的比例却不协调，显得唱词太少，以作品中人物的身份来唱得更少（由于这类唱词在《金瓶梅词话》中保存很少，现有的极少几首，如上引的《哭山坡羊》，之类，在作品里就显得极为突出和不调和，这大概就是崇祯本把它们索性删去的原因），这种情况是不符合说唱的一般规律的。因此，现在所看到的《金瓶梅词话》已不是词话的原来面貌。说得更明确些，词话体的《金瓶梅》原作并不是现在的样子，现在的《金瓶梅词话》是在原作的基础上进行了较大的增删、加工甚至再创造而成的一部作品。

如上所述，此书在万历时已有刊本，而像"词话"这类说唱体的文艺样式，无论是在嘉靖时或万历时都是受文人轻视的，因此不可能有文人以词话体来从事创作——下层文人为了生计而给说唱艺人编写脚本的情况除外。所以，徐朔方先生等少数研究者认为《金瓶梅》原是流行于民间的说唱，在流行过程中又不断地得到加工、提高，日渐丰富，最终又经人写定而成为现在

名家解读古典名著
世情讽喻小说(上)

的样子（参见徐朔方《论〈金瓶梅〉的成书及其他》等文），这是一种值得重视的意见。但多数研究者仍把它看作文人的个人创作。

理解了这些情况，才可以进而谈《金瓶梅》的作者问题。

现在一般承认《金瓶梅》的作者为"兰陵笑笑生"，因为明代万历年间刊行的《金瓶梅词话》上有一篇署名为"欣欣子"的序，序文中说："窃谓兰陵笑笑生作《金瓶梅传》，寄意于时俗，盖有谓也。""吾友笑笑生为此，爱罄平日所蕴者著斯传，凡一百回。"但"兰陵笑笑生"是谁？这却有各种不同的说法。

首先是"兰陵"的问题。不少研究者认为兰陵是作者的籍贯，而署作者籍贯一般应是县以上行政单位，但明代的县以上行政单位没有叫兰陵的，所以这里用的是古地名。兰陵这一古地名在中国历史上南北均有，北方的是战国楚所置兰陵县，治所在今山东苍山县兰陵镇；西晋元康元年又置兰陵郡，治所在今山东枣庄市峄城镇。南方的是东晋初侨置的兰陵县，治所在今江苏省常州市西北，东晋时又侨置兰陵郡，治所即在侨置的兰陵县。既然用的是古地名，那么，这里的兰陵既可能指北方，也可能指南方，"兰陵笑笑生"可能是今山东枣庄市或苍山县人，也可能是江苏常州市人。而且，还应考虑到一点：古人自署籍贯，有时是用祖籍。例如，他在当时其实是苏州人，但因祖籍是常州，他就自署常州。所以，这位兰陵笑笑生有可能既不是山东枣庄、苍山一带的人，也不是江苏常州人，不过他的祖上在那里住过罢了。还有一些研究者以为作者虽自署"兰陵笑笑生"，但兰陵未必是他的籍贯，因为他用的既不是真名，又何必用他自己的籍贯呢？

因为对"兰陵笑笑生"这一署名中的"兰陵"存在着上述种种理解，研究者对《金瓶梅》作者是谁的问题也就有不同的说法。有的从山东、常州人中去找，有的则撇开这种地域的限制，从可能写作《金瓶梅》的广泛人群中去寻找。被不同的研究者认为是《金瓶梅》作者的，有这样一些人：王世贞、王世贞门人、李渔、卢楠、薛应旗、赵南星、李贽、徐渭、冯惟敏、沈德符父子、汤显祖、冯梦龙以及贾三近、屠隆、王稚登等。

以上的说法，都是将《金瓶梅》看作个人的创作的。但如上所述，有的研究者以为《金瓶梅》不是个人创作，而是长期在民间流传、经过许多人的不断丰富、最后才经人写定的作品。从这一意见出发，《金瓶梅》的作者又被分别认为文人集体、艺人集体、书会才人一类的下层文人等等。其写定者又被认为是李开先或李开先崇拜者等等。

在上引关于作者的意见中，较有影响的是王世贞说、贾三近说、屠隆说、李开先（或其崇拜者）说。现分别略作介绍。

王世贞说。这是以上许多种说法中出现最早的一种。补王世贞（1526—1590年），字元美，江苏太仓人，官至南京刑部尚书，又是著名作家，当时文坛领袖。清代康熙年间刊刻的张竹坡评本《金瓶梅》所载谢颐《序》："《金瓶》一书，传为凤洲门人之作也，或云即凤洲手。……的是浑《艳异》旧手而出之者，信乎为凤洲作无疑也。"凤洲为王世贞的号，《艳异》指王世贞所作《艳异编》。由上所述，可知谢颐作《序》（据《序》末所署年月，此《序》是康熙三十四年乙亥、即1695年所作）时，本有《金瓶梅》为王世贞或其门人所作两种说法同时并存，而谢颐则根据《金瓶梅》的结构细密等特点，认为其与王世贞所作《艳异编》相近，故断定为王世贞作。

《金瓶梅词话》所载廿公跋，称《金瓶梅》"为世庙时一巨公寓言"，而王世贞主要活动于嘉靖、万历时，南京刑部尚书也称得上是"巨公"。沈德符《万历野获编》也说："闻此（指《金瓶梅》——引者）为嘉靖间大名士手笔。"王世贞当然称得上"大名士"。又，谢肇淛《小草斋集》卷二十四《金瓶梅》跋说："此书向无镂板，钞写流传，参差散失。唯弇州家藏者最为完好。余于袁中郎得其十三，于丘诸城得其十五，稍为厘正，而阙所未备，以俟他日。"袁中郎即袁宏道，他所收藏的《金瓶梅》是自董其昌（1556—1637年）处抄来的，丘诸城即丘志充，万历三十一年（1603年）举人，四十一（1613年）年进士，仕至布政使，这也是一个重视《金瓶梅》而加以收藏的人。从谢肇淛的这一段话，可知当时持有《金瓶梅》的全本的，只有王世贞一人，别人所藏的都不完全。这种现象，可以解释为《金瓶梅》这部书原是从王世贞处流传出去的。但他不肯把全本都借给别人，而只借给别人一部分，所以别人持有的都不全。如作这样解释，那么《金瓶梅》就很可能是王世贞或跟其关系很亲密的一个人写的。所以，说此书为其王世贞或其门人所作，就未必是毫无根据的猜测，再加上廿公和沈德符分别说《金瓶梅》是嘉靖间"巨公""大名士"的手笔，这书就更像是王世贞所写的了。

然而，第一，"唯弇州家藏最为完好"的话也可解释为《金瓶梅》本有若干部抄本在社会上流传，但在流传过程中，其他几部都残缺或被分割了，只有一部仍完整地保存着，这一部就是王世贞所收藏的；第二，廿公和沈德符的话是否一定可靠？因为谢肇淛的《金瓶梅跋》就明确说此书是一位"金吾戚里"的门客所作，他的这篇《跋》肯定比沈德符的那段文字写得早，比

名家解读古典名著
世情讽喻小说（上）

廿公的那篇《跋》可能也要早些，至迟为同时之作，那么，何以见得谢肇淛的话就一定是错的呢？假如此书作者确是这样的一位门客，那就不但不是王世贞，而且也不是"巨公"和"大名士"。所以，此书虽可能是王世贞所作，但这种可能性尚未得到证实。

贾三近说。这是张远芬氏提出来的，见其所著《〈金瓶梅〉新证》。他根据《金瓶梅》作者是"兰陵笑笑生"这一点，肯定作者为山东峄县人，再从书中找了一些作者为峄县人的内证，然后从峄县找出了一位生活在嘉靖、万历时期的贾三近（1534—1592年），认为其地位、经历、文学素养都与《金瓶梅》作者所应具备的条件符合，因而认为他就是《金瓶梅》的作者。但这里也还存在问题：第一，如上所述，"兰陵"也可能指江苏常州，未必就是峄县。第二，张氏所找出来以证明作者为峄县人的内证，并不都能成立。例如，他以为《金瓶梅》中一再写到的金华酒，乃是峄县所出，就已有研究者证明其为不确。第三，他指出贾三近当过大理寺卿、巡抚，又有文名，跟"大名士""大官僚"（"巨公"）的身份相合，然而，从他所介绍的贾三近身世中，却并无当过"金吾戚里"门客的一项。因而，要肯定贾三近为《金瓶梅》作者，就必须先证明廿公、沈德符关于《金瓶梅》作者的说法是对的而谢肇淛的说法是错的，但这却是目前还无法证明的。

屠隆说。这是黄霖氏提出来的。见其所著《〈金瓶梅〉作者屠隆考》等文。他的主要论据是：有一部"原刻于明末"的《山中一笑》，其卷一题"卓吾先生编次，笑笑先生增订，哈哈道士校阅"，卷三题作"卓吾先生编次，一衲道人屠隆参阅"，又一卷只题"一衲道人屠隆参阅"。又，该书收有《哀头巾诗》与《祭头巾文》，标明为屠隆所作，而这一诗一文均见于《金瓶梅》。他认为，一衲道人屠隆就是笑笑先生，因为在一部书的不同卷数下更易署名——同一个人的不同署名——是明清两代并不少见的现象，而笑笑先生当即兰陵笑笑生。此外，他还论证了屠隆（1542—1605年）具备写作《金瓶梅》的条件。这说法的最大优点是直接找到了一位叫作"笑笑先生"的人，而"笑笑生"的"生"本也可解释为"先生"，把"笑笑先生"和"笑笑生"作为同一个人就具有相当大的合理性。但另一方面，"笑笑先生"和"笑笑生"在字面上到底还差一个字，而通俗小说《徧地金》前又有哈哈道士的序，《徧地金》并被多数研究者认为是清代的小说，虽然黄霖氏也认为它是明代小说，但尚缺乏有力的论证。

李开先说。这是中国社会科学院文学研究所编纂、1962年出版的《中国文学史》开始提出来的主张，据说乃是该所吴晓铃的意见。至1980年徐朔方先生发表《〈金瓶梅〉的写定者是李开先》，除进一步论证了《金瓶梅》是说唱体的作品外，并根据《金瓶梅》中收入李开先《宝剑记》的曲词等情况，论证《金瓶梅》的最后写定者为李开先。后来又写了《〈金瓶梅〉成书补证》《论〈金瓶梅〉的成书及其他》等文，在为其主张增加新的论据的同时，对原有的看法略有修正，认为写定者或写定者之一是李开先或李开先的崇信者，而且认为从书中的一些失误来看，写定者的文化修养不高，如果李开先确是此书的写定者，那么他也只是出主意或主持印制而已，并未自始至终进行认真的修订。徐朔方先生的这种意见，是很审慎的。无论如何，说《金瓶梅》的写定者之一是李开先的崇信者，都是个值得重视的见解。正如徐朔方先生自己所说："《金瓶梅》袭用前人的曲文也是常见的，但如《宝剑记》中的套曲，一不是古代名家作品，二本身又不见佳，同一般的模拟、引用不同。"（《〈金瓶梅〉的写定者是李开先》）因此，将《宝剑记》曲文引入《金瓶梅》的，如不是李开先自己，也应是李开先的崇信者。当然，这位崇信者到底是谁，仍是个未知数。

换言之，关于《金瓶梅》的作者问题，虽然经过许多专家的努力，目前尚未获得最后的解决，而且能否获得这样的解决也还是个谜。我们希望那"踏破铁鞋无觅处，得来全不费工夫"的一天终究会到来。

名家解读古典名著
世情讽喻小说(上)

解读《红楼梦》

张 俊 沈治钧 著

为什么只有一百二十回的《红楼梦》,研究的文章和书籍数以百计,甚至形成一门学问——红学?为什么《红楼梦》会让人痴狂而死?本书从作者、时代、作品的思想特征和艺术成就等八个方面,对《红楼梦》作了全面、精辟的解读。

名家解读古典名著
世情讽喻小说（上）

小　引

晋代有一位著名学者叫杜预，非常爱读《左传》，自称有"左传癖"。在清人笔记中，记述了几个青年男女因酷爱《红楼梦》，结果痴狂而死的故事，不妨称他们为"红楼迷"。乐钧《耳食录》二编卷八记叙了这样一个"红楼迷"的故事：

昔有读汤临川《牡丹亭》死者，近时闻一痴女子以读《红楼梦》而死。初，女子从其兄案头搜得《红楼梦》，废寝食读之。读至佳处，往往辍卷冥想，继之以泪。复自前读之，反复数十百遍，卒未尝终卷，乃病矣。父母觉之，急取书付火。女子乃呼曰："奈何焚宝玉黛玉？"自是笑啼失常，言语无伦次，梦寐之间，未尝不呼宝玉也。延巫医杂治，百弗效。一夕瞪视床头灯，连语曰："宝玉宝玉在此耶！"遂饮泣而瞑。

这是一则小小的悲剧。类似的记载，还见于陈其元的《庸闲斋笔记》卷八、邹弢的《三借庐笔谈》卷四，很可能是一则流传颇广的传说。今天看来，这位痴心少女，由于不懂得如何正确对待文艺作品，不懂得如何正确对待自己的生活，以致因着迷《红楼梦》而夭亡。她的不幸，令人叹惜。不过，故事本身则生动地说明：宝黛的爱情悲剧，多么震撼人心！《红楼梦》的艺术魅力，多么强烈感人！

德国诗人歌德说过："优秀的作品，无论谁怎样去探测它，都是探不到底的。"《红楼梦》正是这样一部优秀的作品。让我们运用历史唯物主义的观点，去"红楼"世界里探测吧，从中会获得美的享受的。

一　生于末世运偏消——《红楼梦》产生的时代

《红楼梦》孕育和产生的时代，正是中国封建社会最后一个王朝——清王朝的乾隆初期。这一时期，清朝政权，相对比较稳定，史学家称之为"康乾盛世"。实际上，这时的封建经济和政治，已经彻底腐败，中国封建社会已完全进入"末世"。乾隆一代，正是清王朝由盛转衰的交替时期。清人许子衡在《饮流斋瓷说》中讲到清代瓷器制造业的变化时说：

"康熙专以名工制瓷，名手绘画，殆纯入美术范围，而高穆浑雅之气，犹未掩尽。至雍正，则昳丽胜矣。至乾隆，则华缛极矣，精巧之至，几若鬼斧神工，而古朴浑厚之致，荡然无存。故乾隆一朝，为有清极盛时代，亦为一代极衰之枢纽也。政治文化如此，瓷业亦然。"

这段话从一个侧面反映了康、雍、乾三朝社会习尚的变化和乾隆时的政治特征。

清代初期，由于统治者采取了一些恢复社会经济的措施，生产有所发展。但随着这种发展而来的是官僚地主阶级大量掠夺土地，形成土地的高度集中。康熙后期，上谕就说："田亩多归缙绅豪富之家，小民所有几何？"（《皇清名臣奏议》卷四十五）乾隆时，这种情况更为严重。据记载，当时的耕地约有一半以上被大地主所吞并。如乾隆十三年杨锡绂在《筹民食疏》中讲到湖北的情形时说："近日田之归于富户者大抵十之五六，旧时有田之人，今俱为佃耕之户。每岁收入，难敷一家之口食。"

随着官僚地主阶级对土地的大量掠夺，统治阶级便更加日益走向奢靡腐化。当时上自皇室，下至各级官吏，挥霍浪费，穷奢极欲，达到极点。康熙和乾隆都曾六次南巡，"劳民伤财，岁无虚日"。乾隆还到处建筑离宫别馆，大兴土木。他在太原的行宫，镂刻金银珠玉，使后来的慈禧太后也大为叹赏，认为是宫中没有见过的豪华。满族贵族和汉族官僚地主，也广置田宅，整修园林，大肆挥霍。如北京祝氏，"屋宇多至千余间，园亭瑰丽，游十日未竟"。像这样的豪富，在当时"比户相望"（《啸亭续录》卷二）。又如怀柔郝氏，"膏腴万顷"，皇帝出巡，都借住他家，"进奉上方水陆珍错至百余品"，"一日之餐，费至十余万"（同上）。当时贵族之家的蓄奴之风，也很盛行。有的官僚置买奴婢，多至"一二千人"（《日知录》卷十三）。乾隆时的宰相和珅，宅内"供厮役者，竟有千余名之多"。

在文化思想领域里，明末清初的一批思想家如黄宗羲、顾炎武、王夫之、唐甄、颜元等，他们对腐败老朽的封建制度表示了某些怀疑和不满，指斥君主专制是"天下之大害"，抨击程朱理学"误人才，败天下"，主张"有人欲，才有天理"，带有早期的民主色彩。面对这种情况，清王朝一面大力提倡尊孔读经，推行科举制度，以"牢笼志士，驱策英才"；一面则大兴文字狱，实行残酷的文化专制主义。据不完全统计，从康熙至乾隆，大小文字狱案，约有一百余起；其中大部分集中在雍正、乾隆年间。结果使人人自危，谈虎色变，士子不敢议论朝政，不敢研治历史。正如梁启超在《清代学术概论》中所说："文字狱频兴，学者渐惴惴不自保，凡学术之触时讳者，不敢相讲习。"

名家解读古典名著
世情讽喻小说（上）

在文学创作上，除那些歌功颂德的作品外，一些感受敏锐的作家，朦胧地感觉到"盛世"背后潜伏着的危机，发出"千家笑语漏迟迟，忧患潜从物外知"（黄景仁《除夕偶成》诗）的哀叹惆怅。因此，他们的作品，多郁结着一种哀痛悲愤的时代情绪。蒲松龄的《聊斋志异》，悲痛深沉，作者自称为"孤愤之书"。陈忱的《水浒后传》，苍凉哀艳，作者也自称是一部"泄愤"之作。吴敬梓的《儒林外史》，后半部充满一种伤今吊古之气。孔尚任的《桃花扇》，悲声哀叹"残山梦最真，旧境丢难掉，不信这舆图换稿"。特别是这些作品的结尾，多带有一种挽歌色彩，表现了作者凝注现实但又找不到出路的怨痛和苦闷。如《儒林外史》最后一回"弹一曲高山流水"，表示"从今后，伴药炉经卷，自礼空王。"《桃花扇》结尾一出，感叹风雨凄凉，人世沧桑，"六代兴亡，几点清弹千古慨；半生湖海，一声高唱万山惊。"这些哀音喟叹，不仅仅是作家个人的感伤哀怨，而是反映了一代文人共同的时代感受。

《红楼梦》第五回贾探春的"判词"中有句云："才自精明志自高，生于末世运偏消。"判词写了探春的才志与末世的矛盾，以及她的归宿。作者曹雪芹，也正生活在封建社会濒临解体的末世，"补天"之志，不能实现，乃用其如椽之笔谱写了一曲封建社会的"好了歌"。

二 倩谁记去作奇传——《红楼梦》的故事、作者和版本

《红楼梦》开卷，作者虚构空空道人见青埂峰下有一块顽石，上面记着它被携入红尘后的经历见闻，后面有一首七言绝句，结尾云："此系身前身后事，倩谁记去作奇传？"交代了小说故事的来历，表明了小说创作的缘起。

（一）满纸荒唐言，一把辛酸泪

《红楼梦》主要写的是贵族世家贾府的盛衰荣枯，而贯串其中的中心故事，则是贾宝玉和林黛玉、薛宝钗的爱情婚姻悲剧。这两方面相辅相成，彼此交错，构成小说的主要内容。正所谓"满纸荒唐言，一把辛酸泪"。

我们先看对贾府生活的描写。

前五回是全书的序幕，主要介绍小说的艺术构思、基本内容和主要人物。其中第一回以甄士隐家的败亡作引子，说明小说的创作缘起；第二回"冷子兴演说荣国府"，巧妙介绍了小说的主要人物和故事环境；第三、四回"接外孙贾母惜孤女""葫芦僧乱判葫芦案"，叙写林黛玉、薛宝钗寄居贾府的因

由，男女主角一一登场；第五回"贾宝玉神游太虚境"，揭示了大观园中的主要人物及其归宿，以及贾府最终一败涂地的结局。有人把这一回称作《红楼梦》的"纲领"。

从第六回到第十八回，主要写贾府的繁华和欢乐，是贾府所谓"鲜花着锦"的兴盛时期，实际表现了贾府生活的糜烂和腐朽。其中"茗烟闹书房""贾瑞起淫心""可卿大出丧""元妃省父母"等故事，写了贾府教育的溃败、道德的沦丧、生活的糜费。特别是"出丧"和"省亲"两件事，极力渲染了贾府的豪华和奢侈。

从第十九回到第一一八回，集中笔墨，着力描写贾府的衰败过程。其中"宝玉挨打""除夕祭宗祠""探春理家""偷娶尤二姐""抄检大观园""林黛玉之死""查抄宁国府"等故事，叙写了贾府的后继无人、经济困窘、道德败坏、人情浇薄、家族内部矛盾的加深等。

书末两回，写宝玉"中乡魁"，贾府"兰桂齐芳"，家道复初。

我们再看关于宝玉和黛玉、宝钗爱情婚姻悲剧的描写。小说细致入微地写了宝黛爱情萌生、发展、成熟和被毁灭的全过程，以及宝玉和宝钗婚姻的不幸结局。

小说从第三回到第八回，写了宝黛爱情的萌生。第三回写黛玉进贾府后，与宝玉"日则同行同坐，夜则同止同息""言和意顺　似漆如胶"培养了纯真的友情。第八回写黛玉对宝玉和宝钗的亲密关系，心怀猜忌，三人之间第一次产生了感情纠葛，标志着黛玉已暗暗对宝玉萌发了爱慕之情。

从第九回到第三十二回，写宝黛爱情的发展。这一阶段，主要写了宝黛之间的三次误会和矛盾：第一次是第二十三回"西厢记妙词通戏语"，第二次是第二十六回"潇湘馆春困发幽情"，第三次是第二十九回"多情女情重愈斟情"。经过相互试探，疏通了他们之间的感情，第三十二回"诉肺腑心迷活宝玉"，写他们消除了所有误会，由彼此猜疑，到引为"知己"，他们的爱情发展到一个新阶段。

从第三十三回到第七十九回，写宝黛爱情的成熟。黛玉经过多次痛苦的试探，了解到宝玉对自己的专一，从此他们互相尊重，彼此体谅，情同生死。第三十四回"情中情因情感妹妹，错里错以错劝哥哥"，写她在宝玉送她的绢帕上题了三首绝句，表明了自己生死不渝的心迹。随着他们爱情的成熟，悲剧因素也在发展。第七十八回宝玉所写《芙蓉诔》，名为悲悼晴雯，实际也预示了他们爱情的悲剧结局。

名家解读古典名著
世情讽喻小说(上)

从第八十回到第九十八回,写宝黛爱情的毁灭。自第九十六回开始,小说用三回篇幅,集中写贾府统治者用"掉包计"诱骗病中的宝玉与宝钗成亲,终于扼杀了宝黛的爱情和幸福,黛玉含恨而死。

第九十九回以后,写宝玉和宝钗婚姻的不幸。宝玉终于抛下已经怀孕的宝钗,弃却尘缘,出家而去。

(二)都云作者痴,谁解其中味

《红楼梦》的作者曹雪芹,名霑,字梦阮,号雪芹,又号芹圃、芹溪。他的生年,没有文献资料记载,是根据卒年推算出来的。关于他的卒年,有两种说法:一说他卒于乾隆二十七年壬午(1763年)除夕,根据是《脂砚斋重评石头记》甲戌本眉批有"壬午除夕,书未成,芹为泪尽而逝"的话;一说卒于乾隆二十八年癸未(1764年)除夕,根据敦敏《懋斋诗钞》中有《小诗代柬寄曹雪芹》一诗。由于《懋斋诗钞》是按年排比,在此诗前面第三首诗《古刹小憩》旁注有"癸未"二字,由此证明癸未那年雪芹还在。又根据张宜泉《春柳堂诗稿》中《伤芹溪居士》题前"年未五旬而卒"的小注,以及敦诚《四松堂集》中《挽曹雪芹》"四十年华付杳冥"的诗句,知道雪芹活了四十多岁。假设他活了四十八九岁,那么他的生年当在康熙五十四年(1715年)左右。

曹雪芹祖籍东北辽阳,先世原是汉人,大约在明末,入了满洲籍,属汉军正白旗人。后来他的祖先随清兵入关,得到宠幸,成为显赫一时的世家。《红楼梦》中说:"吾家自国朝定鼎以来,功名奕世,富贵流传,已历百年。"这里讲的是贾家,但也可以说是曹家的写照。

据史料记载,雪芹高祖曹振彦,顺治年间曾被任命为山西平阳府吉州知州,后升任浙江盐法道。曾祖曹玺,也因"随王师征山右有功",当了顺治的亲信侍臣。曹氏不仅因武功起家,而且同康熙还有一种特殊关系。曹玺的妻子孙氏,是康熙的乳母;雪芹祖父曹寅,少年时则做过康熙的"侍读"。康熙继位后,开始设置江宁织造,第一任就是曹玺。所谓织造,就是为宫廷督造衣料、帷帐等各项丝织品的官职,官阶虽然不高,但被视为一个"肥缺",而且除经济使命外,还兼做皇帝的耳目,访察江南吏治民情,供皇帝借鉴。

继曹玺之后,雪芹祖父曹寅、父辈曹颙、曹頫,祖孙三代四人担任过这一要职,共约六十年。因此,曹家成为当时江南财势熏天的"百年望族"。康熙皇帝六次南巡,其中有四次曾以江宁织造府为行宫,由此可见曹家的阔绰和权势。

曹氏也是一个"诗礼之家"。据记载,曹玺"少好学深沉,有大志","读书洞彻古今,负经济才,兼艺能"。曹寅更是康熙时一位著名的学者和文人。他擅长书法,并能写诗填词度曲,终生写作不辍,又喜广交当时名士。他还是有名的校勘家,我们今天所看到的《全唐诗》,就是曹寅在扬州主持刊刻的。

曹家既然是康熙的亲信近臣,那么它的兴衰际遇,就势必同皇室内部的矛盾斗争紧密联系在一起。在雪芹五六岁时,雍正夺得皇位,曹家遭到冷落。雍正五年(1727年),曹頫以"行为不端"、"织造款项亏空",被革职抄家;次年被遣回北京。据说,在乾隆初年,曹家又遭到一次打击,从此便一败涂地了。

曹雪芹生长在南京,他的少年时代,曾经历过一段富贵繁华的贵族生活。当时的南京,被称为"欲界之仙都,升平之乐国"(《板桥杂记》),给他留下许多可供回忆的东西,直到晚年,仍不能忘怀。正如他的友人诗中所说的"秦淮风月忆繁华","废馆颓楼梦旧家"。在他十三四岁时,随全家迁回北京,先在一所贵族子弟学校当"舍夫",相当于杂役。晚年,迁徙到北京西郊一个人烟稀少的小山村里,过着"蓬牖茅椽,绳床瓦灶"、"举家食粥"的贫困生活。大约在乾隆二十七年(1763年),因幼子夭殇,他感伤成疾,加上贫穷无法医治,于是年除夕"泪尽而逝"。他身后萧条凄惨,靠生前几个好友的资助,才得以草草埋葬。

曹雪芹经历了贵族家庭生活的巨大转变,一方面使他深切感受到世态的炎凉,对封建制度的黑暗和腐朽,对贵族世家的堕落和贪残,有了比较清醒的认识,为他《红楼梦》的创作提供了良好的生活基础;另一方面,这样的家庭生活,也在他身上烙下许多难以磨灭的阶级印记,使他常常流露出一种人生空幻的消极情绪。这在《红楼梦》中也有所反映。

曹雪芹的性格和为人,因资料缺乏,难以详细描述。我们从他朋友的一些诗篇以及他人的零星记载中,可以看出他是一个傲骨嶙峋、愤世疾俗、性格诙谐、喜酒健谈、而又具有多方面才艺的人。有的朋友把他比作奇石,说"傲骨如君世已奇,嶙峋更见此支离"(敦敏《题芹圃画石》诗);有的把他喻为寒光闪闪的利剑,说"琴裹坏囊声漠漠,剑横破匣影铓铓"(张宜泉《伤芹溪居士》);有的说他像晋代诗人阮籍那样"步兵白眼向人斜"(敦诚《赠曹雪芹》)。至于他为人的风度,裕瑞《枣窗闲笔》记述说他"善谈吐,风

名家解读古典名著
世情讽喻小说(上)

雅游戏,触境生春,闻其奇谈,娓娓然令人终日不倦"。敦诚在《四松堂集》卷一《佩刀质酒歌》题记中还记述了这样一件事:

一个秋天的早晨,敦诚在槐园碰到雪芹。当时风雨淋涔,朝寒袭衣,雪芹酒渴如狂,但他们身边都未带钱,于是敦诚便解下佩刀沽酒,雪芹非常高兴,大笑称快,立即作长诗一首,高声朗诵,以致谢意。

从这一记载,可以窥见雪芹当时壮怀激烈、肝胆照人的性格风貌。曹雪芹不仅擅长创作小说,而且还工于写诗和绘画,可惜这些诗画都已风云流散,现在保存的诗只有两句:"白傅诗灵应喜甚,定教蛮素鬼排场。"这是他题敦诚《白香山琵琶行》传奇中的诗句。他的诗风,据他的朋友说是"诗笔有奇气","诗胆昔如铁",把他比作唐代诗人李贺。他的绘画亦颇见功力。他善画奇石、山水,敦诚《题芹圃画石》诗说他"醉余奋扫如椽笔,写出胸中块垒时"。张宜泉在《题芹溪居士》一诗中也说他"爱将笔墨逞风流,庐结西郊别样幽;门外山川供绘画,堂前花鸟入吟讴。"说明他常借绘画寄托自己怀才不遇的感愤,抒发自己胸中的不平之气。

《红楼梦》当写成于曹雪芹凄凉的晚年。具体成书过程,已难确考。有些人作过种种推测,也只能是提供一些线索。据考查,曹雪芹在写作《红楼梦》之前,曾写过一部小说,叫《风月宝鉴》。因为《脂砚斋重评石头记》甲戌本第一回有一朱笔眉批说:"雪芹旧有《风月宝鉴》之书,乃其弟棠村序也。今棠村已逝,余睹新怀旧,故仍因之。"这里所谓"新",即指《红楼梦》;而"旧"则指《风月宝鉴》;"因之"是说保留《风月宝鉴》的书名,作为对棠村的纪念。顾名思义,小说所写的,大概是一个有关男女情事的"风月故事"。这类描写,自明季以来,几乎已成为一种社会风气。有人认为,《红楼梦》第十一回到第十三回"贾瑞起淫心""正照风月鉴"和"秦可卿淫丧天香楼"的故事,可能就是根据《风月宝鉴》的一些内容改写而成的。不过,他所强调的是戒淫劝善的说教,而不是"淫秽污臭"的"风月笔墨",所以题曰"宝鉴"。这在甲戌本第一回《红楼梦旨义》中说得很明白:"《风月宝鉴》是戒妄动风月之情。"曹雪芹自己对这部小说大概也不很满意,因此《红楼梦》开宗明义就说:"大半风月故事,不过偷香窃玉、暗约私奔而已。"这当也包括他自己早期的作品在内。

作者或正是在总结经验教训的基础上,在不断探索新的创作道路。于是继《风月宝鉴》之后,又写过一部《红楼梦传奇》。《脂砚斋重评石头记》庚辰本第二十二回在宝玉所作《寄生草》下有双行夹批说:"看此一曲,试思当日作者发愿不作此书,却立意要作传奇,则又不知有何词曲矣?"意思是说,曹雪芹当年曾发愿不写小说《红楼梦》,而立意要将小说的题材写成一部传奇。传奇内容,已不得而知;或以为小说第五回《红楼梦十二支曲》,就是从"传奇"中搬来的。后来不知何故,曹雪芹又放弃《红楼梦传奇》的写作,回到小说的创作上来,而给我们留下了《红楼梦》这部不朽的名著。

关于《红楼梦》的具体写作年代,也有种种说法。据一些资料表明,曹雪芹大约在乾隆九年(1744年)前后,他三十岁左右的时候,开始写作《红楼梦》。这是由小说大体完成的时间推断出来的。甲戌本第一回说:"至脂砚斋甲戌抄阅再评,仍用《石头记》。"这里的"甲戌",指乾隆十九年(1754年),是小说大致写完的时间。又据甲戌本第一回"凡例"中"字字看来皆是血,十年辛苦不寻常"的诗句,以及正文"曹雪芹于悼红轩中披阅十载,增删五次"的话,知道作者创作这部小说,呕心沥血,用了十年时间。由乾隆十九年,上推十年,证明他在乾隆九年左右便开始写作《红楼梦》。初稿完成后,到他逝世前,主要是进行修改和整理。当时他已结庐西郊,环堵蓬蒿,门巷薜萝,生活极为困苦。在他去世前,只整理出前八十回。八十回以后的一些片断手稿,当时就已经"迷失"了。这实是中国小说史上的一大憾事。

《红楼梦》本名《石头记》,最初以八十回抄本的形式在社会上流传。据记载,当时"好事者每传抄一部,置庙市中,昂其值得数十金,可谓不胫而走者矣"(程伟元《红楼梦序》)。

这些传抄本,大都带有署名为脂砚斋、畸笏叟等人的评语,因此习惯上称之为"脂评本"或"脂本"。属于这个系统的本子,万年来不断有所发现,至今已有十多种。其中有的本子,在曹雪芹逝世前,已经在社会上流传。主要有"脂砚斋乾隆甲戌抄阅再评本"。《石头记》,通称"甲戌本",残存十六回,"甲戌"即乾隆十九年(1754年),就底本说,这是目前发现的抄本中比较早的一种;"脂砚斋凡四阅评过""己卯冬月定本"《石头记》,通称"己卯本",残存四十一回又两个半回,"己卯"即乾隆二十四年(1759年),据考定,这一本子是乾隆时怡亲王府藏抄本,所以又称"怡府本";"脂砚斋凡四阅评过""庚辰秋月定本"《石头记》,通称"庚辰本",残存七十八回,"庚辰"即乾隆二十五年(1760年),在脂本系统中是较为完整的一种。以上三种本子,因为离曹雪芹写作年代较近,对考证和研究《红楼梦》的成书过程,有重要参考价值。

此外,比较重要的脂评本,还有俄罗斯列宁格勒藏抄本,通称"列藏

名家解读古典名著
世情讽喻小说（上）

本"，残存七十八回，正文有的接近于庚辰本，此本于道光十二年（1832年）传入俄京；戚蓼生序本，通称"戚序本"，因通行的有有正书局石印本，所以又称"有正本"，鲁迅当年很重视这个本子。

脂砚斋是谁，众说纷纭。或说是雪芹的父亲，或说是叔父，或说是雪芹的妻子，或说即作者自己，至今仍争论不休。从批语看，他与曹雪芹有密切关系，对《红楼梦》的创作过程非常熟悉，有时甚至直接进入角色，参与了小说的整理。所以，脂评对研究《红楼梦》的生活依据、创作过程、写作技巧和曹雪芹的生平、思想以及《红楼梦》八十回以后的一些情节，都有一定参考价值，向来为红学研究者所重视。但各本评语，多少不等，文字亦颇参差；有些评语，则芜杂凌乱，多有错讹，不能把它看作评论《红楼梦》的主要依据。

乾隆五十六年（1791年），程伟元邀同高鹗将历年搜求所得的《红楼梦》前八十回与后四十回，做了一番"细加厘剔，截长补短"的工作，合成一个完整的故事，以木活字排印出来，这就是我们通常说的"程甲本"。次年，程、高二人"复聚集各原本，详加校阅"，对甲本做了一些"补遗订讹""略为修辑"的工作，重新排印，这就是社会上颇为流行的所谓"程乙本"。程本的印行，结束了《红楼梦》的传抄时代，使《红楼梦》得到广泛传播，更加深入人心。正如逍遥子《后红楼梦序》所说："自铁岭高君梓成，一时风行，几于家置一集。"

后四十回文字，一般认为是高鹗所补。高鹗妻兄张问陶《赠高兰墅（鹗）同年》诗题下注云："传奇《红楼梦》八十回以后，俱兰墅所补。"这一"补"字，伸缩性颇大，有人解释为"补作"；但细按文意，似可理解为"修补"之义，比较妥当。

高鹗（1763—1815年），字兰墅，别号红楼外史，祖籍辽东铁岭。属汉军镶黄旗内务府人。清兵入关后，流寓北京，后曾去他乡，依人作幕。乾隆五十三年（1788年）中举，六十年（1795年）成进士，历任内阁中书、汉军中书、江南道监察御史、刑科给事中等。著有《高兰墅集》《兰墅诗抄》《小月山房遗稿》《吏治辑要》等。从他所写的一些诗文看，知道他少年时生活比较放荡，不大遵守儒家礼教。后来竭力追求功名利禄，思想相当庸俗。这在他修补的《红楼梦》中也有所反映。

关于程伟元（约1745—约1819年），过去介绍甚少，现在逐渐为人所注意。伟元字小泉，江苏苏州人。出身于诗书之家，有文才，能诗画。乾隆五十五年（1790年）前，流寓北京，致力搜集《红楼梦》原作和续作的各种抄本。嘉庆五年（1800年），应盛京将军晋昌的延邀，由北京到辽东作幕，两人结为"忘形交"。晚年卒于辽东。

平心而论，高鹗和程伟元修补的《红楼梦》后四十回，有成功的地方，也有失败的地方。成功的是，他们补足了《红楼梦》残缺的部分，与前八十回相互呼应，使许多人物和故事，都有了一个结局，这就使整部小说结构完整，首尾齐全，成为一部浑然一体的文学巨著。同时，后四十回中的某些重要情节，遵照曹雪芹原意，处理比较得宜，如贾府的败亡、被抄家等。特别是关于宝黛爱情的描写，续书完成了它的悲剧结局，把黛玉之死，安排在宝玉和宝钗成亲的花烛之夜，构思巧妙，加强了悲剧的艺术效果，颇见才情和功力。此外，后四十回对大观园萧索冷落气氛的描写，与前八十回的情调，也比较一致，反映了贾府由盛而衰的变化趋势。前八十回对大观园的描写，起初是"花光柳影，鸟语溪声"，充满欢乐；后来则凄风苦雨，笼罩上一片淡淡的哀愁；到抄检大观园之后，更是"寒塘鹤影""冷月花魂"，呈现一派凄凉景象。至后四十回，写昔日繁华的大观园，花木枯萎，彩色剥落，"瞬息荒凉"，保持和发展了前八十回的描写，也有比较强的感染力。

当然，续补的缺点也是很显然的。一是安排了贾府"兰桂齐芳、家道复初"的结局，违背了原作对它所作的"好一似食尽鸟投林，落了片白茫茫大地真干净"的宣判，削弱了作品对封建社会的批判力量。二是在某些方面歪曲了宝玉和黛玉的形象特征，写一直绝意于仕途的宝玉，忽然又攻读八股文，参加科举考试，名列金榜，中了第七名举人；黛玉也忽然变得"势欲熏心"起来，谈起八股文的好处。三是在艺术描写上，比之前八十回也较逊色，有的描写，显得重复；有些细节，处理失当。这些缺陷的出现，同高鹗的思想情趣有一定关系。

总的说来，续补虽然有不少缺点，但还是功大于过，不能一笔抹杀。红学家启功先生《哈尔滨红楼梦研讨会开幕》诗云："三曹之后数芹侯，妙笔高程绩并优。神智益从开卷处，石狮两个一红楼。"充分肯定了高、程续补的功绩，这是公允的。《红楼梦》问世迄今二百余年，别的续书，都未能站住脚；唯有高程续补与原著合在一起，风靡传诵，几乎代不衰歇，这本身不就是一种很好的评价吗？

程刻本刊行后，开辟了《红楼梦》刊印流传的新时期。据一粟《红楼梦书录》著录，属于程本系统的本子，不下百余种。其中，研究者常常提到的有程甲本的最早翻刻本东观阁刊本、金陵藤花榭刊本、王希廉评双清仙馆刊本、张新之妙复轩评本，以及易名为《金玉缘》的王希廉、张新之、姚燮三家合评本等。这一类本子，都是程甲本的衍生本，当时流传颇广。1927年，上海亚东图书馆据胡适所藏程乙本重新校读排印后，程乙本亦广泛流行。新中国成立以后，大量标点校勘加注的印本，便都是以程乙本为底本整理的，而绝大多数读者也就通过阅读这一本子，了解认识了《红楼梦》。

三 字字看来皆是血——《红楼梦》的思想意蕴

《红楼梦》是一部具有高度思想性的巨著，内容丰富，意蕴深厚。读者无论从哪个角度审视剖析，都会为它那深邃的思想和强烈的悲剧意识所震撼。王国维认为："《红楼梦》一书与一切喜剧相反，彻头彻尾之悲剧也。"（《红楼梦评论》）正是"字字看来皆是血"。

（一）无材可去补苍天

《红楼梦》开卷从女娲炼石补天神话引申而来，说一块石头被女娲弃置在青埂峰，"因见众石俱得补天，独自己无材不堪入选，遂自怨自叹，日夜悲号惭愧"。后被一僧一道幻形为通灵宝玉，携至尘寰，记下了亲历亲闻的离合悲欢与炎凉世态，所以小说又名《石头记》。这是《红楼梦》最基本的情节模式。主人公贾宝玉，其实就是这块"无材可去补苍天，枉入红尘若许年"的石头。

在小说第三回，有"后人"的两首《西江月》词，"批宝玉极恰"。词中称宝玉"潦倒不通庶务，愚顽怕读文章。行为偏僻性乖张，那管世人诽谤。"还说他"于国于家无望"。这副形象确是顽石的翻版。当然，这是从世俗的角度看宝玉。以封建传统的道德观念衡量，只能对他表示失望，认为他无非是个废物，或是个所谓的"多余人"。但是，若从作者的角度分析，便会得出截然不同的结论。

宝玉并非"无才"，而是才华横溢。他只是没有为封建社会和家族利益效力之才，既非继承祖业、光耀门楣的材料，更非安邦定国、济世安民的栋梁。然而，宝玉和顽石不同，他决不因自己无材补天而"自怨自叹"、"悲号惭愧"，相反，他根本就不想把自己锻炼成为一块有裨于"天"的石料，从而走上了一条自觉的叛逆道路。

封建时代，将青年磨炼为"有用之材"的主要方法是读书应举；成功的主要标志是入仕为官。然而，宝玉却平生最怕读书，最厌恶八股文。贾政训导说："什么《诗经》古文，一概不用虚应故事，只是先把《四书》一气讲明背熟，是最要紧的。"这是封建社会对所谓"读书"的标准解释。宝玉却总是唱反调，如说"除《四书》外，杜撰的太多"，好像为《四书》留了很大情面，潜台词却是将《四书》也视为"杜撰"的了。又如袭人说他："背前背后乱说那些混话，凡读书上进的人，你就起个名字叫作'禄蠹'；又说只除'明明德'外无书，都是前人自己不能解圣人之书，便另出己意，混编纂出来的。"这不仅是嘲笑科举考试，而且把《大学》以外的经书及朱注全部否定了。他表面上抬高《四书》、"明明德"，借以贬损当时最通行的封建教条，其实是彻底否定了封建上层建筑的全部合理性。

宝玉既如此讨厌那些"书"，又如此蔑视"禄蠹"，那么他怎样"读书"就可想而知了。第七十回写贾政即将回京，袭人忙劝宝玉收心理书，特别是临帖。宝玉亲检了一遍，发现这三四年的工夫只写了五六十篇字，"实在搪塞不去"，只好发誓每天写一百字。姊妹们也都帮忙临帖，"凑成虽不足功课，亦足搪塞了"。正在忙乱之际，又有消息说贾政至冬底方回，"宝玉听了，便把书字又搁过一边，仍是照旧游荡"。又如第七十三回写宝玉听说贾政要找他问话，心中盘算自己的学习成绩：

如今打算打算，肚子内现可背诵的，不过只有"学""庸""二论"是带注背得出的。至上本《孟子》，就有一半是夹生的，若凭空提一句，断不能接背的；至"下孟"，就有一大半忘了。算起五经来，因近来作诗，常把《诗经》读些，虽不甚精阐，还可塞责。别的虽不记得，素日贾政也幸未吩咐过读的，纵不知，也还不妨。至于古文，这是那几年所读过的几篇，连"左传""国策""公羊""谷梁"汉唐等文，不过几十篇，这几年竟未曾温得半篇片语，虽闲时也曾遍阅，不过一时之兴，随看随忘，未下苦功夫，如何记得。这是断难塞责的。更有时文八股一道，因平素深恶此道，原非圣贤之制撰，焉能阐发圣贤之微奥，不过作后人饵名钓禄之阶。虽贾政当日起身时选了百十篇命他读的，不过偶因见其中或一二股内，或承起之中，有作的或精致、或流荡、或游戏、或悲感，稍能动性者，偶一读之，不过供一时之兴趣，究竟何曾成篇潜心玩索。

可见，宝玉这三四年等于什么书也没读。即或读那一点，也是凭一时的兴趣，根本没有准备举业的意思。他对贾政一贯采取敷衍塞责的策略，从来

名家解读古典名著
世情讽喻小说(上)

就无心读书。

就宝玉而言,设若他愿意入仕为官,那他本不必寒窗苦读。贵族世家的出身,已经为他"成才"提供了先天的捷径。他可以世袭官职,也可被恩赐为官,贾赦、贾政都是走这条路入仕的。既要做官,即便不读书,也需要懂得仕途经济,学会应付官场的全套本领。这就需要与官场中人广泛交际,从中揣摩做官的诀窍,所谓"世事洞明皆学问,人情练达即文章"。然而,宝玉偏偏"懒与士大夫诸男人接谈,又最厌峨冠礼服贺吊往还等事"。因此,当他会见贾雨村之类的官僚时,便是一副萎靡不振、心不在焉的神态,一点儿也没有与姐妹们相处时那种风流洒脱的举止和婉转得体的谈吐。贾政对他的斥责,除了因为他不喜读书,便是为此。如第三十三回贾政训斥道:"方才雨村来了要见你,叫你那半天你才出来;既出来了,全无一点慷慨挥洒谈吐,仍是葳葳蕤蕤。我看你脸上一团思欲愁闷气色,这会子又咳声叹气。你那些还不足,还不自在?无故这样,却是为何?"这正是宝玉挨打的前奏。

宝玉既"愚顽怕读文章",又"潦倒不通庶务",当然会令贾雨村齿冷,令贾政恼怒,但宝玉又何尝看得起雨村这样的市侩。正如脂评所说,宝玉的"许多明理之语,只在闺前显露三分,越在雨村等经济人前,如痴如呆,实令人可恨。但雨村等视宝玉不是人物,岂知宝玉视彼等更不是人物,故不与接谈也"(己卯本第二十回夹批)。俗语说,物以类聚,人以群分。宝玉和雨村根本不是一类人,永远不会"合群"。

宝玉挨打之后,贾母传话,"以后倘有会人待客诸样的事",便借口星宿不利,一概谢绝。宝玉"得了这句话,越发得了意,不但将亲戚朋友一概杜绝了,而且连家庭中晨昏定省亦发都随他的便了"(第三十六回)。这就把另一条"成材"之路也堵死了。因此,可以说,宝玉之所以"无材补天",纯粹是由于他不想"有材",由于他对"成材"之路深恶痛绝。

那么,宝玉对"补天"作何感想呢?封建社会最推崇的为臣之道是"文死谏,武死战",这是所谓忠臣良将的最高道德信条,是他们"补天"的最佳表现。然而,宝玉对此大不以为然:

  人谁不死,只要死的好。那些个须眉浊物,只知道文死谏,武死战,这二死是大丈夫死名死节。竟何如不死的好!必定有昏君他方谏,他只顾邀名,猛拼一死,将来弃君于何地!必定有刀兵他方战,猛拼一死,他只顾图汗马之名,将来弃国于何地!所以这皆非正死。……那武将不过仗血气之勇,疏谋少略,他自己无能,送了性命,这难道也是不得已!那文官更不可比武官了，他念两句书汙在心里，若朝廷少有疵瑕，他就胡谈乱劝，只顾他邀忠烈之名，浊气一涌，即时弃死，这难道也是不得已！还要知道，那朝廷是受命于天，他不圣不仁，那天地断不把这万几重任与他了。可知那些死的都是沽名，并不知大义。（第三十六回）

宝玉的意思很明确，朝廷既受命于天，也就代表天，若不圣不仁，就犹如天有破损，根本就不必为它"死谏""死战"，亦即不必"补天"。换言之，就是不必为残酷腐败的封建王朝卖命。可见，宝玉"无材补天"，其根本的原因在于他对"补天"不感兴趣，对"天"持怀疑和否定态度。这种大胆的叛逆思想，出自"康乾盛世"，确实惊世骇俗。在这方面，贾宝玉与怒触不周山的共工、大闹天宫的孙大圣，心灵相通。而且宝玉是从精神上背叛封建统治阶级，他所动摇的是支撑苍天的四极，因此，贾宝玉是较共工、孙大圣更进一步的逆子贰臣。

作为封建统治阶级的逆子，宝玉在异端的路上越走越远，已经到了无可救药的地步。脂砚斋认为，宝玉有"三大病"：一是"恶劝"，二是"重情不重礼"，三是"有情极之毒"（庚辰本第二十一回夹批）。所谓"重情不重礼"，就是以"情"抗"礼"，这是他的叛逆精神的核心内容。所谓"恶劝"，即厌恶别人对他进行仕途经济、读书明理之类的封建道德说教，毅然决然地回绝一切将他拉回到传统生活道路上的企图。这是他的叛逆精神的坚定性的突出表现。所谓"情极之毒"，即当"情"无法战胜"礼"时，当理想终归幻灭时，他宁可弃绝尘寰，"撒手悬崖"，抛弃"宝钗之妻、麝月之婢"，也不愿在世俗社会中随波逐流。这"三大病"，乃"世人莫忍为者"，正是宝玉"一生偏僻处"。宝玉横遭"世人诽谤"，正因这种"偏僻"的行为和"乖张"的性格，由于他"无材可去补苍天"。然而，宝玉的光彩，也正在于此。

贾宝玉的叛逆思想，注定了他的人生必然是一系列的悲剧。特别是在爱情婚姻问题上，叛逆精神促使他作出了违背家族利益的抉择，酿成了他与林黛玉的恋爱悲剧，也促使他出家为僧，铸就了他与薛宝钗的婚姻悲剧。

（二）木石前盟，金玉良姻

无材补天的贾宝玉，和林黛玉的爱情悲剧，和薛宝钗的婚姻悲剧，是《红楼梦》的情节主线。这条主线是作品的灵魂，以至作者称小说为"怀金悼玉的《红楼梦》"。脂批说："怀金悼玉，大有深意。"（甲戌本第五回眉批）

名家解读古典名著
世情讽喻小说（上）

程甲本作"悲金悼玉"，意义似更显豁，即悲念宝钗，伤悼黛玉。"终身误"曲中说："都道是金玉良姻，俺只念木石前盟。"这进一步解释了钗、黛之可悲可悼，是因为她们爱情婚姻的不幸结局。其口吻显然是宝玉的。"都道是"与"俺只念"的对比，显示了他的思想感情与世俗观念不可调和的矛盾。

前面说过，宝玉叛逆精神的突出表现之一，是"重情不重礼"。木石前盟与金玉良姻的矛盾，充分显示了"情"与"礼"的冲突。两者的胜负消长，决定了宝玉的人生。所以说，宝黛爱情悲剧和玉钗婚姻悲剧，其聚焦点都是宝玉的人生悲剧。而悲剧之所以产生，外在的原因是僵化保守的"礼"的禁锢，内在原因则是宝玉对富有浓重叛逆色彩的"情"的执着追求。围绕木石前盟与金玉良姻，作者热情讴歌了宝黛的叛逆精神，对宝钗重礼不重情的思想性格进行了讽刺，而对她终身为礼所误的不幸，也表现了深切的同情。作者的批判锋芒，主要是指向腐朽的传统礼法及昏庸专横的封建势力。

木石前盟和金玉良姻，照常人看来，都是相当美满的姻缘；对宝玉来说，当然可以任意选择。钗、黛都是才貌兼美的绝世佳人，难分轩轾。起初，宝玉在二人之间有些摇摆，其后态度日渐明朗。他的最后抉择，是木石前盟。显然，促使宝玉进行这一抉择的决定性因素，主要不是才和貌。

钗、黛之才，主要表现在诗才上。黛玉固然是思维敏捷，锦心绣口；宝钗又何尝不是博洽多闻，援笔立就。在这方面，作者似欲造成平衡的效果，使钗、黛之才不分高低。如第十七至十八回元春评价众人诗作说："终是薛林二妹之作与众不同，非愚姊妹可同列者。"首次说明钗黛技压群芳而诗才相敌。又如在海棠诗社，是宝钗第一，黛玉屈居第二；但在紧随其后的菊花诗社，黛玉之作便以"题目新，诗也新，立意更新"（第三十八回）而荣登榜首，宝钗又退居其后了。钗黛仍是秋色平分。可见，作者并不想从诗才上对钗黛进行抑扬，宝玉当然不可能据此决定去取。

至于钗、黛的容貌，都是天香国色，如春兰秋菊，各占一时之秀。脂批也说："按黛玉宝钗二人，一如姣花，一如纤柳，各极其妙者。"（甲戌本第五回夹批）耐人寻味的是，作者似乎有意要把宝钗写得仿佛比黛玉还美。如第五回写道："不想如今忽然来了一个薛宝钗，年岁虽大不多，然品格端方，容貌丰美，人多谓黛玉所不及。"但宝玉倾心的对象不是宝钗，而是容貌似略逊一筹的黛玉。可见容貌决非宝玉选择木石前盟的决定性因素。其实，宝钗也曾令宝玉心旌摇荡。最明显的一次是第二十八回"薛宝钗羞笼红麝串"，宝玉要拿来看香串，宝钗遂褪下来：

宝钗生得肌肤丰泽，容易褪不下来。宝玉在旁看着雪白一段酥臂，不觉动了羡慕之心，暗暗想道："这个膀子要长在林妹妹身上，或者还得摸一摸，偏生长在她身上。"正是恨没福得摸，忽然想起"金玉"一事来，再看看宝钗形容，只见脸若银盆，眼似水杏，唇不点而红，眉不画而翠，比林黛玉另具一种妩媚风流，不觉就呆了，宝钗褪了串子递与他也忘了接。

此前，黛玉刚刚说过他"只是见了姐姐就把妹妹忘了"，此时果然有这一幕。黛玉的担心，确非无因。

但不久以后，宝玉便明确表示了自己的态度，事在第三十二回。宝玉听说贾政又让他去陪贾雨村，心中好不自在，称自己是"俗中又俗的一个俗人，并不愿同这些人往来"。史湘云因劝道："还是这个情性不改。如今大了，你就不愿读书去考举人进士的，也该常常的会会这些为官做宰的人们，谈谈讲讲些仕途经济学问，也好将来应酬世务，日后也有个朋友。"湘云的这番腐论与宝玉的叛逆思想格格不入，自然引起他强烈的反感，他不客气地说："姑娘请别的姊妹屋里坐坐，我这里仔细污了你知经济学问的。"袭人恐湘云下不来台，过来宽慰她说："上回也是宝姑娘也说过一回，他也不管人脸上过的去过不去，他就咳了一声，拿起脚来走了。这里宝姑娘的话也没说完，说又不是，不说又不是。"袭人道出了宝玉同宝钗疏远的真正原因。"袭为钗副"，自然为宝钗抱不平，说："那林姑娘见你赌气不理他，你得赔多少不是呢。"宝玉的回答很干脆："林姑娘从来说过这些混账话不曾？若她也说过这些混账话，我早和她生分了。"可见，思想观念是宝玉感情天平上最重的一颗砝码。他与宝钗是道不同不相为谋，故敬而远之；他与黛玉是志同道合，故情意相投。

"恶劝"是宝玉的"三大病"之一，他最反感有人劝诱他走封建"正路"，尤其讨厌他心中最圣洁的女儿在他耳边喋喋不休地宣扬礼法，可宝钗偏偏最喜欢这样做。宝钗并非存心触忤宝玉，而是诚心诚意地要"挽救"这位封建时代的"迷途羔羊"。她越关心宝玉，就越会情不自禁地这样做。但宝玉非但不领情，反而因此越来越讨厌她。如第三十六回写他对宝钗的看法是：

好好的一个清净洁白的女儿，也学的钓名沽誉，入了国贼禄鬼之流。这总是前人无故生事，立言竖辞，原为导后世的须眉浊物。不想我生不幸，亦且琼闺绣阁中亦染此风，真真有负天地钟灵毓秀之德！

这种严重的思想隔阂，是宝玉否定金玉良姻的关键原因。同理，木石前盟具有坚实的思想基础，所以才成为宝玉执着追求的目标；"独有林黛玉自

名家解读古典名著
世情讽喻小说(上)

幼不曾劝他去立身扬名等语，所以深敬黛玉"，因而也"独有林黛玉"才能使宝玉情有独钟。

不幸的是，最后胜利不属于木石前盟，而是属于金玉良姻。木石前盟之终归破灭，是八十回以后的情节，曹雪芹原稿的面貌，我们已无缘得见。通行本后四十回，基本完成了这一悲剧结局。黛玉在宝钗成婚的鼓乐声中，魂归离恨天，彻底打碎了木石前盟的梦想。从宝黛爱情本身的发展看，这一结局当然不合逻辑。但从它产生的时代与社会的情况来分析，形成这一悲剧实属必然。

"金玉良姻"语出第八回"比通灵金莺微露意"，宝钗彼此欣赏对方所佩通灵玉和金项圈，发现上面的话恰是一对。薛姨妈曾对王夫人说："金锁是个和尚给的，等日后有玉的方可结为婚姻。"（第二十八回）薛姨妈的意思很明确，宝玉和宝钗才是天造地设的一对，他们应当结为夫妻。从此，金玉良姻便成为贾母、王夫人等为宝玉择配的主要候选方案之一。尽管宝玉只念木石前盟，无奈别人仿佛更看重金玉良姻。如第二十八回元春赏赐宝玉及诸姐妹端午节礼物，恰好宝钗与宝玉的是一样。宝玉因此感到纳闷，以为是传错了。黛玉因此忧心忡忡，自怨自艾道："我没这么大福禁受，比不得宝姑娘，什么金什么玉的，我们不过是草木之人！"宝玉也因此郑重其事地对天发誓：

除了别人说什么金什么玉，我心里要有这个想头，天诛地灭，万世不得人身！……我心里的事也难对你说，日后自然明白。除了老太太、老爷、太太这三个人，第四个就是妹妹了。要有第五个人，我也说个誓。

宝黛显然已经感到了问题的严重性。元春是皇帝的宠妃，她的意见无异于圣旨，而她的表态明显偏向金玉良姻，这怎能不令宝黛担心。又如贾母，作为府里至高无上的权威，仿佛对金玉良姻也颇有好感，曾夸赞宝钗说："提起姊妹，不是我当着姨太太的面奉承，千真万真，从我们家四个女孩儿算起，全不如宝丫头。"（第三十五回）宝玉对此"意出望外"。身为黛玉的外祖母，却向着宝钗说话，明显对木石前盟不利。

至于王夫人，更是坚决地站在金玉良姻一边。就血缘关系而言，王夫人和薛姨妈是同胞姊妹，当然希望亲上加亲。从思想性格上说，王夫人显然更赏识宝钗的为人，而不满黛玉的"浮躁"秉性。作为宝玉的母亲，她的意见当然举足轻重。如果她执意选择金玉良姻，即便是贾母恐怕也不好违拗。正如启功先生所分析的那样："封建家庭中，祖父祖母尽管是最高权威人物，但对'隔辈人'的婚姻，究竟要尊重孙子的父母的意见，尤其他母亲的意见，因为婆媳的关系是最要紧的。贾母爱孙子宝玉,当然也爱外孙女黛玉,何况黛玉父母已死,贾母对她的怜爱,不言而喻会更多些。如果勉强把她嫁给宝玉,自己死了以后,黛玉的命运还要操之于王夫人之手,贾母又何敢鲁莽从事呢?宝玉的婚姻既由王夫人做主,那么宝钗中选,自然是必然的结果。"(《红楼梦注释序》)可见,即使没有元春传旨,没有贾母认可,单凭王夫人的意志,便足以宣判木石前盟的死刑,从而确立金玉良姻的合法性。

比较起来,金玉良姻在贾府及所处社会环境中所占的优势,比木石前盟大得多,至少可归纳为三点:

其一,金玉良姻更合乎贾府家族利益的需要。在封建社会,婚姻是巩固家庭的社会地位的重要手段之一,故门第观念根深蒂固。书中四大家族,彼此扶持,相互照应,主要就是因为"互相联络有亲"。贾、薛两家皆金陵望族,正所谓门当户对。而林家虽亦书香之族,却支庶不盛,子孙有限,家业已然凋零。木石前盟不可能为贾家带来政治、经济等方面的利益,金玉良姻则可以为贾家结交一个强大的盟友。贾家与史、王两家皆已联姻,唯独缺少与薛家的婚姻联系,金玉良姻正是贾家求之不得的绝好机缘。再则,贾家已呈衰败之象,经济拮据,捉襟见肘,正需要"珍珠如土金如铁"的皇商薛家援助。若是黛玉,别说开辟财源,就是嫁妆也只能由贾府置办。

其二,金玉良姻更合乎封建家长改造宝玉的意愿。贾政毒打宝玉,王夫人抄检大观园,目的都是要将宝玉改造成为循规蹈矩的家业继承人。宝钗的思想与他们合拍,自然为他们所青睐。至于黛玉,不仅不对宝玉的乖僻行为和叛逆思想进行规劝,反而处处怂恿他,甚至还与他一同离经叛道。这怎能不使封建家长忧虑!王夫人决不会容许黛玉助长宝玉的叛逆精神,她要为儿子安插一个终身的思想监督,使儿子改邪归正。贾政尽管是黛玉的舅父,却没有丝毫甥舅之情,他也决不会拿儿子的前程和家族的未来当儿戏。至于贾母,无论怎样溺爱宝黛,也不会毫无原则地容忍他们走向叛逆。另外,论脾气秉性,理家才干,健康状况,黛玉都不及宝钗。从宝玉的切身幸福考虑,家长们也会选择宝钗。

其三,金玉良姻更合乎封建礼法的要求。木石前盟的唯一优势,就是宝黛之间有真挚热烈的爱情。但在道学家看来,像宝黛那样沉溺在爱河情海并且不思回头,就违背了封建道德。他们的爱情一旦被证实,不但不会获得家长的同情与支持,反而会遭到严厉摧残。宝钗的情形则大不相同,她一直小心翼翼地躲避着爱情的诱惑,理智地与宝玉保持着不即不离的关系。终于经过"父母之命,媒妁之言",一桩完全合乎礼法的"良姻"就此实现了。如果

名家解读古典名著
世情讽喻小说（上）

说宝钗本无心于金玉良姻，那么，时代与环境也必然会选择她，因为她是时代的宠儿，她属于那个社会环境。

既然时代、社会、家庭和家长都选择金玉良姻，宝玉当然只有服从。然而，"曾经沧海难为水，除却巫山不是云"，宝玉所失去的，不仅是一个才调绝伦的潇湘妃子，一个翩若惊鸿的病西施，而且还是一位志同道合的朋友，一位情深意长的爱侣，他怎能不抱恨终身？婚后的宝钗则一如既往，一心一意要给宝玉套上名缰利锁。据脂批透露，雪芹佚稿中有"薛宝钗借词含讽谏"的情节。尽管具体细节已无从知道，但从回目上也可看出，八十回后的宝钗仍未改初衷，仍然对宝玉进行着规箴讽谏。通行本后四十回也有类似情节。如第一百一十五回"证同类宝玉失相知"写甄贾宝玉相见，贾宝玉发现甄宝玉竟是个利禄俗物，甚感烦闷。宝玉回家后向宝钗诉说感受，声称"有了他，我竟要连我这个相貌都不要了"。宝钗便借机讽劝道："你真真说出句话来叫人发笑。这相貌怎么能不要呢。况且人家这话是正理，做了一个男人原该要立身扬名的，谁像你一味的柔情和意。不说自己没有刚烈，倒说人家是禄蠹。"宝钗的思想矛盾，显然没有调和的可能。就像两条平行的直线，不管距离多近，永远不可能交汇一样，二人的思想感情永远不可能沟通。所谓金玉良姻，其实决非"良姻"，毫无幸福可言。

金玉良姻从奏响婚礼鼓乐的第一个音符开始，胜利与失败便相伴而来，而悲剧也同时酿成。悲剧的制造者不是宝钗，更不是宝玉，而是封建礼法和宗法社会，特别是封建婚姻制度。正如海鸣《古今小说评林》所说：

"宝玉与宝钗，其初未尝不相怜相爱，然结婚之后，乃格格不相入，非宝玉之罪，亦非宝钗之罪，乃夫妇制度之罪也。……因有夫妇制度，而所谓金钱也，势利也，门楣也，礼俗也，父母之命也，媒妁之言也，均起而为男男女女相争相妒之焦点。有真爱情者乃转而无辜，是岂人之所堪受耶？"

个别提法未必恰当，但主要精神切中肯綮。宝钗其实也是个牺牲者。作为忠心耿耿信奉礼教、积极主动维护宗法制度、自觉自愿恪守三纲五常的封建淑女，竟然也未逃脱厄运的捉弄，宝钗的不幸实有甚于黛玉。

木石前盟是没有婚姻的爱情，固然可悼；金玉良姻是没有爱情的婚姻，更觉可悲。黛玉毕竟得到了宝玉的心，这是她所最看重的，因而对黛玉来说，木石前盟仍值得她为之骄傲；宝钗毕竟也得到了"宝二奶奶"的名分，这也是她所最看重的，因而对宝钗来说，金玉良姻也有值得宽慰之处。然而，对宝玉来说，想实现的爱情失去了，不想实现的婚姻反而成就了，这是无法弥补的缺憾，是宝玉一生最大的悲哀。《红楼梦》悲剧意蕴的核心，似正在于此。故"终身误"曲说："空对着，山中高士晶莹雪；终不忘，世外仙姝寂寞林。叹人间，美中不足今方信。纵然是齐眉举案，到底意难平。"一部《红楼梦》，写了大大小小许多悲剧，这是悲剧中的悲剧。

(三) 千红一哭，万艳同悲

《红楼梦》不仅是"怀金悼玉的《红楼梦》"，而且也是为千万个不幸的女儿歌哭悲泣的《红楼梦》。作者在开卷中说，此书的创作意图之一，是"使闺阁昭传"。钗黛当然是其中最主要的部分，但非全部。宝玉梦游太虚幻境时，所饮茶与酒，名"千红一窟"与"万艳同杯"。脂批谓二语恰为一对，暗喻"千红一哭"和"万艳同悲"（甲戌本第五回侧批）。这就是说，太虚幻境中的千红万艳，亦即大观园里的所有女儿，都是作者怀恋悲悼的对象。

大观园是作者虚构的一所人间乐园，"系玉兄与十二钗之太虚玄境"（庚辰本第十六回侧批）。如果说大观园外是一个以"礼"为中心的世界，那么大观园的精神支柱就是"情"。所以，大观园可以说是宝玉和女儿们的精神乐园。宝玉天性喜聚不喜散，如第三十一回所说："那宝玉的情性只愿常聚，生怕一时散了添悲；那花只愿常开，生怕一时谢了没趣；只到筵散花谢，虽有万种悲伤，也就无可奈何了。"故就宝玉而言，他当然希望大观园能够常驻人间，女儿们能够永远居住在园子里，不死不去不嫁不污，与他永相厮守。但大观园并不是没有人间烟火的海市蜃楼，也不是可以自给自足的世外桃源。它与外面的世界有一条割不断的脐带，故而极易遭受外界的侵扰。况且，女儿们不能抗拒自然规律，她们会死亡、离散、婚嫁、衰老；也不能摆脱社会的影响，她们中的一些人也会由清变浊。因此，大观园的毁灭是不可避免的，而且，毁灭的过程相当短促。

宝玉及诸艳搬入大观园，是在二月二十二日。旧俗以农历二月十二日为百花生日，故称此日为"花朝节"。如所周知，作者是将书中女儿们视为花神的。她们在度过自己的生日之后，迁入人间最美丽的大花园，迎来了大观园的第一个春天。然而，它给人的第一印象，不是百花含苞待放的初春，也不是姹紫嫣红开遍的仲春，而是落英缤纷的暮春景象。这时候，发生了一件极富象征意义的事情，即黛玉葬花，并出现了一首寓意深刻的长诗，即《葬花吟》。葬花的地点，是在沁芳闸桥边的埋香冢。这里是园子里水的源头，而墙外就是宁国府里一再发生龌龊的风月事件的会芳园。可见，这里是两个对立

名家解读古典名著
世情讽喻小说(上)

的世界的交汇点。黛玉葬花恰选在此处，正象征着大观园终遭世俗社会毁灭的悲剧结局。更耐人寻味的是，《葬花吟》出现的时间，恰是饯花日，也就是春季的最后一天，而且恰在这一天，"诸艳毕集"于大观园，几乎所有的女儿都参加了饯花会；吟诗者是"群芳之首"林黛玉，聆诗者是"诸艳之冠"贾宝玉。不言而喻，葬花是大观园悲剧的序曲，《葬花吟》是预为诸艳准备的挽歌。正如脂批所说："埋香冢葬花乃诸艳归源，《葬花吟》又系诸艳一偈也。"（甲戌本第二十七回后总评）脂批还说："《葬花吟》是大观园诸艳之归源小引，故用在饯花日诸艳毕集之期。饯花日不论其典与不典，只取其韵耳。"（庚辰本第二十七回前总评）可见，园中女儿们祭饯花神，实际上就是祭饯她们自己。"尔今死去侬收葬，未卜侬身何日丧？侬今葬花人笑痴，他年葬侬知是谁？试看春残花渐落，便是红颜老死时。一朝春尽红颜老，花落人亡两不知。"黛玉伤心一首《葬花吟》，是伤悼她自己的不幸命运，更是在为千红万艳的厄运而哭泣。难怪宝玉听到这首诗时的感受是如此深刻：

　　试想林黛玉的花颜月貌，将来亦到无可寻觅之时，宁不心碎肠断！既黛玉终归无可寻觅之时，推之于他人，如宝钗、香菱、袭人等，亦可到无可寻觅之时矣。宝钗等终归无可寻觅之时，则自己又安在哉？且自身尚不知何在何往，则斯处、斯园、斯花、斯柳，又不知当属谁姓矣！

　　宝玉是否知道，他的这番想象，两年后便会成为现实。无论如何，作者对这一点是非常清楚的。

　　大观园的第一个夏天，烦闷而燥热。其间发生的最重大的事件，是金钏儿之死和宝玉挨打。金钏儿虽不住在园子里，但无疑属于大观园。她的死，是世俗社会戕害大观园诸艳的开始。宝玉挨打，更说明了贾府头面人物对大观园的疑忌和敌视。园内的人也因此而与园外的人开始勾结。如第三十四回袭人向王夫人进言："我只想着讨太太一个示下，怎么变个法儿，以后竟还教二爷搬出园外来住就好了。"理由是："如今二爷也大了，里头姑娘们也大了，况且林姑娘宝姑娘又是两姨姑表姊妹，虽说是姊妹们，到底是男女之分，日夜一处起坐不方便，由不得叫人悬心，便是外人看着也不像话。"这话正中王夫人下怀。后来，大观园变故迭起，与袭人这番话几乎都有直接联系。短暂的春天刚刚过去，大观园的存在价值就受到了如此猜疑与非议。

　　不过，接下来的秋、冬两季，本是百花枯萎凋谢的寒冷季节，大观园里却是一派热闹欢快的气象。宝玉和诸艳结诗社、摆酒宴，充分展露着青春的活力，尽情呼吸着自由的空气。他们的关系是那样融洽，他们的心情是那样愉快，他们的诗是那么美，他们的情意是那么诚挚，与肃杀的自然景观构成了鲜明对比。第四十九至五十一回，群芳荟萃，咏红梅、啖腥膻、即景联诗、雅制灯谜，是大观园最繁荣的时刻。

然而好景不长，大观园的第二个春夏，不断出现矛盾冲突。从赵姨娘大闹怡红院，到尤二姐赚入大观园，世俗社会渐渐加剧了对大观园的袭扰。在这种不祥气氛中，贾宝玉迎来了他的十五岁生日，出现了"寿怡红群芳开夜宴"的小型联欢，诸艳尽欢而散。从此，宝玉便开始一个个失去她们。

大观园的第二个秋天，"悲凉之雾，遍披华林"（鲁迅《中国小说史略》）。犹如毒蛇钻进伊甸园，绣春囊在大观园出现。王夫人等不失时机地抓住这个机会，向大观园痛下毒手。在王夫人授意下，大观园遭到抄检。早就心怀疑忌的宝钗，第一个搬出了大观园。中秋之夜，敏感的黛玉觉察到"风刀霜剑"已加诸女儿们的颈项，哀婉地吟出了"冷月葬花魂"的悲凉诗句。此后，"红消香断"的悲剧拉开了帷幕。司棋被逐自撞身亡，晴雯被逐病逝；四儿被逐，芳官等十二女伶被撵；迎春嫁给了"中山狼，无情兽"，难逃一死；香菱"屈受贪夫棒"，命在旦夕。后四十回基本完成了这一毁灭过程，如黛玉夭亡、探春远适、惜春出家、妙玉遭劫、湘云守寡等。大观园终于被毁灭了。

"质本洁来还洁去，强于污淖陷渠沟"。诸艳之死，固然令人深感悲哀。但她们获得了永恒的纯洁清净。而值得悲哀的，则是那些变质的女儿，如宝钗、袭人等。她们既陷入了肮脏的礼教渠沟，失去了精神生命的清澈，也没有实现世俗的愿望。作者对黛、晴这样的清净女儿和钗、袭那种遭到污染的女儿，共掬一把悲悼怜悯之泪，原因就在于，她们都是"礼"的牺牲品。曹雪芹最为"重情"，精心创造了一个理想的"情"境。在主观上，他是要大观园长驻人间，但他同样"重礼"，从不低估"礼"对"情"的破坏力。对客观现实的清醒认识，促使他无情地展现了大观园的毁灭。在表现美好理想、讴歌美好感情的同时，从一个重要侧面猛烈地抨击了封建伦理道德。这是大观园悲剧的深刻意义之所在。

（四）树倒猢狲散

贾府是个诗礼簪缨之族，钟鸣鼎食之家。它由"烈火烹油，鲜花着锦"的盛世，无可奈何地走向日暮途穷的"末世"，最后"忽喇喇似大厦倾，昏惨惨似灯将尽"，一败涂地，表演了一出"树倒猢狲散"的家庭悲剧。小说以贾

名家解读古典名著
世情讽喻小说(上)

府的衰落过程为一条重要的副线,贯穿起史、王、薛等各大家族的没落,描绘了上至皇宫、下及乡村的广阔历史画面,广泛而深刻地反映了封建末世尖锐复杂的矛盾冲突,从而揭示了封建社会必然走向崩溃的历史趋势。

贾府有一个辉煌繁荣的过去,赫赫扬扬已历百载,而现在几乎只剩下了一个空架子。冷子兴以一个"旁观冷眼人"的身份说:"如今的这宁荣两门,也都萧疏了,不比先时的光景。"(第二回)脂批也说:"作者之意,原只写末世。"还说:"此已是贾府之末世了。"(甲戌本第二回侧批)为什么会形成这种局面?小说详尽地反映了贾府的各种弊端,揭示了它必然没落的深刻原因。

安富尊荣者多,运筹谋划者少,这是贾府衰败的首要原因。主要表现在如下四个方面:

其一,主子养尊处优,下人得过且过。贾府的主子们大多是一副饱食终日、无所用心的贵族派头,他们每天除了变着花样享乐之外,似乎就不知道世间还有什么事情值得花费心思。在享乐心理支配下,他们沉溺在醉生梦死的生活里,哪里还顾得运筹谋划家业大计。主子们如此,下人们就更懒得操心了。家业本是主子的,主子尚且不放在心上,奴才又何必忧虑。正像古语所说:"肉食者谋之,又何间焉。"

其二,主子滥用职权,损公肥私。执掌权力的主子,并不是完全处于养尊处优状态,有时倒显得相当辛苦,但他们的辛苦,主要是为个人谋利。如凤姐表面上在为家务日夜操劳,其实是将贾府一步步推向灭亡,因为她为了维护个人权力,满足日益膨胀的权势欲,只能对上欺瞒献媚,助长奢侈浮华的风气;对下欺压盘剥,克扣月银,放高利贷,一再激化矛盾。

其三,奴仆刁钻,离心离德。贾府这份基业,名义上是荣、宁二公所开创,实际上主要是由焦大之类的奴才挣来的。正如焦大所说:"不是焦大一个人,你们就做官享荣华富贵?"确实,设若焦大当初没把宁国公从死人堆里背出来,哪里会有今天的宁国府?创业离不开奴才的拼杀,守成更须奴才的合作。但如今的奴才,已没有了焦大那份耿耿忠心,早已跟主子离心离德。李纨就抱怨说:"如今咱们家里更好,新出来的这些底下奴字号的奶奶们,一个个心满意足,都不知要怎么样才好,少有不得意,不是背地里咬舌根,就是挑三窝四的。"(第七十一回)失去了人心,封建国家尚且难以保全,何况一个贵族家庭呢!

其四,矛盾错综复杂,冲突激烈残酷。围绕家政执掌权和宗族继承权,贾府的主子之间展开了一场殊死的争夺战。人与人之间，时时处处都有可能爆发尖锐的利害冲突。正如探春所说："咱们倒是一家子亲骨肉呢，一个个不像乌眼鸡，恨不得你吃了我，我吃了你。"（第七十五回）如赵姨娘为了给贾环争取家族继承权，施魔魔法暗害宝玉，险些令宝玉丧生。诸如此类的矛盾冲突，撕开了温情脉脉的礼法面纱，揭示了贵族大家庭金玉其外，败絮其中的本质。这些矛盾冲突，实是贾府衰败的主要原因之一。正如探春所说："可知这样大族人家，若从外头杀来，一时是杀不死的，这是古人曾说的'百足之虫，死而不僵'，必须先从家里自杀自灭起来，才能一败涂地！"

奢侈浮华，出多入少，这是贾府败落的另一个重要原因。

穷奢极侈，是贾府生活的主要特征。一个对贾府来说很平常的螃蟹宴，便须花费二十多两银子。刘姥姥叹道："这一顿的钱够我们庄稼人过一年了。"然而，这只不过是日常饮食起居所需，若遇婚丧喜庆大典，贾府就更加恣意挥霍了。宁国府为秦可卿买的一口棺材，即便"拿一千两银子来只怕也没处买"（第十三回）。为迎接元春省亲，贾府大兴土木，"堆山凿池，起楼竖阁"，建成了"天上人间诸景备"的大观园，其奢华糜费程度之惊人，连过惯皇家生活的元春也不禁为之摇头叹息。

贾府的这些排场，是在入不敷出的情况下勉强支撑起来的。它的主要经济来源，是收取地租。可是，濒临破产的农村经济，已不可能填满贾府这种无底洞似的欲壑。如第五十三回写宁府的庄头乌进孝来交租，贾珍原想至少也有五千两，但乌庄头只交来二千五百两。于是贾珍皱眉道："这够作什么的！"是的，这还不够宁府办一次婚丧喜事之需。可见，即便庄农不吃不喝，也难供养贾府。这就必然会造成贾府出多入少的局面。这种情形已经相当明显，就连不通庶务的林黛玉也有所察觉："我虽不管事，心里每常闲了，替你们一算计，出的多进的少，如今若不省俭，必致后手不接。"（第六十二回）然而，"省俭"与贵族图虚荣讲享乐的生活习惯势同水火。贾府宁可走向死亡，也决不会放弃奢侈浮华的虚热闹。

"儿孙一代不如一代"，后继无人，这是导致贾府衰败的第三个重要原因。

宁、荣二公在马上"得天下"，建立了贾府的基业。他们的下一代雄风犹存，尚可以守成。但到了现在的第三代，即"文"字辈，已经退化为昏聩无能的一辈：贾敬一心烧丹炼汞，贾赦则是个老色鬼，唯独贾政风声清肃，却庸碌古板，不通庶务。至于第四代，即"玉"字辈的贾珍、贾琏、贾环，以及第五代，即"草"字辈的贾蓉等，则堕落为一群聚赌嫖娼、淫欲放纵到了乱伦地步的"畜牲"。由这些败家子继承家业,贾府必将一败涂地。

　　以上三方面的原因,注定了贾府衰微破败的悲剧结局。但是,像这样的贵族大家庭,毕竟有些"百足之虫"的本领,在一段时间内可以"死而不僵",而且它一度还给人以繁荣昌盛的假象,它的败落也有一个过程。

　　在小说的开始部分,贾府其实已处于"死而不僵"的状态,元春晋封贤德妃,像一剂强心针,使它开始回光返照。此时正是元宵节,这种假象只勉强维持了一年。待到次年元宵节,它便开始显露出僵硬的景象。第五十三至五十四回描写贾府过年的情景,"除夕祭宗祠"仍颇为隆重,但到"元宵开夜宴"时,族人来者却寥寥无几。从此,败象越来越多。如第七十二回写到贾琏、凤姐与鸳鸯商议典当贾母的"金银家伙",以解燃眉之急。恰在这时,夏太监又传话来"借"银子,令贾琏哭笑不得,妄想"这会子再发个三二百万的财就好了"。之后,林之孝便建议遣散老奴及多余的丫头,说:"如今说不得先时的例了,少不得大家委屈些,该使八个的使六个,该使四个的使两个。"封建大家庭历来以人丁兴旺、奴仆成群相夸耀,然而贾府今非昔比,过多的人口已经成了沉重的负担。待到这一年的中秋节,它那下世的光景,就展露无遗了,到处是凄清悲凉的景象;庸俗而不吉利的笑话,令贾母越发不安;祠堂里发出了令人毛骨悚然的悲叹声。百足之虫的末日,已为期不远。

　　按照曹雪芹原来的艺术构思,贾府的最终败落,是在次年的元宵节。其方式,是被朝廷籍没家产。其结果,是"树倒猢狲散"。有人说,贾府之败主要应归因于抄家。其实,纵然不被抄家,贾府也必然要败亡,因为它僵死的内因已经十分充分。抄家只是外因,只起了催命的作用,不过是雪上加霜而已。后四十回基本上完成了这一悲剧结局,但留下了"延世泽"及"兰桂齐芳"的光明尾巴,似不尽合雪芹原意。

　　《红楼梦》所展示的贾府的末世景象,具有高度的典型性,足以概括整个封建社会的末世景象。作品所揭示的贾府没落的原因,深刻反映了封建末世的种种痼疾。一叶知秋,贾府衰亡的悲剧,其实是一出巨大的社会悲剧。

四　堪叹古今情不尽——《红楼梦》人物形象之一

　　"厚地高天,堪叹古今情不尽,痴男怨女,可怜风月债难偿。"这是太虚幻境宫门上的一副对联,点明了《红楼梦》"大旨谈情"的特点。作为"礼"的对立面,"情"在书中占据着中心地位,是作品的灵魂。书中展示了各式各样的"情",从类型上看,有爱情、亲情、友情、世情等;从对待它的不同态度上看,有痴情、矫情、滥情、情误等。每一种"情"在不同的人身上又有许多微妙的变化,使书中的"情"呈现出丰富多彩的瑰丽景象。其中,宝、黛、钗对待"情"的不同态度,代表了书中最具有典型意义的三种感情心态。

(一)绝世情痴做主人——贾宝玉

据脂批透露,曹雪芹在"警幻情榜"上给宝玉的评语是"情不情"。如甲戌本第八回眉批说:"按《警幻情榜》,宝玉系情不情。凡世间之无知无识,彼俱有一痴情去体贴"。可见,"情不情"是宝玉用情的主要特点,就是对不知情之人和不知觉之物皆有情。因此,读者历来都视宝玉为"情痴"。小说第一回神僧说"携你到那昌明隆盛之邦、诗礼簪缨之族、花柳繁华地、温柔富贵乡去安身乐业",脂砚斋于此批道:"何不再添一句云:择个绝世情痴做主人。"这就是说,作者选择的这个主人公贾宝玉,是个"情不情"的"绝世情痴"。

宝玉的痴情尽管从一开始就具有了"情不情"的特征,但在他的生活历程中还是有一个不断明确和强化的过程。

尊重女性,是宝玉思想意识的一个重要方面。他认为:"女儿是水做的骨肉,男人是泥做的骨肉。我见了女儿,我便清爽;见了男子,便觉浊臭逼人。"因此,宝玉用情的主要对象,是纯洁清净的青年女子。所以脂批说:"宝玉之心,凡女子前不论贵贱,皆亲密之至。"(庚辰本第二十一回夹批)但是,宝玉这种平等博爱精神,起初尚有不少杂质,盲目性也比较大。比如他与袭人偷试云雨、与秦钟同性相恋,表明他尚未脱尽纨绔习气,还有几分"滥情"的倾向。又如北静王送他香串,他欣然接受,还兴冲冲地转赠给黛玉,表明所谓"清净的女儿"与"浊臭的男人"之辨在他心里尚未完全清楚。再如仅仅因为洒了一杯茶,他便把茜雪撵了出去;丫头开门晚了一点,他抬脚就踢,不料误伤袭人,这些都表现了他的少爷作风,表明他对女儿还不够体贴入微。

随着生活阅历的丰富,特别是由于他与黛玉的爱情逐渐加深,他的感情日益升华,"情不情"的对象越来越明确。他认为:"原来天生人为万物之灵,凡山川日月之精秀,只钟于女儿,须眉男子不过是些渣滓浊沫而已。"(第二十回)于是,他"把一切男子都看成混沌浊物,可有可无"。同时,"女儿"在他心里占据了至高无上的地位。第十九回的一个故事,是他这种感

名家解读古典名著
世情讽喻小说（上）

情心态的绝好注脚：宝玉到宁国府看戏，众人只知吃喝玩乐，他则想到："这里素日有个小书房，内曾挂着一轴美人，极画的得神。今日这般热闹，想那里自然无人，那美人也自然是寂寞的，须得我去望慰他一回。"脂批对此评道："极不通胡说中，写出绝代情痴，宜乎众人谓之疯傻。"（己卯本夹批）对世间不知觉之物也怀着温柔体贴的痴情，正是"情不情"的特点之一。但这不知觉之物，必须是与女儿有关系的。对物犹如此，何况对人呢！当他来到小书房时，没想到竟撞破了茗烟与一个小丫头的好事。他没有斥责他们，放跑了小丫头，还不忘赶出去叫道："你别怕，我是不告诉人的。"真是体贴入微。宝玉并不认识这个小丫头，他的关心只有一个理由，即她是女儿。

宝玉的这份痴情，在大观园里得到了尽情发泄的机会。作者精心构筑这个女儿的乐园，主要目的之一就在于表现宝玉的"情不情"。大观园能够短暂地留驻人间，主要是宝玉平等博爱精神维系的结果。

在大观园里，宝玉多次代女儿们受过，为的是尽他保护女儿的义务。如第六十回写芳官用"茉莉粉替去蔷薇硝"以敷衍贾环，惹得赵姨娘大闹怡红院，结果带累柳五儿蒙受偷窃之名；继而"玫瑰露引来茯苓霜"，暴露出真正的扒手彩云。这一系列纷争，不仅伤害了许多丫头，若处理不当，还会伤及探春。宝玉为息事宁人，便一人顶缸，承担了责任。

在大观园里，宝玉对女儿们关怀备至，而且愈演愈痴。如第三十回"龄官划蔷痴及局外"，写他看到龄官划蔷，不觉"看痴"了。忽然一阵雨来，他首先想到的是提醒龄官避雨，却忘了自己也站在雨中。又如第三十五回"白玉钏亲尝莲叶羹"，写他让玉钏儿尝羹，为的是对金钏儿之死表示歉意。汤泼洒出来，宝玉自己烫了手倒不觉得，却只管问玉钏儿："烫了那里？疼不疼？"甚至，仅仅是故事里的女儿，他也要关怀一番。如第三十九回"情哥哥偏寻根究底"，写刘姥姥信口胡诌出一个"茗玉小姐"，说她聪明伶俐，不幸一病而亡。宝玉听了，"跌足叹惜"。追问之下，方知这位小姐尚有座小庙，次日便让茗烟去寻找。真不愧有"情哥哥"的美誉。

在大观园里，宝玉对遭受欺凌的女儿更为体贴，一有机会便以自己的一腔柔情去抚慰那一颗颗受伤的心，并以此为平生一大快事。如第四十四回"喜出望外平儿理妆"，写平儿受到贾琏和凤姐的打骂，躲到怡红院来。宝玉喜出望外，尽心服侍，精心为平儿梳妆打扮。"宝玉因自来从未在平儿前尽过心——且平儿又是个极聪明极清俊的上等女孩儿，比不得那起俗蠢拙物——深为恨怨。……不想落后闹出这件事来，竟得在平儿前稍尽片心，亦

今生意中不想之乐也。"平儿走后,宝玉心中怡然自得,忽又感叹不已:

忽又思及贾琏惟知以淫乐悦己,并不知作养脂粉。又思平儿并无父母兄弟姊妹,独自一人,供应贾琏夫妇二人。贾琏之俗,凤姐之威,她竟能周全妥帖,今儿还遭荼毒,想来此人薄命,比黛玉犹甚。想到此间,便又伤感起来;不觉洒然泪下。因见袭人等不在房内,尽力落了几点痛泪。复起身,又见方才的衣裳上喷的酒已半干,便拿熨斗熨了叠好;见她的手帕子忘去,上面犹有泪渍,又拿至脸盆中洗了晾上。

真可谓柔情似水,无微不至。又如第六十二回"呆香菱情解石榴裙",写他出于对香菱不幸境遇的同情,为她换裙,免得她回家受薛姨妈责备,同样表现了他对不幸女儿的关怀体贴。

宝玉的"情不情",完全以"利她"为终极目的,不掺杂任何私心杂念,更没有任何淫思亵意。但是,在那个重礼不重情的社会里,宝玉的这种平等博爱精神,被视为下流痴病,不断地受到世人的攻击与嘲笑。正如警幻仙姑所说:"如尔则天分中生成一段痴情,吾辈推之为'意淫'。'意淫'二字,唯心会而不可口传,可神通而不可语达。汝今独得此二字,在闺阁中,固可为良友,然于世道中未免迂阔怪诡,百口嘲谤,万目睚眦。"(第五回)如第三十二回"含耻辱情烈死金钏",写王夫人因宝玉和金钏儿的亲昵言行而迁怒于金钏儿,使这个无辜的女儿含耻投井而死。又如第三十三回"不肖种种大承笞挞",写贾政以淫辱母婢等罪名毒打宝玉,必欲置之死地而后快。客观地说,贾政对他的笞挞并非小题大作,因为"情不情"无视森严的等级制度和传统的尊卑观念,确实是宝玉叛逆精神的重要组成部分。也正因"情不情"具有坚实的思想基础,并非宝玉一时心血来潮的产物,所以他才会那样执着、坚定地信守着它。如第三十四回"情中情因情感妹妹,错里错以错劝哥哥",写他看到宝钗为他挨打而难过时,心中自思:

我不过挨了几下打,她们一个个就有这些怜怜悲感之态露出,令人可玩可观,可怜可敬。假若我一时竟遭殃横死,她们还不知是何等悲感呢!既是她们这样,我便一时死了,得她们如此,一生事业纵然尽付东流,亦无足叹惜,冥冥之中若不怡然自得,亦可谓糊涂鬼矣。

当黛玉劝他"你从比可都改了罢",他长叹道:"你放心,别说这样话。就便为这些人死了,也是情愿的!"这真可以说是"死不悔改"了。

"情不情"是宝玉叛逆精神的基础。因为"重情",所以才"不重礼";因为喜欢与女儿们厮混,所以才讨厌与士大夫交往;因为爱读《西厢记》之类

名家解读古典名著
世情讽喻小说(上)

的"杂书",所以才厌倦理治之才;因为钟爱林黛玉,所以才触犯了封建礼教;因为体贴女儿,所以才扰乱了尊卑贵贱的封建秩序。更值得注意的是,"情不情"还引导宝玉在叛逆的道路上愈行愈远,不断强化着他的叛逆意识。比如,第四十二回"不了情暂撮土为香"写他祭奠金钏儿时,只是偷偷地跑到水月庵,在井台上放好香炉,"掏出香来焚上,含泪施了半礼,回身命收了去"。尽管颇有情致,毕竟有些草率。待到第七十八回"痴公子杜撰芙蓉诔",写他祭奠晴雯时,便显得既郑重又沉痛了。特别是洋洋洒洒上千字的《芙蓉女儿诔》,不仅讴歌了女儿纯洁高贵的品质,表达了他对女儿不幸命运的深切同情,而且还对残害女儿的邪恶势力进行了前所未有的谴责,从而表达了他与"浊世"的严重对立情绪。尤其是他把母亲王夫人斥为"悍妇",声称"剖悍妇之心,忿犹未释",突出表现了他的叛逆意识的进一步强化。

明代以来,不少进步的思想家和文学家,针对程朱理学宣扬"存天理,灭人欲",主张以"情"抗"理"。贾宝玉"任情恣性","重情不重礼",甚至于不仅对有情人痴情,而且用情于世间不知觉之物及不知情之人,这种平等博爱精神无疑是有明以来进步思想的进一步发展。

(二)千古情人独我痴——林黛玉

林黛玉的感情心态,同属于痴情一类,而与宝玉的"情不情"有所不同。脂批多次提及黛玉在"警幻情榜"上的评语,是"情情"二字。如己卯本第十九回夹批说:宝玉乃"今古未见之人",而"恰恰只有一颦儿可对,今他人徒加评论,总未摸着他二人是何等脱胎,何等心臆,何等骨肉。……后观《情榜》评曰:'宝玉情不情,黛玉情情。'此二评自在评痴之上,亦属囫囵不解,妙甚!"这里说"情不情"与"情情"都是"评痴"之语,确能使人领悟这两个评语的妙谛。它们恰为一对,"情不情"是说宝玉用情广泛,"情情"则是指黛玉用情专一。对黛玉来说,世间唯有爱情最可宝贵。她的全部自我完全沉浸在爱河情海之中,她的一切,包括思想感情、脾气秉性、兴趣爱好等,都是从爱情里酿造生发出来的,深深地铭刻着"情情"的印记。

宝黛爱情是由浅而深、由朦胧而明朗,逐渐发展而来的,主要经历了相识、热恋、定情、持续、失败等发展阶段。黛玉在这一恋爱过程中,充分表现了他"情情"的感情心态。

在小说前二十二回,亦即搬进大观园以前,宝黛爱情尚处在萌生阶段。二人初识,共有的第一感觉是似曾相识。宝黛前身为神瑛侍者和绛珠仙草。

绛珠得神瑛以甘露灌溉,"遂得脱却草胎木质,得换人形",故甘愿与神瑛一同下凡,把"一生所有的眼泪还他"(第一回)。这是黛玉"情情"的形而上的原因。宝黛一见如故,其实就是一见钟情。这是最激动人心的爱情,其间不掺杂任何世俗条件,如家世、地位、身份乃至性情、才干、修养等,而仅仅是眼神的接触,心灵的碰撞,感情的吸引。正因如此,这也是一种最危险的爱情。其发展趋向,一般都是任情任性,从而忽视社会禁忌、家族利益,导致外力介入,最终酿为悲剧。

不过,初识之际,宝黛尚在童稚,还不能完全领悟一见如故的真谛。他们只是青梅竹马的玩伴,感情上爱的气息还相当淡薄。如第五回写宝钗能得下人之心,小丫头们多喜欢找宝钗去玩,"因此黛玉心中便有些悒郁不忿之意"。至于宝玉,"亦在孩提之间,况自天性所禀来的一片愚拙偏僻,视姊妹弟兄皆出一意,并无亲疏远近之别"。这里还不见爱的影子。

但二人由熟惯而亲密,由亲密而"求全",致生口角,渐渐迈开了爱的步伐。于是,宝黛之间无休无止的小冲突,便成为他们求全求爱的基本手段。如第二十回"林黛玉俏语谑娇音",写宝玉从宝钗那里玩耍回来,受到黛玉的奚落,于是争辩道:"只许同你玩,替你解闷。不过偶然去她那里一趟,就说这话。"黛玉听后,自然恼怒,因与宝玉发生口角。没两盏茶的工夫,宝玉又像往常一样来体贴劝慰:"你这么个明白人,难道连'亲不间疏,先不僭后'也不知道?我虽糊涂,却明白这两句话。"……林黛玉啐道:"我难道叫你疏他?我成了个什么人了呢!我为的是我的心。"宝玉道:"我也为的是我的心。难道你就知你的心,不知我的心不成?"将亲疏关系与"心"联系起来,说明宝黛情窦已开。这是二人首次吐露爱的心声,也是黛玉较明显地表露"情情"的心态,预示着他们的爱情将步入热恋阶段。

第二十三回"西厢记妙词通戏语,牡丹亭艳曲惊芳心",是宝黛由爱而发生的第一次矛盾,也是他们爱情发展历程上的里程碑。林黛玉读《西厢记》,"从头看去,越看越爱看,不到一顿饭工夫,将十六出俱已看完,自觉词藻警人,余香满口。虽看完了书,却只管出神,心内还默默记诵。"显然,爱的种子在黛玉心田已破土而出。于是宝玉打趣道:"我就是个'多愁多病身',你就是那'倾国倾城貌'。"虽是开玩笑,却明确表示了爱的愿望。黛玉的反应很强烈,"不觉带腮连耳通红,登时直竖起两道似蹙非蹙的眉,瞪了两只似睁非睁的眼,微腮带怒,薄面含嗔",尽管努力用恼怒来掩饰,羞赧而激动的心情仍展露无遗。当她也用《西厢记》里的曲词来打趣宝玉时,表明她已经

名家解读古典名著
世情讽喻小说(上)

愉快地默认了宝玉的比喻,从而正式确立起恋爱关系。过后,黛玉路过梨香院,听到十二女伶练习演唱《牡丹亭》,立刻被那缠绵悱恻的曲词所感染,不觉心动神摇,如醉如痴。可见,她确实坠入了情网。

此后,别人对宝黛的特殊关系开始有所觉察。如第二十五回凤姐跟黛玉开玩笑说:"你既吃了我们家的茶,怎么还不给我们家做媳妇?"这无异于提醒宝黛,必须考虑恋爱的发展方向,正视木石前盟。他们的心事被道破,再也无法佯装不知,可又无法表达此时此刻那种惊喜而甜蜜的感觉。于是,"宝玉拉着林黛玉的袖子,只是嘻嘻的笑,心里有话,只是口里说不出来。此时林黛玉只是禁不住把脸红涨了,挣着要走。"千言万语,尽在不言中。此时此刻的宝黛,正可谓"此时无声胜有声","心有灵犀一点通"。

但是,此时此刻一过,黛玉便又疑惑起来,总觉得不甚了解宝玉的真情实意。特别是"金玉"之论,总像咒语一样纠缠着她,使她寝食难安。不料,第二十九回又横生出一对"金玉姻缘"。那是张道士为宝玉提亲,还送给他一个金麒麟。恰好史湘云也有个金麒麟,这使黛玉忧心如焚,她又遇到了一个强劲的对手。"情情"的心性令她妒意大发,先是讽刺宝钗:"他在别的上还有限,唯有这些人带的东西上越发留心。"继而与宝玉发生冲突,故意拿话刺痛他:"我知道,昨日张道士说亲,你怕阻了你的好姻缘,你心里生气,来拿我煞性子。"这次冲突,是宝黛之间最激烈的一次,致使宝玉"脸都气黄了,眼眉都变了,从来没气的这样",只管"下死力砸玉"。以常情而论,宝玉这番举动应当可以使黛玉疑虑尽消。然而,黛玉疑心太重,宝玉越表现他对"金玉"之论的反感,就越使她生疑:

你心里自然有我,虽有"金玉相对"之说,你岂是重这邪说不重我的。我便时常提这"金玉",你只管了然自若无闻的,方见得是待我重,而毫无此心了。如何我只提"金玉"的事,你就着急,可知你心里时时有"金玉",见我一提,你又怕我多心,故意着急,安心哄我。

这真是"求近之心,反弄成疏远之意"。在那样一个视男女恋爱为淫奔不才之事的社会环境下,不允许他们尽情剖白心迹,必然会造成这种误会。黛玉除了用冲突来试探宝玉,实在别无良策。她太担心了,即使暗中听到宝玉视她为知己的表白,她还是忐忑不安:"既你我为知己,则又何必有金玉之论哉;既有金玉之论,亦该你我有之,则又何必来一宝钗哉!"这种心态,难免使人想起周瑜"既生瑜,何生亮"的慨叹。

诚然,在热恋过程中,林黛玉对宝钗、湘云表现了好像不必要的嫉妒与多心，因此常常为人所诟病。如湘云就曾说黛玉是'小性儿、行动爱恼的人"，还说她处处"辖治"宝玉（第二十二回）。其实，周瑜的嫉妒与黛玉的嫉妒，性质截然不同。周瑜是嫉贤妒能，黛玉则是"情情"，是她爱情炽热和专一的一种表现，是所谓"爱的排他性"的必然反映。故脂批说："金玉姻缘已定，又写一金麒麟，是间色法也。何颦儿为其所惑？故颦儿谓'情情'。"（己卯本第三十一回前评）

黛玉的娇情妒意，是清纯率真天性的自然流露，绝非什么病态心理。像有些才子佳人小说中的所谓佳人，对才子见一个爱一个的行为，不仅毫无妒意，还帮助才子物色和引诱别的佳人，这才是十足的病态。像香菱那样欢天喜地盼望夏金桂的嫁临，才是精神麻木的表现。像宝钗那样敦厚大度，似乎内心深处决无贪嗔痴爱，才是情感的扭曲变形。黛玉"情情"，对宝玉"期望之情殷"，所以才会吃醋，正所谓"未形猜妒情犹浅，肯露娇嗔爱始真"。黛玉越是娇妒，就说明她越是情深意真。作者"写黛玉又胜宝玉十倍痴情"（庚辰本第二十三回夹批），真是"千古情人独我痴"。

伴着不断升级的冲突和黛玉日渐强烈的妒意，宝黛的距离越来越近，心迹越来越明。第三十二回"诉肺腑心迷活宝玉"，是他们爱情完全成熟的标志。宝玉掏出了肺腑之言，黛玉如"轰雷掣电"，完全了解了宝玉的心意。双方无休无止的试探，至此得到了明确的结果。二人定情的明显标志，是私赠手帕。那是在宝玉挨打以后，宝玉持命晴雯送两条旧手帕给黛玉，黛玉立刻便"体贴出手帕的意思来，不觉神魂驰荡"（第三十四回），百感交集，于是在帕上题诗三首。显然，这私相传递的旧手帕，就是宝黛定情的信物。

宝黛既已得到彼此的心，便不再人为地制造矛盾，黛玉遂流露出她天性中所固有的柔弱、宽厚与诚恳。她与宝钗之间那种剑拔弩张的场面不见了，干戈化为玉帛，情敌变成了朋友。她甚至还诚挚地向宝钗致歉："你素日待人，固然是极好的，然我最是个多心的人，只当你心里藏奸……往日竟是我错了，实在误到如今。"（第四十五回）但这并不表示"金玉"之论的阴影在她心里已经消失，正相反，她仍是那样忧郁，对未来总有一种不祥的预感。就在"金兰契互剖金兰语"之后，她便在"风雨夕闷制风雨词"，表明她的心境实际上正像秋风秋雨一样惨淡凄凉。她再也无须试探宝玉，无须排斥宝钗，可也不知道如何争取进一步的胜利。"情情"的心态可以指引她如何赢得宝玉的心灵，却不能教会她怎样争取婚姻的成功。她所能做的，就只有等待。以她的聪颖敏感，不会不知道她所处的环境是"礼"的世界，根本不能容忍

名家解读古典名著
世情讽喻小说（上）

她对"情"的执着追求。她知道，她的恋爱，只能以悲剧告终。

果然不出所料，贾府不接纳她，社会抛弃了她，时代拒绝了她，尽管后四十回颇多可议之处，但对黛玉之死的描写，还是相当精彩的。她听到宝玉定亲的消息，便开始绝食，病得奄奄一息；当听说那只是误传时，她又出人意料地活转过来。直至玉钗成婚之际，她才彻底绝望，于是焚稿断痴情，呼唤着宝玉的名字，辞别了人世。"春蚕到死丝方尽，蜡炬成灰泪始干"，黛玉为情而生，因情而死；其情可生死，也可死生。这个"情情"的痴心少女，就是"爱"的化身，"情"的精灵。

（三）任是无情也动人——薛宝钗

薛宝钗在"警幻情榜"上的评语，脂批没有透露。从她处世待人的态度看，大概"无情"二字最切合她的性格特征。作者对此有明确暗示。在第六十三回"寿怡红群芳开夜宴"时，宝钗抽到的花签是"艳冠群芳"的牡丹，签上一句唐诗为"任是无情也动人"。对于这位冷若霜雪、艳若牡丹的淑女来说，送这句诗是再恰当不过了。宝钗的"无情"，与黛玉的"情情"、宝玉的"情不情"适成鲜明对比，是书中鼎足而三的重要情感类型之一。

在对待"情"与"礼"的态度上，宝钗与宝黛完全相反，她是重礼不重情。"重礼"是她"无情"的主要表现之一。

宝钗出身于皇商世家，这种家世背景造就了她注重实利而轻视性灵的思想特征。她自幼"不以书字为事，只留心针黹家计等事"（第四回）。在压抑个性的环境中，她似乎没有任何窒息之感。一进贾府，她便立刻赢得了众人的好感。在大家眼里，她不仅容貌超过黛玉，而且"行为豁达，随分从时，不比黛玉孤高自许，目下无尘，故比黛玉大得下人之心"（第五回）。她"罕言寡语，人谓藏愚；安分随时，自云守拙"（第八回），如凤姐所说："不干己事不张口，一问摇头三不知。"（第五十五回）作者称她具有停机之德，贤如孟母。确实，她的一言一行，都完全合乎传统道德规范，真正达到了非礼勿视、非礼勿听、非礼勿动的境界，她将自己修炼成了"德言工容"俱臻完美的封建淑女的典范。

洞明世故，人情练达，随分从时，善结人缘，是宝钗的一个突出特点。如第二十二回写元春从宫中传出灯谜，命众人猜测。宝钗"近前一看，是一首七言绝句，并无甚新奇，口中少不得称赞，只说难猜，故意寻思，其实一见就猜着了"。如此装愚守拙，自然不会招到别人的嫉恨。不对别人随意臧否,是她明哲保身的诀窍。在她的生日宴席上,贾母问她爱听何戏,爱吃何物,"宝钗深知贾母年老人,喜热闹戏文,爱吃甜烂之食,便总依贾母往日素喜者说了出来",结果"贾母更加欢悦"。她完全摸透了贾母的脾气,很清楚怎样讨这位老祖宗的喜欢。

宝钗对待长辈是这样,对待同辈也是这样。如第三十七回写湘云一时高兴,自告奋勇做东道开诗社。宝钗深知史家生活并不宽裕,便主动提出把自家的螃蟹拿来,为湘云解忧,并劝湘云说:"虽然是玩意儿,也要瞻前顾后,又要自己便宜,又要不得罪了人,然后大家有趣。"一席话令湘云心悦诚服,感激不已。又如第五十七回写邢岫烟在春寒料峭之际已换上夹衣。宝钗关切地询问,得知岫烟手头窘迫,棉衣已送入当铺。她便仔细为岫烟谋划,主动提出为岫烟赎回棉衣,并劝岫烟不要着"富丽闲妆","自己该省的就省了","总要一色从实守分为主",不要与别人攀比。一席话恰合岫烟此时境况,既帮助了别人,又不使人感到难堪,而且自然得体地表现了自己节俭朴实、安守本分的品格。这自然又赢得了岫烟的感激。

宝钗很会做人,当然也不会忘记体贴"卑贱者"。如第五十六回"时宝钗小惠全大体",写她与探春等一起商议大观园兴利除弊事宜。探春行事的特点是雷厉风行,不讲情面,为除宿弊而不惜得罪凤姐、宝玉及生母赵姨娘。宝钗则不同,她既要除弊,又决不肯开罪于任何人,而且还以小恩小惠笼络下人,使之感恩戴德。又如第六十七回写薛蟠从南方回来,带回些土仪。宝钗分送各人,连人人都讨厌的贾环都送到了。身为同胞姐姐的探春,从来都未如此关照贾环。宝钗此举,怎能不令赵姨娘母子欢喜!

宝钗如此礼数周到,广结善缘,不免显得有些圆滑、做作,难免使人疑心她别有用心。平心而论,宝钗在做这些事时,未必有什么具体目的。她唯一的愿望,是让别人喜欢她。务实精神令她特别重视别人对她的看法,自觉接受环境的捏塑,长短方圆,一任封建礼法的规矩,并不考虑自己的愿望。贾府上下,谁不激赏她的为人!就连那个"心不正"、几乎忌恨府里所有人的赵姨娘,也对宝钗赞不绝口:"怨不得别人都说那宝丫头好,会做人,很大方,如今看起来果然不错。……难为宝姑娘这么年轻的人,想的这么周到,真是大户人家的姑娘,又展样,又大方,怎么叫人不敬服呢。"(第六十七回)这可以视为社会对宝钗的高度评价。

宝钗不仅时刻都在以礼法压抑、束缚、窒息自己,并且还以此约束别人。比如,她是位博学多识的才女,尽管有时也不免因技痒而炫耀才学,却并不以此为意。她严格恪守传统妇德，不时地对别人也对自己念诵"女子无才便是德"的紧箍咒。如第四十二回"蘅芜君兰言解疑癖"，写她推心置腹地劝导黛玉说："所以咱们女孩儿家不认得字的倒好。男人们读书不明理，尚且不如不读书的，何况你我。就连作诗写字等事，原不是你我分内之事，究竟也不是男人分内之事。……你我只该做些针黹纺织的事才是，偏又认得了字，既认得了字，不过拣那正经的看也罢，最怕见了些杂书，移了性情，就不可救了。"读者看了不免觉得危言耸听，但在宝钗却是坚信不移的。又如第六十四回她劝宝玉不要把闺中诗词传与外人，说："倘或传扬开了，反为不美。自古道'女子无才便是德'，总以贞静为主，女工还是第二件。其余诗词，不过是闺中游戏，原可以会可以不会。咱们这样人家的姑娘，倒不要这些才华名誉。"如此迂腐的论调，如果出自贾政、王夫人之口，确实不足为奇。但这却是出自一位本当天真烂漫的少女之口，实在令人有不适之感。李贽《童心说》云："知美名之好也，而务以扬之而童心失；知不美之名之可丑也，而务以掩之而童心失。"宝钗太重视"美名"与"不美之名"了，或扬或掩，童心丧失殆尽。在她虔诚地膜拜礼教之际，不可能有多少真情的流露。

在宝钗曲意奉承、慷慨助人的背后，其实是一副冰冷的心肠。如第三十二回写金钏儿投井自杀之后，连奴性十足的袭人也"不觉流下泪来"，而宝钗仅冷冷称奇，宽慰王夫人道："据我看来，她并不是赌气投井。多半她下去住着，或是在井跟前憨顽，失了脚掉下去的。她在上头拘束惯了，这一出去，自然要到各处去顽顽逛逛，岂有这样大气的理！纵然有这样大气，也不过是个糊涂人，也不为可惜。"这就是小丫头子们所爱戴的宝姑娘，为了使杀人者心安理得，为了博得长辈的欢心，不惜诋毁受害者。而且，口气如此冰冷，令人不寒而栗。再如第六十七回写尤三姐自刭身亡、柳湘莲出家为僧，连贾珍、贾琏这样的行同狗彘的浪荡公子也。"俱不胜悲恸"，连薛蟠这样的"呆霸王"也眼中淌泪，而宝钗竟"并不在意"，若无其事地催促母亲料理哥哥贩来的货物，还说："俗语说的好，'天有不测风云，人有旦夕祸福'。这也是她们前生命定。前日妈妈为她救了哥哥，商量着替她料理，如今已经死的死了，走的走了，依我说，也只好由她罢了。妈妈也不必为她们伤感了。倒是自从哥哥打江南回来了一二十日，贩了来的货物，想来也该发完了。"宝钗就是这样实际，这样势利。这就是宝钗"重礼"的"无情"本质。

宝钗最"无情"之处，还是对自己"无情"，即对个人的感情漠不关心。

宝钗对爱情有一种顽固的排斥心理，不是避而不谈，就是暗中诅咒。如第二十七回写她无意中听到了红玉与贾芸恋爱的私情，便将红玉视为"奸淫狗盗的人"。又如第五十一回写薛宝琴向众人展示新编的十首怀古诗，其中后两首典出《西厢记》和《牡丹亭》。宝钗评论道："前八首都是史鉴上有据的，后二首却无考，我们也不大懂得，不如另作两首为是。"这些连"三岁孩子也知道"的故事，宝钗却故作不解，实在是过于"矫揉造作"了。不仅黛玉、探春，连李纨也对她的意见不以为然，说："况且又并不是看了《西厢》《牡丹》的词曲，怕看了邪书。这竟无妨，只管留着。"可见，在对待爱情的态度上，宝钗比年轻守寡、心如槁木死灰的李纨还要保守。

宝钗对宝玉，也可用"无情"二字概括。这是她对自己"无情"的主要表现。但是，若说她对宝玉没有丝毫感情，对金玉良姻一点也不动心，那也是矫情之论。尽管自控能力极强，但作为一个少女，她对身边这位才貌超群的异性毕竟不能视而不见，偶尔也会有忘情失态之举。如第三十二回写她探视挨打的宝玉，叹道："早听人一句话，也不至今日。别说老太太、太太心疼，就是我们看着，心里也……刚说了半句又忙咽住，自悔说的话急了，不觉的就红了脸，低下头来。可见她对宝玉还是相当关心的，但这种忘情之举总是转瞬即逝，因为她是不允许自己动情的。至于对待金玉良姻的态度，宝钗显得有些暧昧，心里非常矛盾：一方面她不想涉足情场，不愿破坏木石前盟，另一方面又希望金玉良姻有实现的可能。最典型的事例是第二十八回"薛宝钗羞笼红麝串"。宝钗知道，"金玉"之论已为众人所知，而"昨儿见元春所赐的东西，独她与宝玉一样，心里越发没意思起来。幸亏宝玉被一个林黛玉缠绵住了，心心念念只记挂着林黛玉，并不理论这事"。尽管这样想，她还是戴上了元春所赐的红麝串，从而引动了宝玉的痴心爱意。不过，即便是这一点点矛盾心理，宝钗也尽力想把它摆脱。客观形势似乎一直要将她吸入爱的旋涡，但她始终努力退步抽身。

首先，她讨厌别人提起金玉良姻。如她因宝玉挨打而与薛蟠发生口角，薛蟠挖苦她心里想着'金玉'之论，故"行动护着他'。这话使宝钗非常生气，"到房里整哭了一夜"。这显然不能仅用害羞或做作来解释。

其次，她对黛玉因误解而采取的所有讽刺、挖苦性言语，一概以"装愚"的方式忍隐下来，决不还击。如黛玉因金麒麟一事揶揄她："在别的上还有限，唯有这些人带的东西上越发留心。"宝钗听了，"便回头装没听见"。钗黛二人之所以从未发生口角，不是因为黛玉的攻势不够猛烈，而是由于宝钗拒不回击。

第三，为了避免误会，宝钗常有意回避宝黛。如第二十七回"滴翠亭杨妃戏彩蝶"，写她去潇湘馆找黛玉，忽见宝玉先进去了，便想道："宝玉和林黛玉是从小儿一处长大，他兄妹间多有不避嫌疑之处，嘲笑喜怒无常；况且林黛玉素习猜忌，好弄小性儿的。此刻自己也跟了进去，一则宝玉不便，二则黛玉猜疑。罢了，倒是回来的妙。"于是抽身回来，忽见一双蝴蝶上下翻跹，便兴致勃勃地扑打起来。其间没有丝毫心怀妒意的迹象。

第四，为了消除误解，宝钗多次主动找黛玉谈心。如第四十五回写她探望病中的黛玉，详细了解病情，像大夫一样提出治疗方案，并主动提供燕窝，以免兴师动众。这里，她对黛玉的体贴可谓细致周到，似不应理解为虚情假意。难怪黛玉深受感动，诚恳责怪自己多心。

第五，宝钗也愿木石前盟能够实现。如宝玉遭赵姨娘暗算，险些丧命。黛玉得知宝玉病情好转，情不自禁地念了声"阿弥陀佛"。宝钗遂打趣道："我笑如来佛比人还忙：又要讲经说法，又要普渡众生，这如今宝玉、凤姐姐病了，又烧香还愿，赐福消灾；今才好些，又管林姑娘姻缘了。"话里并无讽刺意味，只是个善意的玩笑。显然，宝钗根本不吃木石前盟的醋。

从上述五个方面的情形看，宝钗主观上从来就不是个婚姻角逐者。如果把她看作一个善于耍手腕弄诡计的情场阴谋家，一个积极与黛玉争夺对象的情敌，恐怕是冤枉了她，也过高地估计了她的感情心态。为了顺应环境的要求，为了合乎礼教的规范，宝钗已经把自己磨炼为清心寡欲的封建淑女。她当然有权力爱宝玉，有能力争宝玉，但她轻而易举地放弃了。这样一位处处为别人着想的宝钗，难道不"动人"吗？这样一位连自己的终身大事都漠不关心的宝钗，岂不是太"无情"了吗？正像她服食的药丸名叫"冷香丸"，宝钗既冷且香；正像她"从来不爱这些花儿粉儿的"，却仍然是"艳冠群芳"，宝钗确实可以称得上"任是无情也动人"。

五 十二花容色最新——《红楼梦》人物形象之二

据脂批透露，曹雪芹原稿末回《警幻情榜》，分正、副、又副等册，开列了大观园诸艳的芳讳，共计六十名（一说三十六名）。在《红楼梦》之前，还没有一部小说塑造出如此众多的神态各异的妇女形象。甲戌本第七回回首题诗说："十二花容色最新，不知谁是惜花人。"诗的表层意思是形容十二支

"新鲜样法"的宫花,其内在含意则是喻指金陵十二钗(俞平伯《读红楼梦随笔》)。《红楼梦》里的少女少妇,确如巧手裁剪的宫花一样,多姿多彩,新鲜别致。

(一) 机关算尽太聪明——凤姐

王熙凤在《红楼梦》里的重要性,仅次于宝、黛、钗。曾经有人作过统计,小说描写凤姐的笔墨,实际上比宝、黛、钗还多,居于榜首(王朝闻《论凤姐》)。作者对凤姐有褒有贬,使这一形象显得非常复杂。读者对她也是爱恨参半,恨凤姐、骂凤姐,不见凤姐想凤姐。这是一个性格生动、意蕴丰厚的艺术典型。她的个性特征,主要有如下几个方面:

其一,爽朗、泼辣。凡有欢声笑语的地方,大多有凤姐在场;最爽朗的笑声,大多出自凤姐。当黛玉初进荣国府时,大家悲悲切切,感叹唏嘘不已,忽听后院中有人笑声,说:"我来迟了,不曾迎接远客!"这放肆的笑语,与屋内"敛声屏气,恭肃严整"的人们形成强烈对比,令黛玉纳罕不已。这位先声夺人者,就是凤姐。还未出场,就给人以泼辣、开朗的印象。她的到来,犹如一阵春风,吹散了众人心头脸上的乌云,气氛顿然活跃起来。这一性格最讨贾母的欢心,因而备受宠爱。凤姐也深知自己的优势所在,在公开场合,尤其是在贾母面前,她更加倍努力地施展谈笑风生的本领。如第五十四回"王熙凤效戏彩斑衣",写她伶牙利齿,机智诙谐,博得满堂喝彩,贾母笑道:"可是这两日我竟没有痛痛快快的笑一场,倒是亏她一路笑得我心里痛快了些。"她被贾母等人戏称为"泼皮破落户""凤辣子",这正是她爽朗、泼辣性格的绝好注脚。

然而,她的这一性格,并不总使人愉快。她的逢迎献笑,只是对上。对于平辈,她寸利不让,得理不饶人。如她得知贾琏偷娶了尤二姐,便来宁府向尤氏问罪,"滚到尤氏怀里,嚎天动地,大放悲声"。她先以国孝家孝等一大堆罪名镇住对方,继而破口大骂,还要寻死觅活,"把个尤氏揉搓成一个面团,衣服上全是眼泪鼻涕,并无别语"。贾母跟前爽朗乖巧的孙媳,变成了咄咄逼人的泼妇。而对于下人,她声色俱厉,从不客气,处罚起来毫不手软。如她协理宁国府,主管秦可卿的丧事,上任伊始,便严厉惩罚了一个迟到的下人。因此,"众人不敢偷闲,自此兢兢业业,执事保全"(第十四回)。这方面,凤姐又俨然是个威重令行的管家婆。

其二,精明干练。在《红楼梦》里,凤姐的精明劲儿大概是最拔尖儿的。

名家解读古典名著
世情讽喻小说（上）

冷子兴说她"心机又极深细，竟是个男人万不及一的"（第二回）；周瑞家的说她"少说着只怕有一万心眼子"（第六回）。这些话决非虚誉。在贾府这个是非之地，凤姐处在各种矛盾的中心，稍一不慎，便会丧失地位和权力。她惯会察颜观色，见风使舵；而且人情练达，洞悉各种人的心理。因此，她能在矛盾旋涡中应付自如，游刃有余。凤姐之所以能够保住其既得利益，还因为她很有才干。"协理宁国府"就突出表现了她处理家务的出众才能。像宁府这样的贵族大家庭，举行一个奢侈隆重的葬礼，事务之繁杂，操办之烦难，任何人都会为之头疼。身为宁府家长的贾珍，不得不跪请凤姐来帮忙。凤姐果然不负众望，事无巨细，都处理得井井有条，妥帖得体。脂砚斋连连赞道："写凤姐之心机，写凤姐之珍贵，写凤姐之英勇，写凤姐之骄大。"（庚辰本眉批）凤姐之干练，不仅尤氏、邢夫人、王夫人等望尘莫及，即便是贾府所有的"须眉男子"，也难望其项背。

其三，骄矜、好强。凤姐非常自信，在任何情况下都不肯矮人一头。作者屡屡说她"本性要强，不肯落人褒贬"，"素日最喜揽事，好卖弄能干"。她或作恶，或行善，往往并没有很明确的动机。如"王凤姐弄权铁槛寺"，写她受贿包揽词讼。老尼净虚洞悉她的为人，只用言语轻轻一激，便令她技痒难耐，跃跃欲试。凤姐说："你是素日知道我的，从来不信什么阴司地狱报应的，凭是什么事，我说要行就行。"恃势争强的心态溢于言表。结果，使张金哥及其未婚夫含恨而亡。又如第七十二回写她抱病理事，强充英雄。须知，凤姐理家兢兢业业，并不是因为她对贾府有什么责任心，而是"好卖弄能干"的个性使之然。

其四，心狠手辣。凤姐之所以尽心尽力地操持家务，还有一个重要原因，就是她那超乎常人的利欲和权欲在作怪。以她的精明才干，如果不做管家妇，不把钱财看得那么重，她会是一个非常讨人喜爱的少妇。然而，在那个恶浊的环境里，她沾染上了过多的"男人的臭气"。她利欲熏心，权欲膨胀，被环境异化为心狠手辣的恶妇。"毒设相思局"，写她不动声色地将好色的贾瑞置于死地。最突出的例子，还是她杀害尤二姐的故事。贾琏背着她娶尤二姐为妾，严重伤害了凤姐的自尊心，也对她的正妻地位构成了巨大威胁。于是她设计将二姐诓进府中，先使秋桐疏离琏尤之情，继而令丫鬟怠慢羞辱二姐，最终迫使二姐吞金自杀。其用心之险恶，手段之狡诈，都达到了令人发指的地步。这是读者恨凤姐的主要原因所在。

秦可卿说，凤姐"是个脂粉队里的英雄"（第十三回），这是就她的精明干练而言的。徐瀛在《红楼梦问答》和《红楼梦论赞》中,将她比作《三国演义》中的曹操,说她是"治世之能臣,乱世之奸雄",颇有见地。凤姐精明干练,骄矜好强,如果生当盛世,必有一番作为。不幸的是,"凡鸟偏从末世来",个性和环境都只能让她做一个"女奸雄"。贾府没有因她的才干而振兴,反而由于她的缘故而使矛盾日益激化,加速了衰败的过程。

凤姐的所作所为,早已引起贾府上下众人的痛恨。上层有邢夫人,平辈中有贾琏、赵姨娘、尤氏等,莫不对她恨入骨髓,更不必说那些遭她欺压的下人了。在相当长的一段时间里,凤姐主要依恃的是贾母的欢心和与王夫人的血缘关系,但这只不过是一座"冰山"。一旦贾府败落,她便会成为众矢之的。在曹雪芹佚稿中,有《王熙凤知命强英雄》一回,可以想象她处境之艰难。通行本后四十回里,她的结局也很悲惨。一生争强好胜、百般算计别人的凤姐,终于也没逃脱厄运的捉弄。正是:"机关算尽太聪明,反算了卿卿性命。"

(二) 才自精明志自高——探春

贾府"原应叹息"四位小姐中,三姑娘探春的形象最复杂,也最引人注目。她是宝玉的同父异母妹妹,名列金陵十二钗正册第四位,判词说她"才自精明志自高,生于末世运偏消"。书中与"末世"一词有直接联系的女子,除了上面所说的凤姐,就只有这位三姑娘。这两个人的个性和命运具有许多相似之处,她们个人的悲剧,都与时代及家庭的悲剧有明显的联系。当然,她们也有明显的不同之处。可以说,探春是与凤姐形象"特犯不犯"的艺术典型。

探春不同于凤姐,她是位未出嫁的小姐,而且身世为庶出。小姐身份决定了她不可能像凤姐那样爽朗、泼辣,她的外在表现是端庄、蕴藉而流丽,如徐瀛所说:"春华秋实,既温且肃,玉节金和,能润而坚,殆端庄而杂以流丽,刚健含以婀娜者也。"(《红楼梦论赞》)庶出的身世,使她不可能像凤姐那样骄矜,内心里颇为自卑,外表则是非常自尊。她的生母是贾政的侧室赵姨娘,在封建社会,这种身世颇有几分不幸。对于像探春这样的少女,尤其不幸。凤姐曾因此对她表示遗憾,说:"只可惜他命薄,没托生在太太肚里。……虽然庶出一样,女儿却比不得男人,将来攀亲时,如今有一种轻狂人,先要打听姑娘是正出庶出,多有为庶出不要的。"(第五十五回)

更令探春难堪的是,赵姨娘及兄弟贾环,"阴微鄙贱",猥琐愚蠢,贪婪

名家解读古典名著
世情讽喻小说（上）

狠毒，与探春的为人大相径庭。因此，她力求以封建等级观念为原则，与赵姨娘划清界限。她是主子，赵姨娘是半主半奴，舅舅赵国基则是奴才。她疏远生母而亲近嫡母王夫人，疏远同母弟贾环而亲近异母兄宝玉。她根本不认赵国基为舅舅，而只认那个"年下才升了九省检点"的王子腾。因此，赵姨娘屡屡骂她"忘了根本，只拣高枝飞"。

赵姨娘的话虽不无道理，但她只是从个人的眼前利益出发去看问题，因而并不了解女儿的真正志向。探春曾经表示："我但凡是个男人，可以出得去，我必早走了，立一番事业，那时自有我一番道理。"看来，儒家所提倡的"修齐治平"的入世思想对她影响很大，她的志向就在这个范畴之内。

然而，引人注目的是，她从未劝说宝玉立身扬名。这并不能说明她与宝黛有共同的思想。探春不同流俗，敢说敢为，即便自恨不是男儿，不能建功立业，也决不劝说别人去实现自己的人生愿望。她精明机敏，早就看出宝玉不是那种热心功名的人，故只与宝玉保持着兄妹之情和朋友之谊，而决不像宝钗那样去自讨没趣。探春的不同流俗还表现在，她并不认为"立一番事业"就一定要求取功名，而是注重实干。这突出表现在"探春理家"的故事里。第五十六回"敏探春兴利除宿弊"，写她暂时代理生病的凤姐管理家务。她所推行的一系列开源节流措施，表现了她的卓越才识与魄力，是"才自精明志自高"的具体写照。她坚持原则，不徇私情，严正驳回了赵姨娘的无理要求；她不避权势，有意拿凤姐、宝玉等身份特殊的人开刀，以革除宿弊；她精明果断而又恰如其分，令刁钻的婢仆不敢轻视；她威重令行而又适可而止，权限之内说一不二，权限之外不随意干预。她的改良措施在短时间内获得了一定的经济效益，受到了贾府上下不少人的赞扬。如凤姐听到探春的行为时，连声赞叹道："好，好，好，好个三姑娘！我说他不错。"（第五十五回）

在管理家务方面，探春的精明干练不输凤姐，但两人的动机和手段有明显不同。探春一心为公，力图"补天"，挽救危在旦夕的贾府；凤姐是被利欲和权欲所支配，为了卖弄能干，损公肥私。探春正大光明，在一定程度上缓解了贾府的危机；凤姐擅耍阴谋诡计，致使冲突加剧，矛盾日益尖锐。这是身在"末世"的两个人物的不同表现。但她们理家的结果却是一样的，都不能阻挡贾府没落的趋势。

探春的改良措施，毕竟没有触动封建机制，在庞大的封建机器已经锈死的情况下，只修补些局部零件，显然无济于事。在贾府的衰败已不可逆转的情况下，极为有限地减缓这种趋势，无异于浪费精力。探春理家的收益，每年只有四百两银子，还不足贾府过一个年、贾母做一次寿、贾赦买一个妾的费用。对奢侈无度的贵族之家来说，这点收益无异于杯水车薪。因此，作者在赞扬探春"才自精明志自高"之后，马上便慨叹她"生于末世运偏消"。

（三）英豪阔大宽宏量——湘云

史湘云是《红楼梦》里别具一格的少女形象。她与宝玉的微妙关系，有时俨然与钗黛并立，形成鼎足而三的局面，使得她特别引人注目。

湘云出场很晚，连"元春省亲"这样的热闹场合也没有她的踪影。但她在第二十回一亮相，便立刻以其开朗豪爽的个性，放射出耀眼的光彩，给人一种春风拂面的感觉。只见她"大笑大说的"，见到宝黛，"忙问好厮见"，一派"英豪阔大"的气象。第二十二回，众人一起看戏，凤姐忽说小旦像一个人。湘云快人快语，立声答道："倒像林妹妹的模样。"她太直率，不像宝钗那样装愚——"心里也知道，便只一笑不肯说"。她也太莽撞，不像宝玉那样谨慎——"也猜着了，亦不敢说"。湘云特别热情，听说大观园里起了诗社，便慌忙赶来凑热闹，一口气做出两首诗，还要罚自己作东道；虽是最后一个入社，却要"先邀一社"（第三十七回）。酒宴中间，猜谜行令她最活跃，但最喜欢的还是"拇战"，因"这个简断爽利，合了我的脾气"（第六十二回）。湘云如此快活，仿佛不知道世间还有忧愁二字。其实，她的身世和家境，本不优越。她虽是史太君的侄孙女，出身于所谓的"阿房宫，三百里，住不下金陵一个史"的贵族世家，但史家已经没落，以至湘云家居时还要熬夜做针线活儿。再则，她还在襁褓中的时候，父母就已去世，现在只能依靠叔婶生活。因此，她每次离开贾府的时候，都是恋恋不舍，并再三叮嘱宝玉提醒贾母，早些派人去接她。可是，对于天真烂漫的湘云来说，苦恼只是暂时的，快乐一直占据着她那儿童般的心灵。

正因天真烂漫，所以她在感情上不像黛玉那样缠绵，在思想上不像宝钗那样成熟，而别具一种自然洒脱、质朴浑厚的风采。如第四十九回"芦雪亭割腥啖膻"，写她和宝玉在芦雪亭烤鹿肉吃，宝琴说鹿肉太脏，黛玉笑她太不文雅。湘云反驳说："你知道什么！'是真名士自风流'，你们都是假清高，最可厌的。"虽是玩笑话，却也道出了她做人的风格。又如第六十二回"憨湘云醉眠芍药茵"，写她吃醉了图凉快，以落英为枕，躺在石凳上香梦沉酣，落花飞了一身，手中扇子落地，已被落蕊埋了，一群蜂蝶围着她飞舞，真是憨态可掬。

名家解读古典名著
世情讽喻小说(上)

然而，湘云过于单纯，有时不免受别人影响，显得没有主见。如第三十二回写她劝宝玉应酬贾雨村，讲谈仕途经济，令宝玉大为恼火。其实，像湘云这样自然洒脱的少女，本与功名利禄格格不入。她的这些话，无非是人云亦云而已。宝钗时常向她灌输为人之道，她听着句句在理，点头称是。她规劝宝玉的话，与宝钗所说如出一辙，显然是受了宝钗的影响。湘云的率真本性，与宝钗大相径庭，倒是与黛玉更接近。"抄检大观园"之后，宝钗连忙搬出园子，湘云与黛玉便格外亲密起来。如第七十六回"凹晶馆联诗悲寂寞"，写湘黛在中秋之夜即景联诗，俨然是一对相濡以沫的挚友。这时的湘云，对宝钗的冷漠无情，也看得比较清楚了，不满地说："可恨宝姐姐，妹妹天天说亲道热，……今日便弃了咱们，自己赏月去了。"在寂静幽冷的凹晶馆，她与黛玉分别咏出"寒塘渡鹤影，冷月葬花魂"的诗句，这珠联璧合的谶语，更显出二人的情投意合。但湘云和黛玉也有很大的差异。她不像黛玉那样心窄，故显得达观豪放。在《红楼梦十二支》曲中，有关湘云的曲牌名"乐中悲"，暗指她的快乐之中蕴藏着悲剧的种子。这是就她一生的命运而言的。若就日常行状来看，她倒是悲中作乐的典型。

湘云与黛玉最大的不同，是她从不把婚姻爱情放在心上。第三十一回"因麒麟伏白首双星"，写她拾到了宝玉遗失的金麒麟，恰与自己所佩戴的是一对。脂批说作者在这里是用"间色法"迷惑读者。尽管如此，也还是不能说这雌雄相配的麒麟对宝湘关系一点也没有暗示，因为二人之间确有一种"未必有情，谁能遣此"的意味。二人从不掩饰彼此的关心，显得很亲密。如第二十一回写宝玉给她盖被，她为宝玉梳头；她与黛玉发生口角，宝玉则在中间劝架。庚辰本于此有脂批道："写得湘云与宝玉又亲厚之极，却不见疏远黛玉，是何情思耶？"但是，湘云"从未将女儿私情略萦心上"，她和宝玉之间只是一种纯真的友情。王昆仑认为："她毕竟思想不统一，感情也缺少深度，不能真正成为宝玉衷心系恋的知己。"(《论史湘云》)所以，作为朋友，她也许是最好的，但做恋人，她显然不如黛玉。

湘云是大家的朋友，给大观园带来许多欢乐。她处在薛林中间，既不像黛玉那样，具有自觉的叛逆意识，也不像宝钗那样，固守着传统道德观念。然而，这样一个浑朴娇憨的少女，竟也不能逃脱厄运的捉弄。她太单纯，从不把个人幸福放在心上，更无心为此伤神，于是，只有逆来顺受，任人摆布。后四十回写她由叔父做主，许配给卫若兰为妻，不久便成了寡妇。这个结局，是否符合曹雪芹原意，红学界一直存在争议。周汝昌推测，在雪芹佚稿中，湘云嫁给了宝玉,后宝玉出家,湘云遂孤苦无依(《红楼梦新证》)。朱彤则认为,湘云确是嫁给了卫若兰,后来夫妻离散,像"牛郎织女双星婚后被拆散,不得重聚"(《释"白首双星"》)。夫死孀居也好,夫妻离散也好,都是悲剧结局,令读者为这个纯真自然的少女感到深深的惋惜。

(四)欲洁何曾洁——妙玉

妙玉位居金陵十二钗正册第六位,其判词为:"欲洁何曾洁,云空未必空,可怜金玉质,终陷淖泥中。"这首诗概括了妙玉高洁的思想性格,预示了她沦落风尘的悲剧结局。

妙玉是位带发修行的女尼。她的身世和黛玉有几分相似:两人都出身于贵族之家,同样资质颖悟,受过良好的文化熏陶,才华横溢;她们很早就失去了家庭的温暖,远离故土,过着寄人篱下的生活。相比之下,妙玉的境遇较黛玉还要差。黛玉毕竟还有外祖母疼爱,有表兄与之朝夕相处。妙玉则举目无亲,生活在凄清幽冷的寺庙里,过早地被剥夺了人生的乐趣。她不能随意谈笑,不能尽情游乐,更没有爱与恨的权利。

不幸的身世和冰冷的环境,造就了她孤癖怪诞的性格。正如邢岫烟所说:"她这脾气竟不能改,是生成的这等放诞诡癖了。"(第六十三回)作者也明确说她"天生成孤癖人皆罕"。妙玉的孤癖怪诞,首先是表现在她那特有的洁癖上。如第四十一回"栊翠庵茶品梅花雪",写贾母一行到栊翠庵小憩品茗。一只名贵的茶钟,只因刘姥姥沾了一下,妙玉便嫌脏不要了。在宝玉的请求之下,她同意把茶钟送给刘姥姥,但声明道:"幸而那杯子是我没吃过的,若我使过,我就砸碎了也不能给她。"宝玉深知妙玉的为人,不以为怪,待众人离去,便命人打来几桶清水,以便她冲洗庭院。但妙玉只准许送水的小幺儿把水"搁在山门外头墙根下",不许他们进山门。过分的清洁,令人觉得她好像是位不食人间烟火的神女,任何人在她面前,都不免自惭形秽。

妙玉生活习惯上的"过洁",只是她高洁品质的一种外在表现形式。脂批说她"心性高洁",这才是她的思想性格的本质。比如,她没有丝毫奴颜媚骨。贾母是府中至尊至贵的"老祖宗",别人想献殷勤而犹恐不能,但寄居贾府的妙玉,竟敢于明显地冷落这位贵客。她把茶水奉与贾母之后,既不陪饮,也不陪坐,更不陪叙,只顾招呼宝黛钗三人到自己的居室内去"吃体己茶"。妙玉入贾府之前,就曾明确表示过她对贵族之家的厌恶,说:"侯门公府必以贵势压人,我再不去的。"(第十七至十八回)可见,她后来所表现出的对

名家解读古典名著
世情讽喻小说(上)

权贵的鄙夷,是出自本能的一种反抗,目的在于保持心性的高洁,维护人格的完整不污。这突出表现了她与世俗社会的抵触情绪。

妙玉对世俗社会的反抗,尽管相当消极,却非常直率,显得很惹眼。在这方面,她可以说是宝玉的同道。二人同样"行为偏僻",都是不入时人眼的"怪"人。他们有一种特殊的交情。如栊翠庵品茶时,钗黛二人所用是"古玩奇珍",而宝玉所用则是妙玉"前番自己常日吃茶的那只绿玉斗"。妙玉竟丝毫也不嫌宝玉脏,可见在她心目中,宝玉和她一样清洁。又如第六十三回宝玉过生日时,她特意送来"槛外人妙玉恭肃遥叩芳辰"的贺帖。对待宝玉,一向超尘脱俗的妙玉竟也不能免俗。是什么原因使妙玉对宝玉另眼相待呢?后四十回的解释是爱情的作用。心如古井的女尼,也会荡起感情的微澜。如第八十七回"坐禅寂走火入邪魔",写她与惜春对弈,看到宝玉,"忽然把脸一红",又"看了宝玉一眼,复又低下头去,那脸上的颜色渐渐的红晕起来"。回到禅房,又想起宝玉,以致神不守舍,走火入魔。这种解释,当然有一定的合理性,但这不是促使妙玉敬重宝玉的主要原因。

从妙玉与黛玉的关系上,可以看出妙玉与宝玉的默契,主要不在感情相吸,而在于心灵相通。如第五十回写宝玉踏雪向妙玉乞求红梅,李纨命人跟去,黛玉忙拦住说:"不必,有了人反不得了。"黛玉对妙玉和宝玉单独接触,毫不介意,而且还表示理解和支持。当初在栊翠庵品茶时,妙玉曾抢白黛玉是个"大俗人",黛玉也没有反唇相讥,表现出相当大度的宽容。而妙玉特意请黛玉"吃体己茶",也表现出她对黛玉格外敬重。那时候,宝钗显然只是个陪衬。又如第七十六回黛玉湘云在凹晶馆联诗,妙玉也来凑趣。她不"搜奇捡怪",而是直抒胸臆,吟出"芳情只自遣,雅趣向谁言"的诗句,表现了她高洁的情怀和落寞的愁绪。一向把心灵严密封闭起来的妙玉,竟向黛玉倾吐"真情真事",显露"闺阁面目"。显然,妙玉和黛玉是彼此视为知音的。

宝玉、黛玉和妙玉,一向被人称为"红楼三玉",这决非偶然。在世俗社会中,他们都保持着纯净的心灵和高洁的品格,像"玉"一样莹润无瑕;他们都与封建礼教格格不入,并且以各自不同的方式,反抗着世俗社会的污染与摧残,像"玉"一样坚硬;他们最终都被邪恶势力所吞噬,"好一似无瑕白玉遭泥陷"。

在《红楼梦十二支》曲中,有关妙玉的曲牌名"世难容",曲中说她"太高人愈妒,过洁世同嫌"。这就是说,妙玉那高洁的心性,与世俗环境势同水火,难以相容。黛玉是她的知音,"知她天性怪僻",不与她争执。宝玉是她的同道,对她的境遇格外关心,担心"她为人孤癖,不合时宜"。除了宝黛,妙玉很难再找到能够理解和宽容她的人。宝钗就曾不止一次地说她"怪诞",除了栊翠庵品茶,两人再没有任何接触。至于李纨,则认为她为人"可厌",所以"不理他"。大观园里的人况如此看她,园外人的态度可想而知。大观园是她暂时的避难所,一旦贾府崩溃,芳园遭毁,妙玉绝对不能逃脱"风尘肮脏违心愿"的悲剧命运。后四十回写她的结局是,遭强盗轻薄,被劫持而去。这基本上完成了妙玉的悲剧。但据脂批透露,雪芹原稿中对妙玉结局的安排,更为悲惨,可能是在"瓜洲渡口"附近沦落为娼妓,恰似洁白的美玉陷入世间最肮脏的泥淖。

(五)平生遭际实堪伤——香菱

香菱是《红楼梦》开卷第一个薄命女,也是曹雪芹在前八十回书里写到的最后一个重要的女性形象。她在"情榜"上位居副册首位,判词是:"根并荷花一茎香,平生遭际实堪伤。自从两地生孤木,致使香魂返故乡。"

香菱是个典型的薄命女,一生为不幸的命运所播弄,心灵与肉体皆遭到致命的摧残,最后悲惨地死去。她的人生悲剧,既是书中所有少妇少女的人生悲剧的缩影,也是几千年来封建社会里所有妇女的不幸命运的真实写照。

香菱的名字几经改变,这是她无法掌握自身命运的象征。在第一回里,她叫甄英莲,是姑苏城里一个名门望族家的幼女。元宵之夜,在闹攘攘的人群里,她被人拐走,从此迷失了本"姓"。第四回"薄命女偏逢薄命郎",她再次出现。人贩子将她同时卖给了冯渊和薛蟠。薛蟠命豪奴打死冯渊,把她抢到薛府,她便作了这个有名的"呆霸王"的侍妾,改名香菱,并随薛家母子来到贾府。这时候,她对自己的过去已经一无所知。周瑞家的问她:"你父母今在何处?今年十几岁了?本处是那里人?"她的回答只是:"不记得了。"她不知道自己从哪里来,当然更不清楚自己将到哪里去,等待她的将是怎样的命运。这样一个像含苞待放的花朵一样的少女,过早地丧失了对环境的敏锐感觉,既"呆"且"憨",只有麻木地任人摆布,随波逐流。

尽管生活的折磨已使香菱感觉麻木,但环境的污泥浊水仍未能污染她的心灵。就像本名所象征的那样,她本是一朵美丽的莲花,具有出污泥而不染的天赋秉性。一旦来到清新的环境里,她便会散发一阵阵沁人心脾的淡淡幽香。正像她自己所说:"不独菱角香,就连荷叶莲蓬,都是有一股清香的。"

名家解读古典名著
世情讽喻小说(上)

但她那原不是花香可比,若静日静夜或清早半夜细领略了去,那一股香比是花儿都好闻呢。就连菱角、鸡头、苇叶、芦根得了风露,那一股清香,就令人心神爽快的。"(第八十回)当香菱住进大观园时,读者确可以领略到这股怡人的清香。

首先是"慕雅女雅集苦吟诗",写她刻苦学诗,显露出她聪慧、高雅的天赋,表现了她对美好事物的执着追求。那是在第四十八回,当薛蟠遭柳湘莲毒打而心血来潮外出经商时,香菱获得了短暂的自由,住进了她久已向往的大观园。她来到园子里的第一天,做的第一件事就是去潇湘馆拜林黛玉为师,开始学诗,说明她与园子里的女儿们有一种强烈的认同感。正如脂批所说:"细想香菱之为人也,根基不让迎、探,容貌不让凤、秦,端雅不让纨、钗,风流不让湘、黛,贤惠不让袭、平,所惜者青年罹祸,命运乖蹇,至为侧室;且虽曾读书,不能与林、湘辈并驰于海棠之社耳。"(庚辰本第四十八回夹批)经过林、史的指点,李、杜的熏陶,以及她自己废寝忘食的努力,她终于获得了成功,取得了加入诗社的资格。娇小的菱花,第一次散发出醉人的清香。

其次是第六十二回"呆香菱情解石榴裙",写她与芳官等丫鬟在春天的大观园里斗草嬉戏,不小心滚到水里,污湿了新裙子。恰好宝玉看到,便把袭人的裙子拿来让她换上。香菱"命宝玉背过脸去,自己又手向内解下来,将这条系上",显示出少女所特有的羞涩。看到宝玉郑重而小心地掩埋夫妻蕙与并蒂菱,香菱笑道:"这又叫做什么?怪道人人说你惯会鬼鬼祟祟使人肉麻的事。你瞧瞧,你这手弄的泥乌苔滑的,还不快洗去。"一副天真未凿、不解风情的稚气,对宝玉的怜惜之意浑然不觉,没有丝毫的已为人妾的模样。临行时一声"裙子的事可别向你哥哥说才好",却流露出她内心深处对宝玉的一丝柔情。这又是一缕淡淡的清香,甜蜜里混合着苦涩的味道。面对这样一位纯朴、天真、憨厚的少女,谁能不像宝玉那样,感到怅然若失:"可惜这么一个人,没父母,连自己本姓都忘了,被人拐出来,偏又卖与了这个霸王"。

然而,香菱内心似乎并无痛楚。对于即将降临到她头上的苦难,她仿佛没有丝毫的预感。当听说薛蟠将要娶桂花夏家的小姐为妻时,她显得比任何人都高兴。就像小儿女盼望新的玩伴一样,她巴不得夏金桂早些嫁过来,这样就"又添一个作诗的人了"。如果说,香菱以往的欢乐还能使人产生一丝快慰之情的话,那么,她此时此刻这种麻木而忘我的欢乐,就只能给人以悲哀的感觉了。她哪里知道,并不是每一个人都像她那样秉赋着诗人的气质,等待她的并非优美动人的诗章，而是痛苦的家庭生活。夏金桂一入薛家，便把她的名字改为"秋菱"。她虽不情愿，却无可奈何。她尽管努力讨好，却始终未能取悦于夏氏。薛蟠本是喜新厌旧的纨绔子弟，不几天就被夏氏降伏。为了摆布香菱，夏氏以新间旧，用陪嫁丫鬟宝蟾为诱饵，在薛蟠与香菱之间制造纠纷，终于勾起了"呆霸王"的怒火。薛蟠抓起门闩，向香菱劈头盖脸打起来。这就是第八十回"美香菱屈受贪夫棒"。这个憨厚浑朴的诗女，清雅娇小的菱花，遭到这种狂风暴雨般的摧残踩躏，除了"香魂返故乡"之外，别无他路。

通行本后四十回延长了香菱的寿命。夏氏阴谋毒死香菱，却害死了自己，可谓恶有恶报。之后，香菱被扶正为夫人，正是善有善终。为了切合曹雪芹原来的设想，续作者又草草安排她难产而死。这样处理，大大冲淡了这篇"薄命赋"的悲剧意味，也削弱了香菱形象对封建社会控诉的力量，不足为训。

（六）风流灵巧招人怨——晴雯

《红楼梦》里所有的丫鬟，最惹人同情与喜爱的是晴雯。显然，作者的感觉也是如此。他让晴雯高居金陵十二钗又副册榜首，却让笔墨比她多出一倍以上的袭人退居第二。晴雯之所以能得到作者和读者的高度评价，主要是因为她身为奴婢，却没有丝毫的奴颜媚骨，并试图争取与主子平等做人的权利，是奴隶群中自觉而坚定地反对奴性的代表。

晴雯"心比天高"，却"身为下贱"，这种身份与心性之间不可调和的矛盾，是她的命运悲剧的根源。她十岁那年，被贾府大管家赖大当商品"买"来，成为"奴才的奴才"；后来赖大妈妈又把她当礼品"孝敬"给贾母，她便升格为"主子的奴才"。贾母又把她当玩物一样"赏"给了宝玉，于是她成了怡红院的大丫头。她一直没有被当作一个"人"来对待，自己的命运始终由别人来安排。晴雯的身世虽极卑贱，人品却极出众。她是位美丽而灵巧的姑娘。凤姐曾说过："若论这些丫头，共总比起来，都没有晴雯生得好。"如第五十二回"勇晴雯病补雀金裘"，写她抱病为宝玉补裘。在怡红院里，这种细活儿只有晴雯会做。正是凭借着这种优越的自身条件，她在怡红院里占据着特殊的位置。她的地位仅次于袭人，一切粗活儿都无须她做，而所有与宝玉贴身的细事，又几乎都被袭人所包揽。结果，晴雯便成了宝玉之外又一位"富贵闲人"。她乐得清闲，正好可以尽情享受小姐似的生活。这使得她越发

名家解读古典名著
世情讽喻小说(上)

心高气傲，锋芒毕露。她不像袭人那样孜孜以求姨娘的地位，她只是天真地幻想主子能以平等的态度对待她，而所有的奴隶都应有骨气，不要媚主求荣，出卖自己。因此，当她看到那些奴性十足的人，便忍不住要挖苦几句。如第三十七回写秋纹得到王夫人赏赐的几件旧衣服，非常兴奋，晴雯则讥笑道："呸！没见世面的小蹄子！那是把好的给了人，挑剩下的才给你，你还充有脸呢！"

在怡红院里，奴性最足的是袭人，所以晴雯对袭人的嘲讽尤其猛烈、无情。如前面所说她挖苦秋纹的事，其实主要是为了讥刺袭人。所谓"把好的给了人"，是指给了袭人。袭人讨好献媚，博得王夫人欢心，被内定为宝玉的侍妾。此事瞒不过晴雯，她挖苦说："或者太太看见我勤谨，一个月也把太太的公费里分出二两银子来给我，也定不得。……你们别和我装神弄鬼的，什么事我不知道。"又如第三十一回写她针对袭人称自己和宝玉为"我们"，嘲笑说："我倒不知道你们是谁，别教我替你们害臊了！便是你们鬼鬼祟祟干的那事，也瞒不过我去，那里就称起'我们'来了。明公正道，连个姑娘还没挣上去呢，也不过和我似的，那里就称上'我们'了！"晴雯对袭人不满，主要并非因为嫉妒，而是由于袭人媚主求荣的卑劣品质。

晴雯对待同伴是这样，在主子面前也同样是桀骜不驯，不肯以奴才自居。如第三十一回"撕扇子作千金一笑"，写晴雯失手跌折了扇骨，被宝玉骂了两声"蠢才"。晴雯立即顶撞说："二爷近来气大得很，行动就给脸子瞧。前儿连袭人都打了，今儿又来寻我们的不是。要踢要打凭爷去。……要嫌我们就打发我们，再挑好的使。好离好散的，倒不好？"袭人来劝架，更使冲突升级，以至晴雯连宝玉和袭人"偷试云雨情"也抖落出来，气得宝玉"浑身乱战"，"黄了脸"；袭人则"羞的脸紫涨起来"。怡红院里只有晴雯具有这种骨气与勇气，敢以这种态度对待宝玉，敢于对不公平的待遇表示气愤。宝玉这次偶然露出主子面孔，招致晴雯如此激烈的反抗，使得他在冷静下来之后，恢复了本性，认识到像扇子之类的东西，原不过是供人使用的，总不能比人更为可贵。于是，他拿来扇子让晴雯撕，晴雯则撕了一把又一把。在撕扇的"嗤嗤"声中，她开心地笑了。这个曾经被当作东西而卖来赠去的丫鬟，又争回了高于东西的人的尊严。

晴雯尽管"心比天高"，但毕竟"身为下贱"。在等级森严的封建宗法社会里，她的心性和身份极不相称。在格外讲究礼法的贾府里，她的高傲、骄狂，显得特别刺眼，不可避免地要招致小人的毁谤和当权者的迫害。王夫人的帮凶王善保家的诽谤她说:"太太不知道,一个宝玉屋里的晴雯,那丫头仗着她生的模样儿比别人标致些,又生了一张巧嘴,天天打扮得像个西施的样子,在人跟前能说惯道,掐尖要强。一句话不投机,她就立起两只骚眼睛来骂人,妖妖趫趫,大不成个体统。"结果,为了维持"体统",为了保护宝玉,王夫人将晴雯判为惯会媚惑主子的"妖精",刻不容缓地逐出大观园。

晴雯自尊心极强,无法承受如此沉重的打击,遂身染沉疴。第七十七回"俏丫鬟抱屈夭风流",写宝玉来探望奄奄一息的晴雯。她至死不服,恨声说:"只是一件,我死也不甘心的:我虽生的比别人略好些,并没有私情秘意勾引你怎样,如何一口死咬定了我是个狐狸精?我太不服。"宝玉是她的知己,她咬下自己的指甲,脱下贴身的红绫袄,留给了宝玉。然后,抱屈而亡。这一年,她刚刚十六岁。"一盆才抽出嫩箭来的兰花",就这样被残暴的封建"体统"揉碎了。

(七) 枉自温柔和顺——袭人

袭人是宝玉的贴身大丫鬟,负责照顾宝玉日常生活起居的一切烦琐事务。在生活上,与宝玉关系最亲密的,既不是贾母、王夫人,也不是黛玉、宝钗,而是袭人。她性情温顺,工于心计,是尽心竭力地要做一个好奴才的典型。

袭人出身于市民家庭,因家境贫寒而被卖入贾府。她本是贾母的侍女,后贾母见她"心地纯良,克尽职任",便让她去服侍宝玉。袭人果然心眼实在,服侍贾母时,心里只有一个贾母;服侍宝玉时,心里就只惦记着宝玉。她对宝玉的关怀照顾,诚可谓无微不至。宝玉睡觉时,她把那块"通灵宝玉"用手帕包好,塞在枕头底下,免得第二天佩戴时觉得凉。宝玉身上少一个荷包,她立刻就会察觉。袭人的贤惠尽人皆知,对待宝玉可说是百依百顺。如第六回"贾宝玉初试云雨情",写她顺从宝玉的要求,成了宝玉事实上的侍妾。"自此宝玉视袭人更比别个不同,袭人待宝玉更为尽心"。又如第三十回写她被宝玉误踢致伤,尽管"又是羞,又是气,又是疼",但表面上仍和颜悦色,恐宝玉心里不安,一再劝慰。袭人对待同伴,也常常表现出大姐姐式的关怀爱护,尽量息事宁人。如晴雯与她及宝玉发生激烈口角,宝玉恼羞成怒,立刻要回贾母,把晴雯赶出去。忍受到晴雯无情嘲骂的袭人,却跪下为晴雯求情,使大事化小,小事化了。

袭人之所以如此"温柔和顺",除个性使然外,主要是因为她已把自己一生的幸福都寄托在宝玉身上。她知道只有这样,才能使宝玉对她另眼相待,

名家解读古典名著
世情讽喻小说(上)

才能获得王夫人的信赖与宠爱。可是，宝玉"行为偏僻"，与她理想中的男人相距尚远，这使她忧心忡忡。因此，她常常像宝钗那样，对宝玉施以"规劝"，而方式显得比宝钗来得更委婉而富有策略。如第十九回"情切切良宵花解语"，写她的母亲和哥哥要赎她回家，她哭闹着表示"至死不回去"，说："当日原是你们没饭吃，就剩我还值几两银子，若不叫你们卖，没有个看着老子娘饿死的理。如今幸而卖到这个地方，吃穿和主子一样，又不朝打暮骂。……这会子又赎我作什么？权当我死了，再不必起赎我的念头！"宁当富有的奴才，不做穷苦的自由人，这就是袭人的处世哲学。

可是，当她回到贾府时，却佯装愿意回家，令宝玉大为伤感。她这样做，是因为"自幼见宝玉性格异常，其淘气憨顽自是出于众小儿之外，更有几件千奇百怪口不能言的毛病儿。近来仗着祖母溺爱，父母亦不能十分严紧拘管，更觉放荡弛纵，任性恣性，最不喜务正。每欲劝时，料不能听，今日可巧有赎身之论，故先用骗词，以探其情，以压其气，然后好下箴规。"这一着果然灵验，宝玉为留住她，表示愿意依从她的"两三件事"。于是，袭人提出三项要求：一是再不许说"化灰化烟"之类的疯话；二是读书上进，依顺父母教诲；三是"再不可毁僧谤道，调脂弄粉。……只是百事检点些，不任意任情就是了"。这是要把宝玉置于封建礼教的规矩之内。

然而，宝玉本不是个循规蹈矩的"好孩子"，他答应得痛快，忘得也干净。过了没几天，又旧病复发了。第二十一回"贤袭人娇嗔箴宝玉"，写宝玉一大早便跑去与黛玉、湘云厮混，且让湘云为他梳洗打扮。袭人见此光景，自然非常恼火，说："姊妹们和气，也有个分寸礼节，也没个黑家白日闹的！凭人怎么劝，都是耳旁风。"这次，她采用的办法是撒娇卖乖，故意冷淡宝玉。这是因为她见宝玉"无晓夜和姊妹们厮闹，若直劝他，料不能改，故用柔情以警之"。袭人反对宝玉"调脂弄粉"，绝非拈酸吃醋，而是觉得这样做未免太没出息，太"任情任意"，太不"检点"，所以袭人的"劝"，本质上与宝钗的"劝"、王夫人的"骂"及贾政的"打"，完全相同。这就难怪宝钗觉得她"有些识见"。王夫人对她更为赏识，内定她为宝玉的侍妾。袭人的苦心虽不能改变宝玉，毕竟赢得了比较稳固的"半个主子"的地位，也算是达到了一定的目的。

袭人的规劝，显然没有对宝玉起任何作用，自住进大观园以后，宝玉的行为与袭人的期望，相去更为遥远了。宝玉不仅把读书之类的"正经事"越发不放在心上，而且更发展到一句也听不进仕途经济之类的"混账话"；不仅变本加厉地与姊妹们厮混,而且还与黛玉谈起了恋爱。第三十二回写宝玉向黛玉倾诉肺腑之言,到最后竟把袭人当成了黛玉。只听宝玉说什么"我的心事,从来也不敢说,今儿我大胆说出来,死也甘心",还说什么"睡里梦里也忘不了你"。接下来的情景,很能说明袭人的思想性格:

  袭人听了这话,吓得魄消魂散,只叫"神天菩萨,坑死我了!"便推他道:"这是哪里的话!敢是中了邪?还不快去?"……这里袭人见他去了,自思方才之言,一定是因黛玉而起,如此看来,将来难免不才之事,令人可惊可畏。想到此间,也不觉怔怔的滴下泪来,心下暗度如何处治方免此丑祸。

  一听到"情"就想到"淫",实在是以小人之心度君子之腹;出自善良的愿望而为宝玉担心,这是她的可爱之处;同样出自善良的愿望而要对宝黛爱情进行暗中破坏,这是她的可恨之处。自此以后,宝黛爱情成了她的一大心病,她必须想办法阻止"丑祸"的发生。她终于找到了机会。宝玉挨打以后,她趁机向王夫人委婉地回报了此事,并提议让宝玉搬出大观园。她的忠心,自然获得了王夫人的由衷赞赏。

  显然,在袭人看来,大观园绝非人间乐园,而是一个充满诱惑与危险的陷阱。她巴不得王夫人早日下令,让宝玉尽快离开这个是非之地。大观园之归于毁灭,袭人在其间起了相当大的作用。她其实是大观园的叛逆,这一点,宝玉看得越来越清楚。如第七十七回晴雯被逐之后,宝玉愤怒地质问袭人:"我究竟不知晴雯犯了何等滔天大罪!……咱们私自顽话怎么也知道了?又没有外人走风的,这可奇怪。……怎么人人的不是太太都知道,单不挑出你和麝月秋纹来?"并挖苦说:"你是头一个出了名的至善至贤之人,她们两个又是你陶冶教育的,焉得还有孟浪该罚之处!"看来,晴雯之死,袭人也负有相当大的罪责。不过,对于这一点,作者描写得比较含蓄,还是给她留了些情面。归根结底,首先应当诅咒的还是那个卑污的环境和造就奴才的封建道德观念。

  袭人的结局颇具讽刺意味。后四十回写她在宝玉出家后嫁给了优伶琪官。据脂批透露,在雪芹佚稿中,袭人早在贾府抄没之前,就已被宝玉遣回。其中《花袭人有始有终》一回,写她嫁给琪官之后,还曾接济过落难的宝玉宝钗夫妇。可见,即使三人沦为乞丐,袭人也还是以奴才自居的。这样一个"有始有终"的奴才,真是既可恨,又可怜。

名家解读古典名著
世情讽喻小说(上)

(八) 誓死守香闺——鸳鸯

鸳鸯是一种吉祥的珍禽,象征夫妻恩爱,婚姻美满。然而,《红楼梦》里以这种吉祥鸟命名的丫鬟,恰恰是在婚姻上遇到麻烦,使她决心孤单一世,誓死不嫁,如戚序本第四十六回题首诗所说:"誓死守香闺,远却杨花片。"第四十六回"鸳鸯女誓绝鸳鸯偶",是书中最著名的故事之一,突出表现了鸳鸯宁死不屈的反抗性格。

鸳鸯是贾母的贴身丫鬟,颇蒙宠信,故而在贾府具有非常特殊的地位。任何想讨好贾母的人,都不敢轻易得罪她。就连手握实权的凤姐、贾琏,对她也要奉承、赔笑。但她从不倚势欺人,倒是常常关怀、帮助别人,特别富有同情心。如第七十一回"鸳鸯女无意遇鸳鸯",写她无意中撞破了司棋与潘又安的幽会。她尽管不赞成这种"胡行乱作"的行为,却也不想借此邀功买好,并百般宽慰因惊惧气恼而生病的司棋,说:"我告诉一个人,立刻现死现报!你只管放心养病,别白糟踏了小命儿。……我又不是管事的人,何苦我坏你的声名,我白去献勤。"鸳鸯的纯朴、正直,于此可见一斑。

鸳鸯表面上看地位很高,其实就其身世而言,尚不如傻大姐那样的粗使丫头。她是所谓的"家生女儿",也就是家奴所生的女儿。依清代法律,这种女奴"世代子孙,永远服役,婚配俱由家主",几乎没有任何人身自主权。鸳鸯的未来,无非是由主人指配给某个"家生子"为妻,为贾府繁衍新的奴隶。若要摆脱这种世代相传的奴隶身份,那么摆在她面前的有两条路:要么永不婚配,斩断奴隶血缘;要么为主人当小老婆,升格为"半个主子",生养出高贵于自己的"主子"。

当大老爷贾赦看上了她,要纳她为妾时,她便不得不进行选择了。邢夫人诱惑她说:"你比不得外头新买的,你这一进去了,进门就开了脸,就封你姨娘,又体面,又尊贵。"对于那时的大多数女奴来说,这确是一个改善命运的绝好机会。更何况,邢夫人表面上是以商量的口吻劝说,实质上是在恃势要挟;鸳鸯的命运就掌握在邢夫人这样的主子手里。邢夫人不能想象,像鸳鸯这样的女奴,竟会放弃这千载难逢的好机会。她说:"若果然不愿意,可真是个傻丫头了。放着主子奶奶不做,倒愿意做丫头!三年二年,不过配上个小子,还是奴才。"

出乎邢夫人的预料,鸳鸯不仅"果然不愿意",而且态度强硬,没有任何讨价还价的余地。她毅然决然地表示:"别说大老爷要我做小老婆,就是太太这会子死了,他三媒六聘的娶我去做大老婆,我也不能去。"她很清楚,这个抉择意味着什么。她为此不得不放弃对幸福生活的追求,甚至可能要舍弃生命。对此,她有充分的思想准备:"纵到了至急为难,我剪了头发做姑子去;不然,还有一死。一辈子不嫁男人,又怎么样?乐得干净呢!"她也很清楚,"家生女儿"的身份使她的抗婚行为具有了明显的叛逆性质,因而有可能招致残酷的迫害。但她不在乎,决意反抗到底,与主子的权威较量一番:"家生女儿怎么样?'牛不吃水强按头'?我不愿意,难道杀我的老子娘不成?"

鸳鸯自幼生长于贾府,她清楚这个"小老婆"意味着什么,那不过是主子的泄欲工具。"半个主子"非但不能抵消"半个奴才"的卑贱,反而会招致主子和奴才两个阶层的双重嫌恶,即使在亲生骨肉面前也得不到正常人的尊严。赵姨娘就是最好的前车之鉴。鸳鸯之所以抗婚,不仅是因为对象是个衰朽淫恶的老色鬼,还由于这个"小老婆"的身份实在让她厌恶。因此,她对拿她的遭遇开心取乐的平儿和袭人说:"你们自为都有了结果了,将来都是做姨娘的。你们且收着些儿,别忒乐过了头儿!"当她嫂子前来做说客时,她毫不留情地痛斥了这个居心不良的女人,进一步表达了她对"小老婆"身份的厌恶:"怪道成日家羡慕人家女儿做了小老婆,一家子都仗着她横行霸道的,一家子都成了小老婆了!看的眼热了,也把我送在火坑里。我若得脸呢,你们在外头横行霸道,自己就封自己是舅爷了。我若不得脸败了时,你们把王八脖子一缩,生死由我。"这是对纳妾这一丑恶的封建婚姻制度的无情揭露与声讨,锋芒所及,连贾府也捎上了。贾府岂不正是把元春送到了"那见不得人的去处",让她当了皇帝的"小老婆"?贾府岂不正是"一家子都成了小老婆了",作了皇帝的忠实臣仆?贾府岂不正是仗着元春得宠,"在外头横行霸道"?正如同宝玉厌恶而贾琏珍视"国舅爷"的称呼一样,鸳鸯和她嫂子对"小老婆"的认识,不可能相同。

贾赦当然不能理解鸳鸯的心思,他只是以为鸳鸯嫌他老了,必定恋着宝玉、贾琏之类的少爷。面对贾赦的威胁,鸳鸯凛然不惧,坚决地回答说:"我是横了心的,当着众人在这里,我这一辈子莫说是'宝玉',便是'宝金''宝银''宝天王''宝皇帝',横竖不嫁人就完了!就是老太太逼着我,我一刀抹死了,也不能从命!若有造化,我死在老太太之先;若没造化,该讨吃的命,服侍老太太归了西,我也不跟着我老子娘哥哥去,我或是寻死,或是剪了头发当尼姑去!若说我不是真心,暂且拿话来支吾,日后再图别的,天地鬼神，日头月亮照着嗓子，从嗓子里长疔烂了出来，烂化成酱在这里！"鸳鸯并以剪发来表示决心。

在这样一位"威武不能屈，富贵不能淫"的刚烈女子面前，一切邪恶势力都只能甘拜下风。正所谓"民不畏死，奈何以死惧之"。任何一种制度，诸如奴隶制、纳妾制等，当有人以死抗争它的时候，就宣告了它必然要被摧毁的下场。

依赖贾母的庇护，鸳鸯暂时获得了斗争的胜利。一旦贾母病逝，她便完全暴露在敌人的火力前面，遂不得不自缢身亡了。鸳鸯在后四十回的这一结局，是合乎情理的。自抗婚之日起，鸳鸯就已料到这个结局。奴隶在选择尊严的同时，必然要选择死亡。

六　你方唱罢我登场——《红楼梦》人物形象之三

在《红楼梦》里登场的，除了那些可爱亦复可怜的少妇少女之外，还有生活在滚滚红尘中的三教九流，芸芸众生。正是他们，搭起了演唱悲剧的舞台，构成了宝黛钗等主人公所赖以歌哭的典型环境。特别是贾府的封建家长及纨绔子弟，更是小说的有机组成部分，从一个重要侧面，大大深化了《红楼梦》的反封建主题。

（一）享福人福深还祷福——贾母

贾母是荣宁二府至尊至贵的"太君"，贾府繁盛时代的象征，人称"老祖宗"。她尽管不掌握实权，也不屑为烦琐的家务伤神，却是上下公认的权力偶像，具有至高无上的绝对权威。她被晚辈簇拥着、呵护着，每日每时都沉浸在花样繁多的娱乐节目当中。她总是希望在她的周围充满欢声笑语，即便是虚假的殷勤和世俗的套话也可以满足她的心理。第二十九回"享福人福深还祷福"，集中描写了贾母于端阳节率全家赴庙里烧香、祷福、看戏的情景。在这种场合，她显得特别有精神，因为只有这样的豪华享乐生活，才能使她回忆起真正的繁华时代。

贾母还像一张保护伞，缓解着贾府的矛盾冲突，蔽护着她的儿孙，以维持诗礼人家太平无事的假象。如凤姐因贾琏私通鲍二家的而大泼其醋，贾母遂劝凤姐说："什么要紧的事！小孩子们年轻，馋嘴猫儿似的，那里保得住不这么着。从小世人都打这么过的。"这种理论虽可息事宁人，却也难免助长府里的淫乱风气。又如鸳鸯抗婚，贾母曾给予有力的支持，使鸳鸯暂时免受屈辱。但她对邢夫人说："他要什么人，我这里有钱，叫他只管一万八千的买，就只这个丫头不能。"（第四十七回）可见，她只是因为生活起居离不开鸳鸯，才对她施加保护。事实上，她并不反对她那"胡子花白"的长子纳妾。

贾母还保护了宝玉，使之免受封建礼教的束缚。这一点，使许多人对贾母产生了一定的好感。其实，贾母对宝玉的保护，只是出于老年人所特有的对隔辈人的溺爱，主观上她是绝不容许宝玉离经叛道的。如第五十六回她会见江南甄家的客人时说："可知你我这样人家的孩子们，凭他有什么刁钻古怪的毛病儿，见了外人，必是要还出正经礼数来的。若他不还正经礼数，也断不容他刁钻去了。就是大人溺爱的，是他一则生的得人意，二则见人礼数竟比大人行出来的不错，使人见了可爱可怜，背地里所以才纵他一点子。若一味他只管没里没外，不与大人争光，凭他生的怎样，也是该打死的。"可见，贾母溺爱宝玉绝不是无原则的。她若是发觉宝玉的叛逆思想，那她是不会阻拦贾政教训宝玉的。

又如第五十四回"史太君破陈腐旧套"，写她批驳才子佳人故事。她指责佳人"只见了一个清俊男人，不管是亲是友，便想起终身大事来，父母也忘了，书礼也忘了，鬼不成鬼，贼不成贼，那一点是佳人？便是满腹文章，做出这些事来，也算不得是佳人了"。由此可知，她是绝对不会赞成宝黛恋爱的。在后四十回中，贾母是拆散宝黛的主谋之一，并嫌恶黛玉说："咱们这种人家，别的事自然没有的，这心病也是断断有不得的。林丫头若不是这个病呢，我凭着花多少钱都使得。若是这个病，不但治不好，我也没有心肠了。"这冷酷的话语，完全表明了她维护封建礼教的顽固立场。这个表面上缺乏原则性的老太太，其实是原则性极强的封建礼教维护者的首领。

（二）鸠鸩恶高，薏苡妒臭——贾政夫妇

贾政和王夫人，是贾宝玉的父母，一个端方正直，一个慈眉善目，俨然一对严父慈母，但其本质，都是封建礼教的忠实卫道者，昏昧专横的封建家长的典型。

贾政的特点是刚愎自用，平日一副道貌岸然的样子，不苟言笑，被视为"端方正直"的君子。他从来不考虑儿子的个人志趣和爱好，对宝玉实施着严厉的封建管制。宝玉远远看到他的影子，也会吓得魂飞魄散；听到他的传唤，便犹如听到一声焦雷。家人团聚时，只要有他在场，众人就箝口禁语，举座

名家解读古典名著
世情讽喻小说(上)

不欢。他对府中的丑恶现象视而不见，总觉得他的家庭清白无污，完美无缺。当听说金钏儿跳井的消息时，他惊疑地问道："好端端的，谁去跳井？我家从无这样事情，自祖宗以来，皆是宽柔以待下人。大约我近年家务疏懒，自然执事人操克夺之权，致使弄出这暴殒轻生的祸来。若外人知道，祖宗的颜面何在！"（第三十三回）在他看来，一个丫头的性命本无足轻重，重要的是家族的声誉。

他的迂腐、平庸，不可能使他像祖辈那样光耀门庭，他只想做一个守成之主，将祖宗的基业传之久远。由于这份责任心，他显得特别神经质，对于有关家运的所有不祥之兆，他都感觉特别敏锐，并为此忧心忡忡。他的心腹大患，是儿子宝玉的"乖僻"行为。他不断督促宝玉读书，以便将来担负起继承祖业的重任。然而，宝玉似乎有意跟他作对，不仅荒疏学业，而且"流荡优伶"，"淫辱母婢"，这怎能不令这个古板的道学先生怒火中烧！于是，一场残害亲生骨肉的丑剧便在第三十三回发生了。他对宝玉大承笞挞，板子下去的又狠又快，甚至还要用绳索勒死儿子。这是一场卫道者与叛逆者的激烈冲突，是昏聩、专制的封建独裁者对要求生活自由、个性解放者的严厉镇压。然而，贾政这种过激的反映，也充分显示出他色厉内荏的本质。

与贾政声色俱厉的表现不同，王夫人的特点是佛面蛇心。尽管她对宝玉的"乖僻"行为也很不满，但由于现在只有这一个儿子可以巩固她的地位，所以不得不溺爱这个"孽障"。当宝玉挨打时，她挺身相救，哭道："我如今已将五十岁的人，只有这个孽障，必定苦苦的以他为法，我也不敢深劝。今日越发要他死，岂不是有意绝我。"继而又想起死去的长子贾珠，哭道："若有你活着，便死一百个我也不管了。"可见，她护卫宝玉，主要是为护卫自己。

出于这种自私的考虑，她的管束一般不直接针对宝玉，而是针对宝玉周围的女孩子。金钏儿、司棋、晴雯、芳官、四儿等都被她逐出贾府，其中金钏儿、司棋和晴雯还被逼致死。在她看来，宝玉本是好的，都是让这些"妖精"教唆坏的。她骂金钏道："下作小娼妇，好好的爷们，都叫你教坏了。"（第三十回）又骂四儿道："难道我通共一个宝玉，就白放心凭你们勾引坏了不成！"如果说，金钏儿、司棋尚有少许把柄落在她手里的话，晴雯则纯粹是王夫人以莫须有的罪名肆意迫害致死的。只因她看不惯晴雯的"轻狂样儿"，便认为晴雯必会勾引宝玉，故必欲置之死地而后快。

宝玉在《芙蓉女儿诔》里，对母亲的暴行发出了最愤怒的声讨："孰料鸠鸩恶其高，鹰鸷翻遭罹罠；薋葹妒其臭，茝兰竟被芟殂！"将王夫人及其同党视为邪恶的"鸠鸩"和恶毒的"薋葹"，实在是再恰当不过了。抄检大观园这一对宝玉精神乐园的致命进攻，正是在王夫人的亲自指挥下进行的。此后还会有第二次，第三次，直至将大观园彻底摧毁。在后四十回中，王夫人也是破坏"木石前盟"的元凶之一。这一行为完全符合她的一贯作风。

相比之下，贾政主要是从行动上限制、肉体上摧残宝玉，而王夫人则主要是从精神上折磨宝玉。后者对宝玉来说，正是最致命的打击。封建时代的"严父"和"慈母"，就是这样"管教"子女的。

（三）漫言不肖皆荣出——贾赦父子

荣国府里被认为"不肖"的人，首先当然是"古今不肖无双"的贾宝玉，不过，这只是世俗的看法，其实真正"不肖"的人，是贾赦、贾琏父子二人。

贾赦也是处于家长地位的人，却与他弟弟贾政完全不同。贾政表面上还有一副"端方正直"的姿态，对贾府的盛衰还颇有责任心，而贾赦则完全不顾体面，毫无廉耻地为非作歹。作者对于较宝玉长一辈的人，尽管都很厌恶，但一般还能笔下留情，讽刺批判之意表现得比较婉曲。唯独对这位荣府大老爷，丝毫不留情面。如第四十六回"尴尬人难免尴尬事"，写他试图娶鸳鸯为妾，活画出一个老色鬼的丑态。贾赦的行为，连一向恭维主子的袭人也看不上眼，说："这个大老爷太好色了，略平头正脸的，他就不放手了。"鸳鸯的反抗，使他恼羞成怒，露骨地威胁道："'自古嫦娥爱少年'，她必定嫌我老了，大约她恋着少爷们，多半是看上了宝玉，只怕也有贾琏。果有此心，叫她早早歇了心，我要她不来，此后谁还敢收？此是一件。第二件，想着老太太疼她，将来自然往外聘作正头夫妻去。叫她细想，凭她嫁到谁家去，也难出我的手心。除非她死了，或是终身不嫁男人，我就服了她！若不然时，叫她趁早回心转意，有多少好处。"封建贵族的狰狞面目，于此暴露无遗。

贾赦根本不讲究礼教，不顾及名誉，只知道滥用特权以填塞欲壑。他对鸳鸯的威胁，绝不是说说而已，他本来就是像他所炫耀的那样凶残。为了谋夺几把古扇，他可以勾结官府，把石呆子害的家破人亡，连儿子贾琏也觉得太过分了，说："为这点子小事，弄得人坑家败业，也不算什么能为！"结果是，"老爷把二爷打了个动不得"（第四十八回）。同样是毒打儿子，贾政是恨宝玉不走"正道"，而贾赦是恨贾琏良心未泯，不愿助纣为虐。如果将贾政比喻为"清官"的话，那么，贾赦就是残忍、贪婪、荒淫而毫无道德准则的

名家解读古典名著
世情讽喻小说（上）

"贪官"典型。

同是"不肖"之子，贾琏和宝玉在对待女性的态度上形成了鲜明对比。贾琏是专注于"皮肤滥淫"的花花公子。他有个才美兼善的妻子凤姐，还有个温柔美艳的侍妾平儿，却仍不满足，一味拈花惹草，偷香窃玉。诚如贾母所骂："成日家偷鸡摸狗，脏的臭的，都拉了你屋里去。"（第四十四回）被他勾引上手的女人都没有好下场，多姑娘、鲍二家的和尤二姐，都被凤姐治死了。他虽是个百无一能的浪荡公子，心地却不很坏，对待鲍二家的，特别是尤二姐，他还有几分真情；对于凤姐的残忍、跋扈，他也非常不满。他的淫荡性格，是乃父影响的结果，也是空虚无聊的生活所促成的。和宁国府的贾珍、贾蓉父子比起来，贾琏只能算是小巫。正所谓："漫言不肖皆荣出，造衅开端实在宁。"

（四）造衅开端实在宁——贾珍父子

贾珍贾蓉父子是宁国府的一对活宝，书中两个最肮脏丑恶的"臭男人"。宁府的家长本是贾敬，但他一心妄想"肉体飞升""长生不老"，躲在城外玄真观修道。所以，贾珍便成了宁府实际上的家长，可以无拘无束地胡闹。儿媳秦可卿病故，全家"无不纳罕，都有些疑心"。贾珍的表现尤其令人生疑。只见他"哭的泪人一般"，声称要"尽我所有"来办理丧事。于是，"没有人出价敢买"的稀世木料，他毫不犹豫地买来做棺材。出殡之日，"只见宁府大殡浩浩荡荡、压地银山一般从北而至"。须知乃父贾敬死时，贾珍也没如此悲痛，葬礼办得也没有这般奢华排场。原来，死去的秦氏，名义上是他的儿媳，实际上是他的情妇。秦氏真正的死因，是与贾珍幽会被丫头撞破，故而羞愧自缢。最初这回文字标目为"秦可卿淫丧天香楼"，后因不忍过分唐突秦氏，作者遵畸笏叟之命进行了删改。但作者不愿赦免贾珍，故意留下一些"未删"之笔，使贾珍的禽兽面目昭然若揭。

贾蓉对乃父的乱伦行为，为何不加干预？原来，有其父必有其子，贾蓉也是个淫纵放荡之徒，父子二人"素有聚麀之诮"。他们不仅共占秦氏，还共占贾珍的妻妹，即贾蓉的姨娘尤二姐和尤三姐。如此败伦灭礼的行为，竟发生在口口声声讲究礼义廉耻的簪缨世族，令人毛骨悚然。难怪焦大怒骂："那里承望到如今生下这些畜牲来！每日家偷狗戏鸡，爬灰的爬灰，养小叔子的养小叔子。"（第七回）也难怪柳湘莲说："你们东府里除了那两个石头狮子干净，只怕连猫儿狗儿都不干净。"（第六十六回）但贾蓉并不以为然，他振振有词地说:"各门各户,谁管谁的事。都够使的了。从古至今,连汉朝和唐朝,人还说脏唐臭汉,何况咱们这宗人家。谁家没风流事,别讨我说出来。"话虽无耻,却也坦率。宁国府掌握在这种寡廉鲜耻的花花公子手里,首先开始腐烂,带动整个贾府,急剧迅速地走向了灭亡。故作者一再说明,"造衅开端实在宁","家事消亡首罪宁"。

七 千古未有之奇文——《红楼梦》的艺术成就

《红楼梦》不仅思想深刻,意蕴丰厚,而且艺术精湛,技巧娴熟。作品广泛吸收了中国文化的精华,对传统的写法进行了全面的突破与创新,极大地丰富了小说的创作技巧,登上了中国古代小说艺术的顶峰。故鲁迅说:"自有《红楼梦》出来以后,传统的思想和写法都打破了。"(《中国小说的历史的变迁》)它的卓越艺术成就,甚至超越了小说艺术,在中国文学史上也占有相当显著的地位。脂砚斋一再赞扬它是"千古未有之奇文",确非过誉。《红楼梦》不愧为中国小说发展史上空前的艺术精品。

(一)淡极始知花更艳

小说是语言的艺术。一部小说是否成功,艺术性是否高,语言是一个决定性的因素。一个作家,如果仅仅具备深刻的思想和艺术教条,而不具备灵活地驾驭语言的能力,那么,他就不可能创作出思想深刻、艺术精湛的小说。这是因为思想是由形式来表达的,而形式则是由语言来表现的。没有语言,就没有小说;没有精彩的语言,就没有精彩的小说。如果把作品比喻为艺术大厦的话,驾驭语言的技巧就好比是砌砖铺瓦的技术。这最基本的技术不过硬,面对再精巧的建筑蓝图,也是无所措手的。

曹雪芹是一位出色的语言大师。他不仅熟悉上流社会的语言,而且掌握下层百姓的话语;不仅有良好的正统文学方面的语言修养,精通诗词文赋,而且有深厚的民间文学方面的语言功底,熟稔时曲、酒令、灯谜、笑话等,这一语言素养,为他的小说创作创造了绝好的条件。在写作《红楼梦》的过程中,他淋漓尽致地发挥了他那高超的语言艺术水平,从而为后世留下了这部精妙绝伦、异彩纷呈的语言艺术精品,令历代读者拍案称奇。如戚蓼生《石头记序》说:

吾闻绛树两歌,一声在喉,一声在鼻;黄华二牍,左腕能楷,右腕能草。

名家解读古典名著
世情讽喻小说（上）

神乎技矣！吾未之见也。今则两歌而不分喉鼻，二牍而无区乎左右；一声也而两歌，一手也而二牍：此万万所不能有之事，不可得之奇，而竟得之《石头记》一书。嘻！异矣。夫敷华挟藻，立意遣词，无一落前人窠臼，此固有目共赏，姑不具论。第观其蕴于心抒于手也，注彼而写此，目送而手挥，似谲而正，似则而淫，如《春秋》之有微词，史家之多曲笔。

这里极口称赞了作者娴熟驾驭语言的能力，并指出了作品的两种既对立又统一的语言艺术风格。"似谲而正，似则而淫"是说它的艺术表现既神奇诡谲，又平淡朴实；既遵循法则，又恣肆酣畅。同时，戚蓼生也指出《红楼梦》寓意深远，"如《春秋》之有微词，史家之多曲笔"。这与作者的审美趣味及脂砚斋对小说的语言艺术基本特征的认识，基本上是合拍的。

小说第二回写贾雨村游智通寺，见寺门上的一副对联是："身后有余忘缩手，眼前无路想回头。"贾雨村因想道："这两句话，文虽浅近，其意则深。"甲戌本于此有侧批："一部书之总批。"可见，脂砚斋是把"文虽浅近，其意则深"八个字，视为《红楼梦》的语言艺术的总体特征的，这完全合乎小说的实际。

第三十七回"秋爽斋偶结海棠社"，己卯本于此有夹批评宝钗《咏白海棠》诗云："宝钗诗全是自写身份，讽刺时事，只以品行为先，才技为末。纤巧流荡之词，绮靡秾艳之语，一洗皆尽。非不能也，屑而不为也。"又于"淡极始知花更艳"一句评道："好极，高情巨眼能几人哉？"这里虽是评诗，却同样可以形容《红楼梦》的平实自然的语言风格。须知，平淡正是绚烂之极的表现；作者摒弃"纤巧流荡之词，绮靡秾艳之语"，是"非不能也，屑而不为也"；读者要从这种"淡极"的风格中发现"更艳"的神彩，需要有"高情巨眼"。

以上是从总体上说明作品的语言风格。下面从几个方面具体介绍它的语言艺术特征。

1. 词汇

众所周知，构成语言的基本单位是词汇。如果词汇不丰富、准确、形象、生动，就只能给读者一个模糊笼统的概念，必然影响思想内容的表达和艺术形式的表现。因此，词汇是把握小说的语言艺术特征、评价语言艺术成就的基本依据。《红楼梦》的作者非常注重词汇的使用，取得了引人注目的成就。归纳起来，主要是：

其一，名词新雅、丰富，反映出作者见闻的广博，且别具匠心。《红楼梦》里面有许许多多有关衣饰、饮馔、药品、器皿、花木、鸟兽以及典章故实、职官名称、地理人物的名词，可谓成千上万，琳琅满目，但决无空泛之弊，很少有不带特别规定性的事物名称。如第三回写凤姐的服饰是：

头上戴着金丝八宝攒珠髻，绾着朝阳五凤挂珠钗；项上带着赤金盘螭璎珞圈；裙边系着豆绿宫绦，双衡比目玫瑰佩；身上穿着缕金百蝶穿花大红洋缎窄褃袄，外罩五彩刻丝石青银鼠褂；下着翡翠撒花洋绉裙。

这套衣饰有形有色，可看可摸，可见作者观察事物之细致。又如书中有不少西洋名物，不仅有形有名，还有关于用途的介绍，像依弗哪、汪恰洋烟、温都里纳等皆是，可见作者搜求知识之殷勤。书中还有不少名词，是根据各种艺术需要创造的，新雅别致。如形容人的有"意淫""禄蠹""富贵闲人""无事忙"等，器物名如瓟斝、点犀𥁑等，职官名如体仁院总裁、京营节度使、龙禁尉等，地名如蚵州、十里街、仁清巷等。

其二，动词准确、生动、形象。《红楼梦》里的动词也很丰富，而且非常恰当，能够活灵活现地反映人物的性格、修养、心理等各方面的特征。如第三十八回写黛玉在螃蟹宴上"拿起那乌银梅花自斟壶来，拣了一个小小的海棠冻石蕉叶杯"。己卯本于此有夹批说："'拣'字有神理。盖黛玉不善饮，此任兴也。"

又如第十四回写凤姐因说起倘她不给对牌，宝玉要人快收拾书房是难的，"宝玉听说，便猴向凤姐身上立刻要牌"。一个"猴"字用如动词，把宝玉那种屈身攀援、纠缠不放的黏乎劲儿形容得惟妙惟肖。庚辰本于此有侧批说："诗中知有炼字一法，不期于《石头记》中多得其妙。"

又如第四回回目下联为"葫芦僧乱判葫芦案"。"乱判"二字活画出封建官场的黑暗，恰可作为"文虽浅近，其意则深"的绝好说明。脂批云："故用'乱判'二字为题，虽曰不涉世事，或亦有微辞耳。"

再如第三回写宝黛初见，似曾相识。作者写黛玉是吃一大"惊"，写宝玉是看罢便"笑"。如此平凡的两个字，用在这里却非常准确地写出了二人不同的性格与心理。故脂批说："黛玉见宝玉写一'惊'字，宝玉见黛玉写一'笑'字，一存于中，一发乎外，可见文字下笔必推敲的准稳方才用字。"

其三，擅长使用活泼逼真的形容词、副词、象声词及其他特殊用语。《红楼梦》炼字之妙，几乎无处不在，无词不有。

形容词如第八回写宝钗和宝玉正在说笑，一语未了，"林黛玉已摇摇的

名家解读古典名著
世情讽喻小说(上)

走了进来"。"摇摇"二字既鲜明生动,又准确形象,用在黛玉身上极为传神。故脂批谓:"二字画出身。"

副词如第十五回写凤姐和宝玉同乘一车向铁槛寺进发,半路上"只见那两骑马压地飞来"。脂批称"压地飞来"数字"有气、有声、有形、有影"。

象声词如第二十六回写黛玉夜访怡红院,不意吃了闭门羹。正独自一人呆立花荫下啼哭,忽听"吱喽"一声,院门开处,宝玉等送宝钗出来。这"吱喽"的声音只有静夜中孤寂伤感的黛玉才能听到。同是夜间开关门的声音,第十二回贾瑞在穿堂里听到的是"咯噔"一声。这是断然把门关死的声音,也是受骗的贾瑞焦急中猛然醒悟到陷入绝境时所听到的声音。门的一开一关,用上这两个象声词,与人物的心情及场景,恰相吻合。

其四,善于借用、化用俗语。人民大众口头上常用的一些谚语、成语、歇后语等,非常活泼、生动。《红楼梦》能够充分地使用这种极富表现力的语言,读来亲切感人,同时凸现了人物的个性。如第十六回凤姐向贾琏吹嘘她协理宁国府的成绩,同时抱怨下人们,说:

你是知道的,咱们家所有的这些管家奶奶们,那一位是好缠的?错一点儿她们就笑话打趣,偏一点儿她们就指桑说槐的报怨。"坐山观虎斗""借剑杀人""引风吹火"、"站干岸儿""推倒油瓶不扶",都是全挂子的武艺。

这些俗语不仅形象地说明了管家奶奶们钩心斗角的方式,而且传达出了凤姐说话时那种得意的神情。又如第六十五回写尤三姐笑骂贾琏时说:

你不用和我花马吊嘴的,清水下杂面,你吃我看见。见提着影戏人子上场,好歹别戳破这层纸儿。你别油蒙了心,打谅我们不知道你府上的事。……我也知道你那老婆太难缠,如今把我姐姐拐了来做二房,偷的锣儿敲不得。我也要会会那凤奶奶去,看她是几个脑袋几只手。

这一连串的歇后语,将尤三姐的伶牙俐齿、泼辣大胆的性格及咄咄逼人的神态,都淋漓尽致地表现了出来。

另外,《红楼梦》也很善于化用文言和方言,具有简捷明快、丰富多彩的特点。

2. 谈人物对话

《红楼梦》里的人物对话,历来都受到读者的一致称赞。即使看法很特别、要求很苛刻的人,也不能不对书中的对白表示叹服。如台湾一位现代派作家,他对《红楼梦》的叙述语言表示不满,认为夹杂了太多的文言语汇及成语、套语，但他同时认为，作者写对话的艺术是第一流的，值得学习。不管他对书中的叙述语言的认识是否全面，仅从他的态度中也可说明，《红楼梦》的对话可以征服任何一位读者。概括地说，书中对话有如下特点：

首先，书中对话能够准确地显示人物的身份和地位。在小说第一回，作者对才子佳人小说进行了严厉的批评，其中指出的一个重要缺点，就是对话不合乎"事体情理"，不能反映人物身份地位的差异，"且鬟婢开口即者也之乎，非文即理"。而《红楼梦》里的人物语言，从来不会脱离人物的身份。无论贵族官僚、纨绔子弟、僧道倡优、村媪市民，还是太太、奶奶、小姐、丫鬟，都是各说各的话，绝不混淆。如贾政、贾雨村等人的语言里，夹杂着一些半文半白的语汇，一看便知是官场中人；贾蓉、薛蟠、邢大舅等人的语言粗鄙下流，一听就知是酒色之徒；茗烟、兴儿等人的语言俚俗机智，非常合乎他们那小厮的身份。

又如第七回写尤氏不想让凤姐见秦钟，笑道："罢，罢！可以不必见他，比不得咱们家的孩子们，胡打海摔的惯了。"这话是否合乎贵妇人的身份呢？这也许与一般想象中的情形不合。但了解这种人的脂砚斋，却认为口吻毕肖。戚序本于此有夹批："卿家'胡家海摔'，不知谁家方珍怜珠惜。此极自相矛盾却都极入情，盖大家妇俱如此耳。"可见，正因贵妇人身份高贵，才故意说自家粗放，以此反衬她们身份的特殊。这是身份地位所造成的习惯性的语言特征。若直说自己高贵，便显得小气，便不是尤氏而是赵姨娘之类的人的口吻了。《红楼梦》可以令读者大开眼界，增长见识，也体现在这种地方。又如第三十九回写贾母与刘姥姥的对话：

贾母道："老亲家，你今年多大年纪了？"刘姥姥忙立身答道："我今年七十五了。"贾母向众人道："这么大年纪了，还这么健朗。比我大好几岁呢。我要到这么大年纪，还不知怎么动不得呢。"刘姥姥笑道："我们生来是受苦的人，老太太生来是享福的。若我们也这样，那些庄稼活也没人做了。"贾母道："眼睛牙齿都还好？"刘姥姥道："都还好，就是今年左边的槽牙活动了。"贾母道："我老了，都不中用了。眼也花，耳也聋，记性也没了。你们这些老亲戚，我都不记得了。亲戚们来了，我怕人笑我，我都不会，不过嚼的动的吃两口，睡一觉，闷了时和这些孙子孙女儿顽笑一回就完了。"刘姥姥笑道："这正是老太太的福了。我们想这么着也不能。"贾母道："什么福，不过是个老废物罢了。"说得大家都笑了。

这是一个贫贱而通达世故的乡下老妪和一个富贵而有闲情的贵族老太太

名家解读古典名著
世情讽喻小说(上)

的对话,准确地表现了两种身份和两种地位的差异,绝不可能混淆。这种例子俯拾即是,不胜枚举。

其次,《红楼梦》的人物语言能够形神兼备地表现出人物的个性特征。"相犯而不犯",即描绘同一种类型的人的不同之处,历来是中国古代小说所追求的最高艺术境界之一。《红楼梦》无疑达到了这种境界,人物语言在这方面起到了至关重要的作用。

同是小姐,黛玉语言机敏、尖利,宝钗语言圆融、平稳,湘云语言爽快、坦诚,个性分明。同是少妇,秦可卿语言柔和,李纨语言无味,凤姐则语言机智诙谐,性情各异。同是爱讽刺、挖苦人,黛玉用语含蓄,晴雯则用语直露,风格不同。

如第二十一回写湘云为宝玉梳头,发现少了一颗珠子,遂说"不防被人拣了去,倒便宜他"。这不仅显示了湘云的大家闺秀的身份,而且惟妙惟肖地表现出了她的豪放旷达的个性。故脂批说:"妙谈,'倒便宜他'四字是大家千金口吻。近日多用'可惜了的'的四字,今失一珠不闻此四字,妙极是极。"

再如第二十七回写红玉向凤姐的一段回话:

平姐姐说,奶奶刚出来了,她就把银子收了起来,才张材家的来讨,当面称了给他拿去了。……平姐姐叫我回奶奶:才旺儿进来讨奶奶的示下,好往那家子去。平姐姐就把那话按着奶奶的主意打发他去了……平姐姐说,我们奶奶问这里奶奶好。原是我们二爷不在家,虽然迟了两天,只管请奶奶放心。等五奶奶好些,我们奶奶还会了五奶奶来瞧奶奶呢。五奶奶前儿打发了人来说,舅奶奶带了信来了,问奶奶好,还要和这里的姑奶奶寻两丸延年神验万全丹。若有了,奶奶打发人来,只管送在我们奶奶这里。明儿有人去,就顺路给那边舅奶奶带去的。

这一连串十八个"奶奶",不仅充分表现了红玉的伶牙俐齿,而且把她善于讨好钻营的性格刻画得活灵活现。一个栩栩如生的人物,跃然纸上,呼之欲出。

再如第十三回写贾珍请凤姐帮忙料理秦可卿的丧事,王夫人悄悄地道:"你可能么?"凤姐道:"有什么不能的。外面的大事已经大哥哥料理清了。"作者并没有说明凤姐说话时是"悄悄的"还是"大声的",但她一声"大哥哥"已使读者听到了她的高音量。故庚辰本于此有侧批说:"王夫人是悄言,凤姐是响应,故称'大哥哥'。已得三昧矣。"凤姐争强好胜的性格,于此得到了生动的表现。何等简洁，又何等有力。可见，《红楼梦》是"纸上有声"的。

（二）三寸柔毫能写尽

凡读过《红楼梦》的人，几乎都会对它那出色的艺术技巧表示由衷的赞叹。如永忠在《因墨香得观红楼梦小说吊曹雪芹》一诗中说："颦颦宝玉两情痴，儿女闺房笑语私。三寸柔毫能写尽，欲呼才鬼一中之。"所谓"能写尽"，是说能够使内容和形式达到完美结合，人物生动，情景宛然，意蕴深远。《红楼梦》确实达到了这种出神入化的艺术境界。

1. 场景与细节

《红楼梦》特别注重日常生活场景的描绘，场景千姿百态，笔墨灵活多变。既有宁府治丧、元春省亲、宝玉挨打以及结诗社、抄检大观园、祭宗祠、开夜宴等重大的生活场景，也有许许多多像黛玉葬花、宝钗扑蝶、湘云醉卧、晴雯补裘那样的较小的生活画面。每个场面都好像是按照生活的本来面目摹写出来的，毫无人工斧凿的痕迹。特别值得称道的是，作者在场景描绘上巧妙地融合了许多诗词曲赋及绘画等方面的技巧，创造出一个个色彩斑斓的生活画面，文意隽永，含义幽深，令人回味无穷。

如第五十回写薛宝琴披着凫靥裘站在山坡雪地上，身后一个丫鬟抱着一瓶红梅。贾母遥遥看去，忙叫众人看"像个什么"，众人都说像仇十洲画的《艳雪图》。苏东坡曾说王维"诗中有画"，我们也可以说《红楼梦》"文中有画"。这显然是作者的一种自觉的艺术追求。

再如第二十五回写宝玉偷窥红玉时的情景：

宝玉趿了鞋晃出了房门，只装着看花，这里瞧瞧，那里望望，一抬头，只见西南角上游廊底下栏杆上似有一个人倚在那里，却恨面前有一株海棠花遮着，看不真切。

这里化用了诗的意境，故觉优美动人。甲戌本于此有夹批说："余所谓此书之妙皆从诗词句中泛出者，皆系此等笔墨也。试问观者，此非'隔花人远天涯近'乎？"像这样诗画般的生活场景，书中比比皆是。小说都有场景描绘，但《红楼梦》中的场景最富有诗情画意。

《红楼梦》的细节描写，用笔平实，着墨深细。作者对细节的真实性和丰富性特别重视。他强调要记述"家庭闺阁中的一饮一食"，就是说，写家庭生活应有"琐碎细腻"的细节描写，反对那些"只传其大概"而忽略细节的作品。因此，《红楼梦》的生活细节非常丰富而真实，与生活本身没有多大区别，读之每有身临其境的感觉。作者善于捕捉那些能够反映生活本质的细节，善于对芜杂烦琐的细节进行剪裁与加工，从而在增强故事情节、凸现人物个性、表达境界、深化主题等方面，都获得了很好的艺术效果。

如第七十七回有一段王夫人找人参的细节。为了给凤姐配药，王夫人到处找人参却找不到一点儿，最后才在贾母那里找到一包"手指头粗细"的。但太医看后说，这些人参"虽未成灰，已成了朽糟烂木，也无性力了"。这一生活细节，以小见大，深刻反映了此时贾府的衰势。像这陈年的人参一样，贾府虽"未成灰"，却"已成了朽糟烂木"。像这种具有典型意义的细节描写，在书中是很多的。

2. 人物形象塑造

小说创作的一个重要目的，就是塑造人物形象。《红楼梦》在艺术上的巨大成就，突出地表现在善于刻画人物，而且是成群地塑造出来。小说中有名姓的人物就多达四百八十多个，其中能给人以深刻印象的典型人物，至少也有几十个。作者尤其擅长描写青年妇女形象，其成就彻底改变了《三国演义》以来章回小说中"阳盛阴衰"的局面。简单地说，小说的形象塑造具有如下几方面的特点：

其一，注重形象的真实性。书中人物都是按照生活的本来面目创造出来的，因此"都是真的人物"（鲁迅《中国小说的历史的变迁》）。在现实生活中，既没有完美无缺的人，也没有一无可取的人。《红楼梦》中的人物也是这样。如史湘云显然是作者所歌颂和同情的人物，但却有"咬舌"的毛病。己卯本第二十回夹批说：

可笑近之野史中，满纸羞花闭月，莺啼燕语，殊不知真正美人方有一陋处，如太真之肥，飞燕之瘦，西子之病，若施于别个不美矣。今见"咬舌"二字加以湘云，是何大法手眼，敢用此二字哉？不独不见其陋，且更觉轻俏娇媚，俨然一娇憨湘云立于纸上，掩卷合目思之，其"爱厄"娇音如入耳内。然后将满纸莺啼燕语之字样，填粪窖可也。

又如写香菱虽美，却既"呆"且"憨"。庚辰本第四十八回夹批说：

呆头呆脑的，有趣之至。最恨野史中有一百个女子皆曰聪明伶俐，究竟看来她行为也只平平。今以"呆"字为香菱定评，何等妩媚之至。

至于写反面人物，作者同样遵循"近情近理"的原则。如写贾雨村"生得腰圆背厚,面阔口方。更兼剑眉星眼,直鼻权腮",并非奸人的脸谱。故甲戌本第一回眉批说:"最可笑世之小说中,凡写奸人则用鼠耳鹰腮等语。"

又如第八十回写夏金桂"一般是鲜花嫩柳,与众姐妹不差上下的人"。这也不是妒妇的脸谱。故庚辰本夹批说:"别书中形容妒妇,必曰黄发鳖面,岂不可笑。"

书中对其他较重要的人物的描写,也莫不如此,真正打破了"恶则无往不恶,美则无一不美"(庚辰本第四十三回夹批)的传统写法。

其二,注意表现人物性格的复杂性及其发展变化。如写宝钗既有乐于助人、宽容大度的一面,也有冷酷无情、固执己见的一面。写秦可卿既有温柔聪颖的一面,也有淫荡放纵的一面。其他如尤三姐既纯情也老辣、袭人既和顺也狠毒、凤姐既能干也贪婪、贾琏既放荡又善良等,都是矛盾的统一体。这些人物之所以引起读者之间无休无止的争论,正是形象的复杂性所造成的。

其三,注重个性的鲜明性。长篇小说的人物形象最易雷同,这是因为书中人物不仅数量多,而且同类人物多。《红楼梦》的这一特点最为突出。书中集中描写的人物,主要是年轻女性,她们的年龄、身份、教养、生活环境相差无几,这就为刻画形象带来了很大难度。但是,作者以其精湛的技巧克服了困难,成群地塑造了同中有异的艺术典型。为了区别不同人物的个性,作者调动了各种艺术手段,主要有如下几种:

(1) 以对话区分人物的个性特征。这一点在上节已论及,这里不再赘述。

(2) 以环境描写衬托人物个性。书中环境,凡与人物相关者,都是人物性格的延伸。如潇湘馆清幽凄冷,衬托着林黛玉的忧郁;稻香村朴而不实,衬托着李纨的无味。而秦可卿卧屋中的摆设皆与香艳故事有关,当然是暗示她不易为人察觉的放荡性格。

(3) 以诗词表现人物个性。书中人物所作诗词,都是人物个性的流露,"各有各稿",决不雷同。如同是《咏絮词》,黛玉说:"草木也知愁,韶华竟白头!叹今生谁舍谁收?嫁与东风春不管,凭尔去,忍淹留。"宝钗则说:"万缕千丝终不改,任他随聚随分。韶华休笑本无根,好风频借力,送我上青云!"真是文如其人。

(4) 以对比手法区别人物的不同性格。脂批中常用"特犯不犯"一语,所谓"特犯",是指作者有意将不同性格的人物放在同一或相类事件中加以对比;所谓"不犯",则是指在对比中写出他们各自不同的态度和表现,从而使人物的个性鲜明地区别开来。如第八回"薛宝钗小恙梨香院"写宝钗看宝玉的通灵玉，黛玉跑来讽刺；第十九回"意绵绵静日玉生香"写宝黛在一起戏谑，宝钗走来讽刺。两回书中的事情相类，遥相对照，从而使钗黛的性格形成对比，将不同的个性区分开来。

（5）以心理描写深入人物内心世界，揭示个性的内在根据。心理描写大致可分为两个方面：一是间接描写，即通过白描人物的言语行动，揭示人物的内心活动。这是中国古代小说的传统手法，也是中国小说在心理描写上最能发挥优势的地方。《红楼梦》的间接心理描写，细腻传神，入木三分，人物的一举一动、一言一笑，无不有其内在的心理依据。这一点，前文多所涉及，兹不赘谈。二是直接描写，即对人物进行直接的心理剖析，或将人物的内心独白直接呈现在读者面前。一般认为，这是西方小说所最常用的心理描写手法。在《红楼梦》之前，这种手法在中国小说中尚不成熟，但在《红楼梦》里，这种手法不仅运用得非常频繁，而且深刻精细，代表着中国古代小说在直接心理描写上的最高成就。小说将两种心理描写手法有机地结合起来，充分地揭示了人物的内心活动，获得了极佳的艺术效果。因此，近十几年来西方的百科全书在介绍《红楼梦》时，几乎异口同声地说它是一部伟大的"心理小说"。

八 传神文笔足千秋——《红楼梦》的地位、影响和红学研究

清宗室诗人永忠，在乾隆三十三年（1768年）读过《红楼梦》后，被小说的艺术魅力所引发，写下了《因墨香得观红楼梦小说吊曹雪芹》绝句三首，其第一首云："传神文笔足千秋，不是情人不泪流。可恨同时不相识，几回掩卷哭曹侯。"表示了他对《红楼梦》艺术成就的高度赞许和对作者曹雪芹的深情悲悼，同时也指出了《红楼梦》在中国文学史上的崇高地位和深远影响。

《红楼梦》是我国小说史上一部伟大的人情小说。所谓人情小说，也称世情书，就是记人事的小说。它不同于渲染神魔争斗的神话怪异小说，也不同于讴歌英雄豪杰行为的英雄传奇小说，它着力铺排的是现实社会生活中普通家庭的盛衰荣枯，人们的发迹变泰和青年男女的离合悲欢，"描摹世态，见其炎凉"。它的奠基之作，是成书于明万历年间（或说嘉靖时期）的《金瓶梅》。关于人情小说的兴起和发展，鲁迅先生在《小说史大略·清之人情小说》中这样说：

人情小说萌发于唐，迄明略有滋长，然同时堕入迂鄙，以才美为归，以

名教自饰，……至清有《红楼梦》，乃异军突起，驾一切人情小说而远上之，较之前朝，固与《水浒》《西游》为三绝，以一代言，则三百年中创作之冠冕也。

我们认为，这一论断，是符合中国人情小说发展的实际的。应该说，武则天时张（鹭鸟）写的《游仙窟》，已露世情小说的端倪。此后，如传奇《霍小玉传》《李娃传》《任氏传》等，多叙写青年男女的离合悲欢，以表现人情的反复，世道的崎岖，带有明显的人情小说的特色。明中叶以后，人情小说勃然兴起，长篇有《金瓶梅》。中篇有《鼓掌绝尘》，短篇有"三言""二拍"中的一些篇章。这些作品，或写家庭的兴盛败落，或写婚姻的离合悲欢，间谈因果，以寓劝惩，掀起第一次人情小说创作的热潮。

至明末清初，在《金瓶梅》的巨大影响下，一些作家，有的得其壶奥，有的学其皮毛，人情小说发生了分化。有些作品，变本加厉，专写丽情亵语，完全失去《金瓶梅》的意兴心绪，形成摹写艳情的一派，鲁迅称其为人情小说的"末流"。有些作品，发挥了《金瓶梅》的"劝善之旨"，盛陈因果，意图"以淫止淫"，惩戒世人，而变为一种"讲报应"的书。不少作品，则专写才子佳人故事，而对世态人情的描绘，却日渐削弱，鲁迅称之为"学步"《金瓶梅》的一股"异流"（《中国小说史略》）。真正继承了《金瓶梅》写实传统的作品，主要是明末西周生的《醒世姻缘传》和清初随缘下士的《林兰香》。这两部作品都以家庭的兴衰变迁为描写中心，以表现世态的炎凉、人情的冷暖，反映广泛的社会生活。因此，可以说，这一时期的人情小说，正在《金瓶梅》和《红楼梦》这两座高峰间的低谷中踽踽而行，在彷徨中探索着自己的出路。

到了清中叶，《红楼梦》异军突起，借幻说法，"将人情世态寓于粉迹脂痕"（周绮《题红楼梦十首序》）之中，把人情小说的创作推向最高峰，也把中国古典小说的艺术水准推向一个新阶段。比较《金瓶梅》，它不仅在所谓"家常琐事""儿女闲情"中深刻揭露了封建末世社会的腐朽和黑暗，而且还发掘出埋藏在生活中的诗意，表现了作者崇高的美学理想。

比起泛滥一时的才子佳人小说，《红楼梦》写了社会的悲剧，写了人生的悲剧，写了爱情的悲剧，充满现实生活的气息和深刻的时代内容；而不像那些"佳话"故事，"借乌有先生以发泄其黄粱事业"（《天花藏合刻七才子书序》），希图在"金榜"和"闺房"的梦幻中寻求灵魂的慰藉。嘉庆初年出现的《蜃楼志》，写乾嘉时期粤东洋商的生涯，明显受到《红楼梦》写实传统

名家解读古典名著
世情讽喻小说(上)

的影响。

　　塑造典型的人物形象是小说艺术的重要任务。《红楼梦》的人物描写，突出了人物性格的独特性、复杂性以及人物个性与现实生活的统一性，为我国古典小说的形象塑造作了一个历史性的总结。

　　我国早期出现的章回小说，如《三国演义》《水浒传》等，还带有浓重的说话技艺的痕迹，书中的一些艺术形象，如诸葛亮、关羽、张飞、武松、李逵等，性格固然是独特的、鲜明的，但这种鲜明性往往同性格特点的单纯、集中是联系在一起的。有时一个性格常常可以用一个字来概括，如诸葛亮的"智"、关羽的"义"、张飞的"猛"、李逵的"莽"等等。从小说艺术发展的角度来看，应该承认这是个弱点。

　　从《金瓶梅》开始，作家努力揭示现实人生的真面目，书中的一些主要人物，不仅突出了他们的个性特征，而且也写了他们性格的复杂性，使人物形象开始具有了比较彻底的现实的品格。这是现实主义成熟的一个重要标志。比如西门庆，就是一个富有鲜明时代特征的艺术形象。他是明中叶以来，商品经济迅速发展、封建阶级濒于腐朽没落时期特有的产物，是一个官僚、恶霸、富商三位一体的典型人物。所以鲁迅先生说："西门庆故称世家，为搢绅，不惟交通权贵，即与士类亦与周旋，著此一家，即骂尽诸色。"《金瓶梅》的缺点是，作者对现实人生还没有作更深层的探索，因而人物的个性与现实生活就不可能达到有机的统一。尤其对西门庆罪恶的揭露，最后还是归到因果报应上，结果落入俗套。此外，在当时众多的才子佳人小说中，除少数人物形象有一定典型意义外，大都却千人一面，性格浮泛，有明显的概念化倾向。

　　《红楼梦》的贡献，在于它能多层次地展现人物的性格特征，既写了他们鲜明的观念世界，也写了他们丰富的感情世界，使人物的主体性与复杂性统一起来。尤其是一些主要人物的性格，往往凝聚着他所处的社会的各种联系，几乎一个人就是一个世界。

　　比如贾宝玉和林黛玉，无疑是作者歌颂的正面人物，厌恶仕途经济，追求婚姻自主，是他们性格的主导方面，在他们身上寄托着作者的理想和感慨。但同时，作者又毫不含糊地写了他们性格的复杂性。像宝玉，他对黛玉的爱情，是纯正的、专一的，对其他女孩子的同情体贴，也是真诚的，但有时他见到自己喜欢的女孩子，又有点儿滥施感情。还有，宝玉厌弃贵族家庭的沉闷生活，心中充满了孤独、寂寞和哀愁，也刺激了他叛逆性格的发展；但他对这种贵族家庭的寄生生活又有很大的依赖性，是个安富尊荣的"富贵闲人"。

再如黛玉，她父母双亡，寄人篱下，孤寂无依，敏感自尊，令人同情；但她"孤高自许，目无下尘"，"好弄小性儿"，行动好恼人。

所有这些，都是他们两人的"缺点"。但正因为小说写了他们性格的多样性，写了产生这一性格的典型环境，才使人物形象真实可信，才使读者看到，在这两个主人公身上，既承受着封建势力的沉重压力，又感染着一点时代的微弱的新气息。

特别是王熙凤的形象，当是《红楼梦》中塑造得最成功的一个。小说不仅写了她性格的复杂性，而且能随着时间和空间的转换推移，写出她感情的变异。法国文艺理论家泰纳说过："人们的境况的任何变化，都会引起他们的心理变化。"（《艺术哲学》）王熙凤与《金瓶梅》中的潘金莲，有许多相似之处：《金瓶梅》写了潘金莲的复杂性，但未能写出她的变化，从嫁西门庆前，到嫁给西门庆，至西门庆死后，时间跨度八年，她的性格始终如一，没有任何变化。而凤姐，作者则随着贾府的由盛而衰，写了她的感情冲突和心理变化。贾府兴盛时，她骄横跋扈，趾高气扬，杀伐决断，胆大妄为；贾府走向衰败时，她便心灰意冷，感到骑虎难下，想退步抽身，缓解众人的怨恨；到贾府一败涂地后，她更彻底失去人心，办事左支右绌，穷于应付，甚至含悲忍泣，求人可怜。心理变化的轨迹，历历可辨。

俄国作家普希金评述英国戏剧大师莎士比亚时曾说，莎士比亚创作了"自由而广阔的性格描写"（《包利斯·戈都诺夫序言稿》），他的人物具有"形形色色的多方面的性格"，是一些"充满着许多情欲、许多恶习的活生生的人"（《漫谈》）。以此来评论曹雪芹，也是当之无愧的。

《红楼梦》对中国古典小说的美学风貌也作了一次具有历史意义的总结，进而开创了一个新的小说美学风貌。

我国古代文学，向有雅俗之分。人们通常把诗词称为雅文学，而把小说戏曲叫作俗文学。前者注重意境的创造，讲究韵味，理想的色彩浓一些，反映的生活面窄一点；后者则着意于生活场面的描绘，人物性格的刻画，世俗的色彩重一些，反映的生活面要广一点。但也不能一概而论。

就小说而言，唐人传奇，挣脱了六朝志怪小说的神鬼氛围，靠向了世俗人生。但其中不少作者，是诗歌修养较高的封建文人，所以他们的作品，叙述宛转，文辞华艳，呈现出一种高雅的气派。至宋元明时期，随着市民阶层

名家解读古典名著
世情讽喻小说(上)

　　的形成和扩大，俗文学亦蓬勃发展，出现了"极摹人情世态之歧，备写悲欢离合之致"的一批话本和拟话本。进而至《金瓶梅》，它细腻地摹写了世俗社会的详情细节，把诗情雅趣几乎扫荡殆尽。而这时期出现的杂剧《西厢记》和传奇《牡丹亭》，则充满诗情画意，以它们优美的意境、细婉的词旨、幽深的韵味，引起读者的爱慕和喜悦。清初小说评点家张竹坡在讲到《金瓶梅》和《西厢记》的不同时曾说，《金瓶梅》是一篇"市井的文字"，而《西厢记》用的是"韵笔"，是一篇"花娇月媚"的文字（《批评第一奇书金瓶梅读法》），指出了两者不同的美学风貌。

　　演进到明末清初，《醒世姻缘传》"造句涉俚，用字多鄙"，仿佛得《金瓶梅》笔意，偏向"俗"的一面。《林兰香》基本用口语写成，朴素生动；而绘景状物，则多用对句俪辞，音韵谐调，颇有情味，带有些许"雅"的倾向。至于那些才子佳人小说，书中充塞着大量"情诗艳赋"，作者不过是要借此宣扬自己的才情，因而无病呻吟，忸怩作态，没有一点审美价值。

　　只有《红楼梦》才真正将雅俗两种文学熔于一炉，把"市井文字"和"花娇月媚文字"两种美学风貌统一起来，使它"既有《牡丹亭》《西厢记》的意境、韵味和诗美的抒写，又有《水浒传》《金瓶梅》的场面、性格和人情世态的充畅的刻绘"。（白盾《论曹雪芹的思想、艺术大突破》）

　　生活场景的描绘，往往能透过纷纭复杂的世俗表象，俗中见雅，揭示出某种生活哲理。比如黛玉进贾府、宝钗扑蝶、黛玉葬花、龄官画蔷、晴雯撕扇、闷制风雨诗、病补孔雀裘、元宵开夜宴、醉眠芍药茵、悲题五美吟等等，都能在叙事中带有一种抒情风格，富有浓郁的感情色彩。有时从一些对卑微生活的描述中，也能汰尽污垢，闪射出诗的光辉。如第七十七回写晴雯被撵出大观园，抱屈卧病在床，宝玉偷偷去探望，屋里那破旧的被褥、那黑煤乌嘴的吊子、那沾满油膻气的碗、那咸涩不堪的茶，实在是些毫无光彩的东西，但在晴雯将死之际，写了它们，就烘托出一种浓重的悲剧气氛。

　　艺术不仅是形象的语言，也是感情的语言，这段描写，字里行间充满沉痛悲愤、怜惜哀悼的感情，简直就是一首饱含血泪的悼亡诗。从人物性格风貌上看，作者更赋予他们一种诗人的气质和韵味；尤其是一些主要人物形象，他们本身的命运遭际，就有如一首首抒情诗。像林黛玉，她前身是灵河岸上一棵"十分娇娜可爱"的绛珠仙草，为以眼泪酬报神瑛侍者的恩惠而降生人世。这种出身，这种来历，不就是一首情味浓郁的抒情诗吗？后来她别号潇湘妃子，寄居贾府，孤苦伶仃，经常"无事闷坐，不是愁眉，便是长叹，且好端端的，不知为着什么，常常的便泪自不干"。这种意味，这种心绪，不就体现了一种感伤诗人的精神气质吗？他如宝钗的端庄、湘云的旷达、探春的清高、妙玉的孤傲、宝三的疏狂、香菱的悲苦等，也都莫不具有一种诗人的情致。有人称《红楼梦》是一部"诗体小说"。从它诗化的生活、诗化的性格来看，这是有一定道理的。

《红楼梦》刊行后，相继出现了一大批续书，诸如《后红楼梦》《续红楼梦》《绮楼重梦》《红楼复梦》《红楼圆梦》《红楼梦补》《补红楼梦》《增补红楼梦》《红楼幻梦》《红楼梦影》等，约三十余种。这些续作有两种类型：一是接在《红楼梦》第一百二十回之后，一是接在第九十七回之后。它们的内容，则多将原书的爱情悲剧改为庸俗的大团圆。郑师靖的《续红楼梦序》概括了这些书的创作宗旨。他说：《红楼梦》为"记恨书"，《续红楼梦》"遂使吞声饮恨之红楼，一变而为快心满志之红楼"。这些书中的林黛玉，或死后还魂，或重病而愈，终于与宝玉结为夫妻，得遂夙愿。贾宝玉也科举连捷，金榜题名；晴雯、紫鹃等，都成了他的妾。于是夫妇妻妾，和睦共处，享尽人间荣华富贵。有的则写这些人死后投胎转世，重结来缘。诸如此类，五花八门，不一而足，不仅思想平庸，境界不高；艺术上也很拙劣，荒诞不经，不堪一读。不过，这些续书的大量涌现，也从另一方面说明《红楼梦》本身的巨大成功和它的深远影响。

《红楼梦》问世后，也引起人们对它评论和研究的兴趣，并形成一种专门的学问——红学。据李放《八旗画录注》说："光绪初，京朝士大夫尤喜读之（指《红楼梦》），自相矜为红学云。"大体说来，《红楼梦》研究的历史，可以分为四个时期：

从《红楼梦》开始创作，到一百二十回印本出现前，为第一阶段，可称作"脂评时期"。所谓脂评，实际包括早期抄本中畸笏叟、梅溪、松斋、棠村等人的批语，约有八千条之多。关于脂评的价值、特点，前面已作介绍，不再赘述。

从乾隆五十六年（1791年）程刻本问世，到1921年胡适《红楼梦考证》发表前，为第二阶段，通常称作"旧红学时期"。这一时期，主要局限于用传统的评点小说和本事考证的方法来研究《红楼梦》，对后世影响比较大的，是杂评派、评点派和索隐派三家。杂评派的代表论著，是周春的《阅红楼梦随笔》、裕瑞的《枣窗闲笔》等，属读书随笔、杂记之类。评点派出现在嘉庆至光绪年间，代表人物是护花主人王雪香、太平闲人张新之、大某山民姚燮。

名家解读古典名著
世情讽喻小说（上）

这两派的评点，多着眼于文章作法；有些评点，能扣住作品的情节和人物，点明作家的创作意图和艺术构思，不乏真知灼见，可给人以启发。但从整体看，则思想迂腐，有些歪曲原著之处。索隐派盛行于清末民初，代表作品有王梦阮、沈瓶庵的《红楼梦索隐》、蔡元培的《石头记索隐》等。他们的主要观点，是认为《红楼梦》是影射文学，有"微言大义"。他们常常把小说中的人物和情节，同历史人物和事件互相比附印证，以评论《红楼梦》的意义和价值。如说："书中红字，多影朱字。朱者明也，汉也。"又说："宝玉有爱红之癖，言以满人而爱汉族文化也。好吃人口上胭脂，言拾汉人唾余也。"以此来说明《红楼梦》是一部反清的"政治小说"。显然这是牵强附会的，是一种主观随意主义，没有什么价值可言。

这一时期值得一读的一篇文章，是王国维的《红楼梦评论》。作者引用西方近代哲学美学观点来研究《红楼梦》，第一次对《红楼梦》的"精神"和"美学上之价值"等重要问题，作了认真的、系统的探讨和评价，指出《红楼梦》的主题思想是宣传"人生之苦痛与解脱之道"，是我国唯一的一部"彻头彻尾之悲剧"，所以有极高的美学价值。尽管文章充满悲观主义情绪，但他开创了红学研究的新途径，在方法论上无疑是一个突破，具有划时代的意义。因此，至今仍有它的学术价值。

自 1921 年胡适发表《红楼梦考证》，到 1954 年对俞平伯《红楼梦研究》的批判，可以看作红学研究的第三个阶段，也就是所谓"新红学时期"。1921 年，胡适利用他搜集到的曹雪芹家世生平史料，经过考证，写成《红楼梦考证》一文，得出《红楼梦》是曹雪芹"自叙传"的结论。后来，俞平伯被这一考证所吸引，与顾颉刚一起用通信方式讨论《红楼梦》，并在此基础上写成《红楼梦辨》一书，从观点到方法，与《红楼梦考证》一脉相承，都成为新红学的奠基之作。顾颉刚为该书所写的序说："'红学'研究了近一百年，没有什么成绩。适之先生做了《红楼梦考证》之后，不到一年，就有这一部系统完备的著作。"又说，这两部著作的发表，"标志着'旧红学'的打倒，'新红学'的成立"。所谓"新旧红学派"的由来，即源于此。新红学对《红楼梦》的作者、版本作了比较系统的考证，肯定了前八十回为曹雪芹原著，后四十回为高鹗所补，并探索出八十回以后的一些情节线索。这些功绩，都是不可磨灭的。它的缺陷是，把小说等同于作者"自传"，把贾府与曹家机械类比，降低了《红楼梦》的历史容量和美学价值。新红学派的这些考证和观点，长期影响到对《红楼梦》的研究。

从 1954 年毛泽东发表《关于红楼梦研究问题的信》之后，在《红楼梦》研究领域开展了对资产阶级唯心论观点批判以来，可以看作红学研究的第四个时期。这封信，是毛泽东看过李希凡、蓝翎批评俞平伯的两篇文章后，写给中共中央政治局和其他同志的。此后，陆续出版了一批专著和文章。文化大革命给红学研究带来很大创伤，"文革"结束，特别是进入 20 世纪 80 年代后，红学研究经历了批判"帮红学"，拨乱反正，逐渐走上正常的学术研究的道路。

名家解读古典名著
世情讽喻小说（上）

解读《镜花缘》

朱眉叔 著

《镜花缘》写的是武则天开科举考女状元，百花仙子下凡应劫和唐秀才游历奇境的故事，喜欢读《西游记》《封神演义》《格利佛游记》的人，定会被《镜花缘》中所描述的奇幻境界、光怪陆离的事物所吸引。本书对故事做了详细的介绍，剖析了它幻中喻真的艺术精髓，解读了它在中区小说史上特殊地位的由来。

名家解读古典名著
世情讽喻小说（上）

一　故事的梗概

　　《镜花缘》是《红楼梦》之后一部引人注目的章回体小说，是一部颂扬女子奇才异能的长篇小说，是一部闪耀着理想火花的小说。

　　全书一百回，约五十多万字。喜欢读《西游记》《封神演义》《格利佛游记》的人，定会被《镜花缘》中所描述的奇幻境界、光怪陆离的事物所吸引，它不仅使我们感到趣味盎然，还有深刻的耐人寻味余地。

　　《镜花缘》是一部充满了嘲讽寓意的小说，书中很多寓意深刻的故事，至今也有着现实的意义。

（一）百花仙子赌誓应劫

　　《镜花缘》的故事，是由一个天上仙女下凡应劫的神怪外壳包裹起来的——书中所描述的，是以蓬莱山薄命岩红颜洞洞主、总管天下百花的百花仙子降生为唐小山（及其父）为主的故事。

　　三月三日，王母圣诞，百花仙子参加"蟠桃盛会"，为王母祝寿。在瑶池上，众仙女、百鸟、百兽献舞之后，嫦娥建议百花仙子发号令，使百花一齐开放，同来庆祝，增添酒兴。百花仙子解释说："小仙所司各花，开放各有一定时序，非比歌舞，月姊今出此言，这是苦我所难！况上帝于花，号令极严，小仙奉命惟谨。今要开百花于片刻，真是戏言。"嫦娥不高兴，争论说："适才百花仙姑说，惟有上帝敕旨，才能群花齐放，纵让下界帝王有令，也不能应命。倘下界有位高兴帝王，使出回天手段，出此一令，那时竟是百花齐开，却如何受罚？"百花仙子说："那人王乃四海九州之主，代天宣化，岂肯颠倒阴阳，强人所难。要便是嫦娥仙子临凡，做了女皇帝，出这无道之令，别个再不肯的。那时我果糊涂，竟任百花齐放，情愿堕落红尘，受孽海无边之苦，永无翻悔！"话语没完，女魁星在百花仙子顶上用笔点了一下。王母见了，暗想：二人"角口生嫌，岂料后来许多因果，莫不从此而萌，适才彩笔点额，已露玄机。这也是群芳定数。"宴会结束，群仙散去。

　　一日，百花仙子因时值残冬，百花暂时休息，没有稽查工作，静中思动，找麻姑下围棋消遣，不料下界帝王忽然发布御旨，命令她让百花齐放。这帝王就是中国著名的女皇帝武则天。

唐太祖、唐太宗本是隋朝臣子，后来篡夺了隋炀帝的江山。虽然是天命，但杀戮过重，伤残手足，所以隋炀帝在阴曹控告唐家父子种种暴戾荼毒之苦。冥官上奏，玉帝遂派因思凡而受谴责的心月狐投生下界为唐家天子，扰乱唐室。

心月狐下凡前与嫦娥告别。嫦娥煽动说："星君此去下界为帝，倘能在一日之中，使四季名花齐放，不独名传千古，也显得星君通天手段。"心月狐说："这有何难！我既为皇帝，不要说百花教他齐放，他不敢不依，就是那从不开花的铁树，也要开朵花给我看看。"

唐中宗为人仁慈，不合武后之意，称帝不到一年，被武后废为庐陵王，武后自立为帝，改国号为周。武后宠用武氏弟兄，荼毒唐家子孙，引发了徐敬业、骆宾王起兵讨伐武氏。武后派李孝逸率兵征剿。因寡不敌众，加上不听魏思温之言，误从薛仲璋之计，徐、骆兵败。骆宾王让儿子骆承志投奔陇右节度使史逸，徐敬业让儿子徐承志投奔淮南节度使文隐和河东节度使章更。后来徐敬业被偏将王那相刺死，其兄徐敬功带家眷逃到外洋。骆宾王没有下落，其父骆龙带孙女也逃到海外。

武后剿灭徐敬业后，唯恐城池不坚固，在长城外建起东南西北四座高关，保卫长安。这四座高关是酉水关、巴刀关、木贝关、无火关，分别派武氏兄弟把守。武后仗恃有高关和武氏弟兄骁勇，自己认为稳如泰山，十分得意。

一日，正值残冬，武后同女儿太平公主、宫娥上官婉儿在暖阁饮酒吟诗。武后喝得醉眼蒙眬要到群芳圃、上林苑赏花。太平公主说："腊梅是冬花，所以大放，别的花卉开放各有其时，此刻天气甚寒，哪能开放呢？"武后说："古人云'圣天子百灵相助'，我以妇人而登大宝，自古能有几人？此时朕岂止百灵相助，这些花卉小事，哪能不随朕心所欲？即便朕要挽回造化，命令他百花齐放，又怎敢违拗！"

武后到了群芳圃，四处一望，各种花木除腊梅、水仙、天竺、迎春之外，全是一派枯枝，不免羞怒。有小太监建议下道御旨，明日就可开花。武后听了，触起前事，于是写了四句诗："明朝游上苑，火速报春知。花须连夜发，莫待晓风吹。"写完，盖上了御宝，让太监挂在上林苑。

上林苑的腊梅仙子、水仙仙子见到了御旨，忙到红颜洞给百花仙子送信。正赶上百花仙子在麻姑处下棋，牡丹仙子和兰花仙子得信后到处寻找，没找到百花仙子。各种花仙子惧怕违抗圣旨，在未得百花仙子同意情况下，都到上林苑执行圣旨。独有牡丹仙子仍在四处寻找百花仙子，不见踪影，直到辰

名家解读古典名著
世情讽喻小说（上）

时才不得已奔赴上林苑。

次日清晨，司花太监报告武后上林苑百花盛开。武后大喜，立即和太平公主前去观赏，只见满园青翠，红紫迎人，十分高兴。但经过细细观看，武后发现牡丹尚未开放，大为恼怒，说道："朕素喜牡丹，尤为爱护。不料今天群花大放，唯独它无花，负恩昧良，莫此为甚！"吩咐太监把所有牡丹烧毁。太平公主劝她宽限半日，倘若仍然无花，再把它治罪。武后命令烧炭火千盆烤两千株牡丹的枯枝，如再不开，就将所有牡丹掘掉，用刀斧捶为齑粉，还要降旨，命令天下全都消灭牡丹花种。

太平公主说："好好牡丹，不去浇灌，却用火烤。"上官婉儿说："今天主上催促花开，与众不同，纯用火攻，可以说是'霸王风月'（形容用强暴办法对待优雅的事情）了。"

到了巳时，牡丹放叶含苞，顷刻之间开放。武后仍然怒气未消，颁布御旨说："牡丹乃花中之王，理应遵旨先放，今开在群花之后，明系玩误，著贬去洛阳。所有大内牡丹在朕宴过群臣之后，兵部派人解赴洛阳。"武后又命令司花太监查点群芳圃、上林苑所开各花除贬出的牡丹外，一共九十九种，她感到各花开得如此之多，颇为高兴，下令在上林苑建造"百花台"。从此天天在百花台和太平公主赏花。

百花仙子和麻姑下了五盘棋后，听女童说外面众花齐放，甚觉可爱。百花仙子出外看了，大为惊骇，一推算才知下界帝王昨天偶尔高兴让群花齐放，对麻姑说："小仙只顾在此下棋，不知其详，未去奏明上帝，这却怎好？"说完，她愁容满面回到红颜洞。

百草、百果、百谷三位仙子听说有位尊神参了百花仙子一本，来探望百花仙子，告诉她奏章的内容是：下界帝王虽有御旨，但非为国计民生，只是酒后游戏，该仙子为何迫不及待，并不奏闻请旨，听任部下献媚世俗帝王之前，致使时序颠倒，骇人听闻。请旨将百花仙子等一并谪入红尘。百果仙子说："听说仙姑贬谪在岭南，年未及笄，就要遍历海外，经受惊涛骇浪之苦。"百谷仙子说："其余众花仙子连同你共计百人，都要陆续贬下凡尘。"百花仙子听了，甘愿受罚，堕入红尘。

牡丹仙子和众仙子在上林苑伺候武后宴会过后，回到红颜洞，向洞主请罪。百花仙子不但不责备她们，一概归罪自己。

玄女、织女、麻姑、红孩儿、青女、玉女儿都为百花仙子等饯行。限期一到，百花诸仙一个个各按年月，朝下界投胎去了。百花仙子降生在岭南河源唐秀才之家。

（二）唐秀才漫游奇境

唐秀才，名敖，表字以亭，祖籍岭南循州海丰郡河源县。妻子久已去世，继娶林氏。兄弟唐敏，也是秀才。唐敏进学后无志于功名，以教书为业，唐敖求功名心胜，但屡考不中。

这年，林氏梦登五彩峭壁，醒来生一女，异香满室，取名小山。隔二年，又生一子，取名小峰。小山美貌端庄，天资聪俊，性喜读书，精通文义，而且胆识过人，喜爱武艺，时常舞枪耍棒。她希望开女试取士，认为当今既是女皇帝，自然该有女秀才、女丞相，作为女皇帝的辅弼。唐小山知识渊博，有才女之名。

唐敖参加科举考试，最后中了探花。不料有位官员奏上一本，揭发唐敖是起事的徐敬业、骆宾王、魏恩温、薛仲璋的结拜兄弟，将来做官，不免结党营私。武则天下令将唐敖降为秀才。一心想努力上进、恢复唐王朝事业、解救生灵免遭涂炭的唐敖，受此打击，心灰意冷，回到岭南，想要求仙访道。途中，在梦神观休息，不知不觉进入梦乡。梦见有神人指点他："如想求仙，必须有善行，如今百花被贬入红尘各地，将来要团聚，其中有十二个名花飘零海外，你应当遍历外洋，使这些名花归还福地。有此善行，将来就可以位列仙班。"唐敖生性好游，听后决心遨游海外。

唐敖到了妻兄林之洋家。林之洋是河北德州平原郡人，寄居岭南，做海船生意。妻子吕氏。女名婉如，年方十三，品貌秀丽，聪慧异常，酷爱读书。唐敖到了林之洋家，恰好赶上林之洋准备带着妻女到海外做买卖。唐敖希望携带他到海外，看看海岛山水之胜。林之洋欣然答应。临行，唐敖买了些花盆和生铁，说是花盆为栽海外奇花异草，生铁是为压船，防风浪把船颠覆。

出海后，唐敖眼界为之一宽，心中高兴，每到一处，他都想登陆看看。船上舵工多九公，是唐敖的向导。他姓多，排行第九，因为年纪八十多，所以人们尊称他多九公。他幼年也曾考中秀才，后来连考不中，弃了书本，做海船生意，又赔了本钱，就替人管船掌舵。他是林之洋的内亲，林之洋特邀他来帮忙。多九公满腹才学，而且久惯飘洋，对海外山水，奇花异兽，无不知晓。

他们首先登陆的地方是东口山。在山上遇到了太平盛世才能出现的、其形如猪、长着四个长牙的怪兽"当康"；衔石填海、报海死之仇的精卫鸟；穗

名家解读古典名著
世情讽喻小说(上)

长一丈、谷粒长五寸的"木禾";形如骑马小人、能够走跳。人吃了能延年益寿的"肉芝";清香无比、可以疗饥的"祝余"草;人吃了可以腾空的"蹑空草";增长食者膂力的"朱草";形如猿、重义气的异兽"果然"。

在游逛中突然出现一只猛虎,唐、林、多三人吓得发抖,忽有一箭,射中虎目,猛虎立即死亡。这时山旁走出射虎的美貌少女。经过交谈,始知此女叫骆红蕖,是骆宾王之女。她在骆宾王起义失败后,被祖父、母亲带着逃到这里,住在古庙中。去年猛虎将庙压倒,母亲受伤而死,骆红蕖为母报仇,杀死此虎。唐敖等到古庙拜望骆龙。骆龙希望唐敖俯念当年结义之情,将红蕖作为己女,带回故乡,等她长大,代为择配,让红蕖拜唐敖为义父。唐敖一一答应。骆红蕖因为祖父年高,无人侍奉,暂不忍离去。唐敖给骆红蕖留下住址,洒泪而别。

不多几日,船到君子国泊岸。唐敖早就听说君子国好让不争,约多九公上岸观光。一路上"耕者让畔,行者让路"。富贵贫贱,举止言谈,莫不彬彬有礼,使唐敖初步有了礼义之邦的印象。及至到了城中闹市,看见一个隶卒买东西,总是夸货物质量好,价钱低,要多给钱,卖货人总是说要价不低了,坚持少要钱,二人争执把好处让给对方。又看了几起争论,都是类似情况。唐敖深感这里的交易是一幅"好让不争"行乐图。

二人行走中,遇到两位鹤发童颜、举止文雅的老者,自称是同胞兄弟吴之和、吴之祥。二人听说唐敖二人是天朝(指大陆上的大唐帝国)来的,遂即邀请到家。在称颂天朝政治纯美之后,二吴对天朝很多落后习俗提出质疑。这些问题是:殡葬为什么要讲究风水?生儿育女为什么大办满月百日周岁的庆宴?为什么有人将子女"舍身"空门?为什么很多人喜欢争讼?为什么屠杀有利生产的耕牛?为什么讲究大吃大喝,穷极奢华?为什么容许有三姑六婆危害妇女?为什么有后母虐待前妻子女现象?为什么妇女要缠足?为什么男女联姻要算命合婚?最后,吴之祥认为天朝最讲究奢侈,无论嫁娶、殡葬、饮食、衣服、居家用度都过分奢侈,不懂得俭朴。

唐敖、多九公还未及回答,一老仆来通知二位相爷,国王有要事来相商。二人才知吴氏兄弟是一国的宰相。二人告辞出来,多九公认为这两位宰相,如此谦恭和蔼,尽脱仕途习气,那些妄自尊大的骄傲俗吏看见,真要愧死!唐敖说:"听他那番议论,不愧'君子'二字。"

在船将要离开君子国时,林之洋等听到有人喊叫救命。原来是左近有一艘渔船,船上桅杆绑着一个身穿皮衣、腰佩宝剑的美丽少女。在少女身旁站着渔翁、渔婆二人。唐敖问他们为什么捆绑这少女？渔翁自称是青邱国人，打鱼为业，今天网着这女子，想多卖几个钱。少女自诉是君子国水仙村人，名叫廉锦枫，现年十四，幼读诗书。父亲廉礼曾任上大夫。三年前，参谋军机，与外国作战失败，被发遣远戍而死。母亲良氏因病，需要吃海参，为此练习水性，潜入海中，没想到忽遭罗网。唐敖用一百银子，将廉锦枫赎释。廉锦枫为表达感激之情，又潜入水中，杀死大蚌，剖出珍珠，献给唐敖。唐敖让她把宝珠献给国王。廉锦枫说君子国国王有严厉谕旨，臣民如果进献珠宝，要处以典刑，唐敖只好收下。

唐敖、林之洋、多九公乘船，随廉锦枫到了廉家。和良氏谈起先人家世，才知廉锦枫祖居岭南，为避南北朝之乱，逃到海外。唐敖曾祖是廉家女婿，唐敖和良氏是平辈。良氏表示感激唐敖营救廉锦枫，并希望能带她和女儿锦枫、儿子廉亮返回故乡。唐敖告别廉家，深感廉锦枫至孝，有聘她为儿媳之意。

船行几日，到了大人国。三人走到一座茅庵前问路，见一老叟，手提酒壶和猪头。经过询问，才知原来老叟是既不削发又吃酒肉的和尚，还有尼姑为妻，和中国和尚吃斋禁婚大不一样。

大人国的人行路靠足下所生云气行走。云气五颜六色，生什么颜色非人力所能勉强的，而是依行为善恶决定的，不在富贵贫贱；五彩云最贵，黄色云次之，黑云最卑贱。乞丐和吃酒肉娶老婆的和尚，脚下都是五彩云。多九公说："这里人都以黑云为耻。遇到恶事，都后退；遇见善事，都踊跃争先，所以民风淳厚。人们都没有小人习气，所以别国都管它叫大人国。远方人不详究竟，误认为大人国就是人身材高大的意思。"三人行走中，见一头戴乌纱、前呼后拥的官员走过，煞是威严，只是脚下围着红绫，看不清云的颜色。多九公解释说："这个人脚下生一股恶云，类似灰色，叫作'晦气云'。凡生此云的，必是暗中做了亏心事，用红绫遮盖，也是掩耳盗铃。"林之洋说："若天下人都有这块招牌，教那些瞒心昧己、不讲道德的人脚下都生黑云，人前现丑，岂不痛快！"

到了劳民国，唐敖等上岸，见来往行人面如黑墨，走路坐立，身子总是摇摇摆摆。多九公说："海外传说，劳民国和智佳国有两句口号，叫作'劳民永寿，智佳短年。'这里劳动筋骨，并不操心，加上以果木为食，没有不长寿的。"在劳民国，林之洋买了两只鸣叫非常好听的双头鸟，准备带到歧舌国卖高价。

名家解读古典名著
世情讽喻小说(上)

又到了聂耳国。这个国家的人,两耳垂到腰间,走路两手捧着耳朵。唐敖说:"据相书上说,'两耳垂肩,必主长寿。'这聂耳国的人一定都长寿了?"多九公回答说:"我也曾打听过,此国自古以来,从没有寿享古稀的人。我还到海外一小国,那里的人,两耳下垂到脚,就像两片蛤蜊壳,把人夹在当中。到了睡时,一耳可以作褥,一耳可以作被。两耳极大的,生下儿女,都可以睡在其中。如果说大耳主寿,这个国家的人可以长生不老了。"

这一天到了无肠国,唐敖想要上岸看看,多九公说没什么好看的,劝他不必上岸。唐敖说:"听说无肠国的人,吃东西都直接通过,是不是确实?"多九公:"确是吃下食物,腹中并不停留。"唐敖说:"不停留,自然不能充饥,吃它有什么用?"多九公说:"他们虽然腹内空空,但自己觉得很是充足。这是苦于不自知,未免脸皮厚了。这个国家只有几家富户。他们所以能发财,因为吃下食物,立刻就变成粪,把粪收存起来给仆婢吃,天天如此,怎能不富!"

二人正在闲谈,忽然传来一股酒肉香气。唐敖问:"这股香味,让人好不垂涎,在这样茫茫大海里,香味从何而来?"多九公说:"我们已到犬封国境内。犬封国人又叫狗头民,这里的人生来就是人身狗头。他们虽然狗头狗脑,却讲究吃喝。除吃喝外,一无所能,每天伤害无数生灵,想着方儿、变着色样儿在饮食上下功夫。因此海外都管他们叫'酒囊、饭袋。'"唐敖想要上去看看,多九公说:"他们都是有眼无珠,不识好人,假若上去被他们狂吠乱咬一通,那还了得。"

又到了玄股国。那里的人,头戴斗笠,身披坎肩,下穿一条鱼皮裤,并无鞋袜,上身皮色和常人一样,腿以下黑如锅底,都在海边打鱼。唐敖、林之洋、多九公上了岸,看他们打鱼。在所打的鱼中,有一个鱼头、十个鱼身、放臭气的何罗鱼,和能腾空飞去的飞鱼。

正在观赏中,一个白发渔翁和唐敖打招呼。唐敖大吃一惊,原来渔翁是他的业师,曾当过御使的尹元。唐敖等随尹元到家,尹元讲了自己的遭遇。他说:"老夫自从主上被废,武后临朝,心中郁闷,曾三次上书,劝武后谨守妇道,迎主上还朝,武后不做答复。后来因为奸臣当道,朝政日非,老夫勤王无计,不愿为武后效劳,辞官回家。不料有奸臣在武后面前说,当年徐敬业起事,是我主谋。老夫唯恐被害,逃到外洋。这里人向来不准外来人分享打鱼的好处。我暗地把腿脚涂黑,冒充土人,打鱼糊口。"尹元让现年十三、十分艳丽的女儿尹红萸和文质彬彬的儿子尹玉向唐敖施礼。尹元希望唐敖他日归来，把儿女带回故乡。唐敖看到尹元生活十分寒苦，于是介绍尹元到水仙村作廉锦枫老师。同时为廉锦枫、廉亮和尹红萸、尹玉说媒。尹元大喜，满口答应。唐敖赠送给尹元一百两银子，并嘱托他为儿子唐小峰向骆红蕖求婚。尹元带儿女到了水仙村，办完婚事后又到东口山，见了骆龙为小峰求婚。定婚后，骆龙病故，尹元又把骆红蕖接到水仙村同住。

唐敖离开尹家那天，在海边看到渔翁打上了一条人鱼。这种鱼腹下有四足，上身很像妇人，下身是鱼形，叫声像婴儿啼哭。他听到叫声很惨，感到可怜，买了放生。这些鱼入水后，又都浮起，朝岸上点了点头，表示感谢。

船往前行，到了一个大国，名叫毗骞国。唐敖说："听说毗骞国人都长寿，他们国内有以前盘古所存的旧档案，我们何不去瞻仰一番。"多、林二人陪他登岸，走进城中。只见那里的人生得面长三尺，云长三尺，身长三尺，很是奇怪。到了盘古存案处，掌管的官吏打开铁橱，拿出一本旧档。唐敖一看，上面圈圈点点，全是古代篆字，一个字也不认识。多九公翻了几本，也是如此。林之洋说："书上尽是圈子，大概是以前盘古所做的事总不能跳出这个圈子，所以篇篇都是这样。这叫作'唯有圈中人，才知圈中意'，俺们怎能猜这哑谜呢！"

又一天，船路过无䏿（qǐ 起）国。多九公向唐敖介绍说："这无䏿国并没有男女之分，虽然不能生育，人死，尸首不腐烂，过一百二十年又复活，所以这个国家的人，活了又死，死了又活，人并不渐少。他们把名利看得很淡，把活在世上叫做梦，死了叫睡觉。"林之洋说："若是这样，俺们竟是痴人。他们死后能活，倒把名利看破，俺们死后并无一毫指望。为什么倒去极力追求名利？"唐敖说："如果识透人生是一场春梦，争名夺利之心也可能忍耐三分，免许多烦恼，少无限风波。"

过了无䏿国，到了深目国。这个国家的人脸上没有眼睛，高高举着手，手上长出一只大眼，向上下左右前后看，极其灵便。多九公认为："大概因为近来人心不测，非上古可比，正面看人，难以认识正确。眼长在手上，四面八方都可察看，无非是小心谨慎之意。"

船到了他们多次念叨的黑齿国。这个国家的人通身如墨，连牙齿也是黑的，一点朱唇，两道红眉，一身红衣，面貌可憎。三人进了城中，见男人由右边行走，女人从左边行走，男女绝不混杂。唐敖、多九公起初不知这样风俗，走在左边，被人招呼应走右边，唐敖才知道这里重视男女有别的礼节。进一步观察，见来往行人中男女并不交谈，都是目不斜视，低头走路。多九

名家解读古典名著
世情讽喻小说（上）

公认为这是天朝教化的影响，天朝的教化是万邦之本。

唐、多二人走进一家"女学塾"。教书的是一名姓卢的老秀才。他介绍说："敝乡考试，虽无女科，但每到十余年，国母有观风盛典，准许能文的处女参加考试，以文章优秀定等级，赐给才女匾额，封其父母。所以女孩四五岁都送到学塾读书。"卢秀才让女儿卢紫萱和一名叫黎红薇的女学生，向天朝来的两位大贤请教学问，以便参加明年观风盛典。多九公起初没有把这两个女孩放在眼里，颇为自负。二女子提出声韵学问题，《论语》《礼记》注解问题，《周易》注疏问题等，进行一系列问难，而且冷嘲热讽，把多九公质问得抓耳挠腮，汗如雨下。

这时正好林之洋来女学塾卖脂粉，多、唐二人乘机狼狈逃出。多九公深恨少读十年书，被两个女学生问得张口结舌。林之洋说："我卖脂粉，这里人认为搽脂粉反觉丑陋，都不肯买，反倒买书的很多。他们的风俗，无论贫富，都以才学高为贵，根据读书多少分别贵贱。女人有了才名，才有人求亲。若无才学，就是生在大户人家，也无人和她婚配。"唐敖说："她们面上好丑，我们还没看清，我们腹中丑处，却被她们看见了！此时我感到，这里无论男妇，满脸都是书卷秀气，个个美貌无比，回想搽粉之流，反觉其丑。"他想起了卢紫萱说的一句话"吴郡大老倚闾满盈"，不知是什么意思。多九公想了一会儿，猛然醒悟说："我们被那女子骂了，按她谈论的'反切'来说，'吴郡'是'问'字，'大老'是'道'字，'倚闾'是'于'字，'满盈'是'盲'字。她因为向我们请教'反切'，我们都不知道，所以她讽刺我们'问道于盲'。"唐敖说："今天受了此女耻笑，将来一定要学会音韵学。"

船行几日，又到了靖人国。唐敖说："听说靖人，身长八九寸，大概是小人国吧！"多九公说："这个地方风俗浇薄，人最寡情，所说的话处处与人相反，譬如这个东西明明是甜的，他偏说是苦的，明明是咸的，偏说是淡的，教你无从捉摸。"二人登岸，到了城郭，城门极矮，二人弯腰才进去。里面街市极窄，二人难以并行。街上人都身高不到一尺，儿童只有四寸长。走路时，怕被大鸟所伤，无论老幼都是三五成群，手拿器械防身。他们满口说的都是相反的话，诡诈异常。

他们路过一片桑树林，看见很多娇艳的妇人在那里吃桑叶，吐丝，用丝棉缠身。林之洋说："这些女子都生得娇滴滴，我们带几个回去作妾。"多九公说："不可。她性子发作，会吐出丝来，把你身子缠住，把性命送了。她们那里的男人，哪个不是死在她们手里！"

一天，到了跂踵国。唐敖看见有几个人在海边捕鱼。一个个身长八尺，身宽八尺，是个方形人，赤发蓬头，两只大脚，有一尺厚，二尺长，用脚趾走路，一步三摇，斯斯文文，竟有"宁肯湿衣，不肯乱步"的。唐敖因为这种人太拘板，没什么好看，没有上岸。

接着到了长人国。远远望见一座城池，好像高山峻岭。三人上去卖货。唐敖看见几个长人，有七八丈高，唯恐长人把他拿到手里细看，吓得飞奔逃回。多九公说："想当年我和几个老翁谈到长人，有的说曾见过海外长人，身长千余里，腰围百余里，好饮天酒，每天一饮五百斗。名字叫'无路'。另一说道：'我见到一个长人，躺在地下，其高如山，长万余里。'还有一人说曾见过一个长人，想做一件长衫，不但天下的布被他买光了，连天下的裁缝也都被他全雇去了。一个裁缝在底襟上偷了一块布，后来开了个大布店。这个长人头顶天，脚踏地。还爱张开大嘴说大话。天上虽有强硬的刚风，也吹不坏他，因为脸皮极厚。又一老翁说他见到的长人睡在地下就有十九万三千五百里，他躺在那里，两眼望天，目空一切，旁若无人。"

离开长人国，又到了白民国属地。白民国属地有麟凤山，山东部有麒麟百兽，叫麒麟山，山上桂花很多，又叫丹桂岩；西部有凤凰，叫凤凰山，山上梧桐很多，又叫碧梧岭。多、林、唐三人登岸上山，看禽鸟之间战斗，又看怪兽之间相残。在怪兽战斗中，三人几乎被怪兽伤害，幸被一少年猎人连珠枪拯救。原来少年猎人是唐敖结拜弟兄魏思温的女儿魏紫樱女扮男装。紫缨讲述当年徐敬业遇难后，她父亲带领妻子儿女逃到此地，以射猎为生，前年父亲去世，留有遗书，命她兄妹投奔唐敖。唐敖等到魏家，见了她母亲万氏和哥哥魏武，看过遗弓。唐敖答应日后从海外归来，一定带她们返乡。

次日，到了白民国。白民国土壤是白色，种的荞麦开着白花，住宅是粉壁高墙。人们穿白衣戴白帽。无论老少，个个面白如玉，唇似涂朱，一双俊目，莫不美貌异常。城中居民满身装饰物，身上芳香扑鼻。唐敖等三人上岸，见了这一切，大为赞叹，认为如此美貌，再配这些穿戴，真是风流盖世。三人走到一家学塾门前，被一个绝美的教书先生邀请进去。唐敖对多九公说："此地人生得清秀，一定天资聪慧，博览群书，我们应当比到黑齿国加倍小心。"教书先生看出唐敖是儒生，不是商贾，要考他，吓得唐敖非常紧张；偏偏林之洋又说他自幼读书，曾中探花，唐敖暗暗跺脚。但是林之洋接着说："俺对先生实说罢，他自从得了功名，就把书本抛到九霄云外了，幼年读的《左传》右传、《公羊》母羊，还有平日做的打油诗、放屁诗，零零碎碎，一

名家解读古典名著

世情讽喻小说(上)

总都就饭吃了。"教书先生说:"原来你们三人都是俗人。如果你们在这里住上两年,我倒可以指点指点你们。我的学问,只要你们在我跟前稍为领略,就够你们终身受用。"三人站在屋外,谦恭地听这位先生讲书。这位先生把"幼吾幼,以及人之幼",念成"切吾切,以反人之切"。又把"求之与,抑与之与"念成"永之兴,柳兴之兴。"原来是个白字先生。

三人走在街上看见一个小童牵着一个怪兽,宛如牛形,头上戴着帽子,身上穿着衣服。多九公认识,说这是药兽,能治病,只要病人对它讲清病源,它就能到野外叼过一种草,病人煎服后,往往治好。林之洋说:"原来它会行医,怪不得穿着衣帽!它医书没读过,又不懂得脉理,竟敢出来看病,难道不是拿人命开玩笑吗?"

三人返回船后,风帆顺利,很快到了淑士国。林之洋认为淑士国一定读书人多,带了些笔墨,和唐、多二人上岸去卖。淑士国有"四时不断之荠,八节长青之梅",市场上卖的大多是青梅、荠菜,所以到处是一股酸气,直钻头脑。这里的士农工商都是儒家打扮,斯斯文文。居民院中传出朗朗读书声,很多家门首竖着金字匾额,上写"贤良方正"、"孝悌为田"、"聪明正直"、"德行者儒"、"通经孝廉"等字样。

林之洋到一家书馆卖笔墨,一些生童都争抢要买,谁知是一些穷酸,一钱如命,总想贪便宜,只好吃些亏卖了。生童听说林之洋是天朝来的,一定会作诗,缠着他不放。林之洋说有《少子》一书如何好,生童让他赶快回船去取,他才得脱身。

三人到酒楼饮酒。酒保也是儒巾素服,戴着眼镜,拿着折扇,见三人打躬赔笑说:"三位先生光顾者,莫非饮酒乎?抑用菜乎?敢请明以教我。"还说:"请教先生,酒要一壶乎,两壶乎?菜要一碟乎,两碟乎?"林之洋感到他酸气十足,说道:"真是整瓶不摇半瓶摇!"酒保送上来的酒菜是青梅、荠菜。林之洋一看就发酸,可是换上来的菜,又是豆腐皮、豆腐干、酱豆腐、糟豆腐。林之洋拿起酒来一喝,原来是醋,酸得直流口水。旁座有位儒服老者向林之洋等三人解释,为什么贵醋贱酒,一连用了五十四个"之"字,酸气十足,使三人更加流口水。

酒后,三人走在街上,见很多人围观一个被卖出的俊秀少女。唐敖同情少女的不幸,把她买了下来。这个少女自称名叫司徒妩儿,乳名蕙儿,父亲是副将,已经战死。她在宫中当宫娥,随公主下嫁到了驸马府中。驸马把她许给一个从天朝来的骁将徐承志。驸马暴戾多疑,她担心徐承志被害,两次劝徐出逃，全都被徐向驸马告发。驸马大怒，将她毒打，发官媒变卖。唐敖认司徒蕙儿为义女。

为了解徐承志的真相，唐敖等三人设法约见徐承志。徐承志原是唐敖结拜弟兄英国公徐敬业之子，认识唐敖。二人见面后，徐承志讲了自己疑心司马蕙儿是驸马的探子，为避免驸马对自己怀疑，所以两次告发。后来听说她被毒打变卖，才知她一片血心对待自己，深悔恩将仇报。近来多次要逃回故土，设法勤王，完成父志。唐敖等把徐承志带到城墙下，由唐敖背负着徐承志跃过城墙——因唐敖吃了蹑空草，所以有此技能——回到船上，与蕙儿相聚。

扬帆启航，又到了两面国。唐、林二人上岸，看见这里人人头戴浩然巾，把脑后遮住。唐敖向一人问风俗，那人见他儒巾绸衫，回答时和颜悦色，满面谦恭。林之洋也问几句，那人见林旧帽破衣，陡然变了样子，冷冰冰不予可答。后来唐、林二人换了衣帽，再去找那人问话，那人又把唐敖冷落起来。唐敖悄悄从那人身后把他的浩然巾揭起，看见一张恶脸，鼠眼鹰鼻。扫帚眉一皱，血盆口一张，伸出一条长舌，吐出一阵毒气，霎时黑雾漫漫，吓得唐敖大叫。林之洋见他的长舌像一把钢刀，怕他暗处伤人，也被吓得跪倒在地，连连叩头，而后和唐敖逃回船去。

邻船遇风被破坏，林之洋派水手帮助修复。天将破晓，岸上忽有很多强盗来打劫。幸而邻船上一美女，用弹弓将强盗击退。林、唐、多到邻船道谢，问到美女姓名家世，才知是徐敬业哥哥徐敬功的女儿徐丽蓉。当年她随父母逃到外洋，贩货为生，现已父母双亡，总想返回故乡。徐承志闻听，过船来，兄妹相见，抱头痛哭。不多时，淑士国驸马派兵来捉拿徐承志，被徐承志战败。强盗又来报复，也被徐氏兄妹杀退。徐承志带了徐丽蓉、司徒蕙和众人告别，乘船投奔天朝淮南节度使文隐。

途经穿胸国。多九公介绍说："这个国家的人行为不正，心偏到一边，久而久之，前后心溃烂，胸前后相通。后来有人用符咒把'中山狼'、'波斯狗'的心肺给他们补上。病虽然好了，这狼心狗肺还是歪在一处，至今留个大洞，所以叫穿胸国。"

三人登上厌火国的海岸，见到一群面如黑墨，形似猕猴的人向他们乞讨。多九公、林之洋拒绝他们的要求。这些人个个喷出烈火，林之洋胡子被烧光。三人逃回船上，这些人追到船边，用火把水手烧得焦头烂额。忽然海里蹿出很多赤身露体的妇女，口内喷水，把火熄灭，而后散去。原来那些妇人是唐

名家解读古典名著
世情讽喻小说(上)

敖放生的人鱼。林之洋感叹说:"俺见世人每每受人恩惠,事后便把恩情撇在脑后;谁知这鱼倒不忘恩。"

又路过结胸国。多九公介绍说:"这国里的人生性好吃懒做,吃了就睡,睡了就吃,饮食不能消化,成了积痞,胸部高起一块,所以叫结胸国。"路过长臂国时,唐敖看见几个人在海边捕鱼,胳臂有两丈长。多九公感叹说:"凡事不可强求,钱财应有我分,自然应该去伸手。如非应得,也去伸手,久而久之,就怕胳臂弄长了。"

又到了翼民国,三人上岸,见这个国家的人,身长五尺,头长也是五尺,一张鸟嘴,两个红眼,一头白发,背生双翼,有的飞,有的走。多九公说:"这里的人最喜欢奉承,北方俗话叫作'爱戴高帽子';今日也戴,明天也戴,满头尽是帽子,所以渐渐把头弄长了:这是戴高帽子戴成这个样子。"唐敖说:"古人说这国人都卵生,果然像四足鸟。"三人雇了三个翼民国驮夫,伏在他们的肩上,飞回船上。

他们又到豕喙国游玩。唐敖纳闷,为什么这个国家的人,生一张猪嘴。多九公说:"只因三代以后,人心不古,撒谎的人过多,地狱里容不下,幽冥的官把罪孽轻的发配到这里托生。因为他们前生好撒谎,所以让他们长一张猪嘴。"

到了伯虑国,唐、林上岸游玩,看见那里人们走路都是闭目缓步,疲倦不堪的样子,感到没兴趣,回到船上。多九公说:"你们不明白,当年杞国人怕天掉下来把他们压死,伯虑国人则是最怕睡眠,从来不准备枕被,怕睡眠死去。因为他们终年不睡,灯尽油干,一觉睡去,命归黄泉,死者不计其数,这样更把睡觉视为畏途。所以这个国家的人,满腹忧愁,终日愁眉苦脸,不知喜笑欢乐为何物,年未弱冠,须发已白。"

到了巫咸国,唐敖闹痢疾,吃了多九公祖传秘方,立即痊愈。唐敖劝他刊刻流传,做好事。多九公说他借此为生,如果公开,无人来买,岂非自讨苦吃。唐敖说:"做好事一定有善报,将来令郎考取,也未必靠卖药为生。"多九公认为他讲的有道理,准备把秘方公开送人。

唐敖等三人上岸,走在一片桑树林中,忽见一大汉手执利刃要杀一个少女和一个老妈妈。唐敖用剑把大汉的刀挡住,询问缘故。少女自称叫姚芷馨,天朝人,在这里已寄居数年,随父母养蚕为业,今天随乳母为父母扫墓,忽然遇到强盗。大汉说:"我国盛产木棉,自从这个女子和另一个织机女到来,养了无数吐丝的毒虫,织出很多丝片在这里卖,还把恶术传人,使得本地妇

解读《镜花缘》

女都会养蚕织机，人人都用丝片为衣，不用木棉。此地种木棉之家，废了祖业，无以为生，我是木棉经纪人，生意冷淡，所以特来杀她。她如不立即离开本国，我自有办法。"说完，忿忿而去。问到姚芷馨家世，她说："父名姚禹，曾任河北都督，因参加徐敬业勤王失败，带家口逃到此处。我现和舅母宣氏表姐薛蘅香同居。我素喜养蚕，带蚕子到此处，见桑树极多，所以就以养蚕织机为生。天长日久，当地妇女也跟着学，没想到得罪了一些人。"

唐敖随姚芷馨到了薛蘅香家，见大汉带很多人在门前叫喊，要杀死织机女。唐敖上前解释说她们都是在此暂住，我正要接她们回去。大汉知道唐敖武艺厉害，带人散去。

薛蘅香带弟弟薛选出来拜见唐敖。唐敖和蘅香父亲薛仲璋是结拜弟兄，把身上带着骆红蕖托寄给蘅香的信给她看。蘅香见了，喜出望外，想要投奔东口山骆家。唐敖雇了船，把薛仲璋灵柩搬到船上，赠了银两，送薛、姚两家人去麟凤山，并写信介绍薛蘅香和魏武结成秦晋之好。

歧舌国的人，舌尖分做两个，像剪刀一样。满嘴唧唧呱呱，不知说些什么。唐敖三人上了岸来，只有多九公懂得他们的话。多九公向一位老者请教音韵知识，老者拒绝说："音韵一道，是本国不传的秘密。国王有令，谁希冀钱财传给外国的，一律治罪。"

林之洋拿着从劳民国带来的双头鸟去卖，遇到一位官长要买，说要送给世子。林之洋要了高价。官长的小厮偷偷让林之洋要更高价钱，想从中落得"回扣"。林之洋果然又抬高了价钱。小厮说上朝回来再议。等到官长下朝后，命令小厮告诉林之洋不买了。原来世子去打猎落马受重伤，昏迷不醒。林之洋提着鸟笼垂头丧气回船。

多九公和唐敖上岸闲逛，看见黄榜征求给世子治伤的名医。多九公揭了黄榜，用祖传良方，治好命在垂危的世子。国王赠重金酬谢。多九公不要钱财，希望能给韵书一部。国王不肯。多九公又给二王妃治好胎动、乳痈病，把秘方"铁扇散"、"七厘散"抄给他们，国王才不得已命人把几个字母抄写给多九公。

一位通使带女儿枝兰音到船上请多九公看病。多九公看兰音长得清秀，腹胀如鼓，不知是什么病。唐敖略通医道，断定为虫积，必须用雷丸、使君子两味药。因为此地没有这两味药，通使苦苦哀求唐敖收兰音为义女，带回国去治疗，唐敖只好答应。

世子病好后，那位官长又买了林之洋的双头鸟，可是小厮不给银子，非

名家解读古典名著
世情讽喻小说(上)

要从中得一半"回扣"不可。林之洋找唐敖、多九公同到官长府上找小厮理论。小厮只拿出一半价银。唐敖责问为什么他要分一半,未免太过分了!多九公大声翻译出来,小厮怕官长听到,赶忙把另一半价钱拿出来。多九公取出其中两锭给小厮,才算了事。

到了智佳国,上岸购买雷丸、使君子,幸而买到,给枝兰音服了,打下很多虫来,饮食陡长,很快和好人一样。智佳国的人最好天文、卜筮、勾股算法、诸样奇巧,百般技艺,无一不精,智力超常,所以叫智佳国。他们终日构思,心血耗尽,不到三十就两鬓如霜,没有长寿的。唐、林、多三人在八月十五那天上岸,正赶上智佳国上元节,到处十分热闹。这个国家嫌正月太冷,八月天高气爽,所以定八月初一为元旦,八月十五为上元节。三人到了一家学馆猜灯谜,猜中不少,得了奖品。

船停泊在女儿国,多九公约唐敖上岸。唐敖听说唐太宗命令唐三藏西天取经,路过女儿国,被国王留住,所以不敢上岸。多九公笑着说:"这里和唐三藏路过的女儿国不同,有男有女,男女配合和我们一样;只是男子反穿衣裙,作为妇人,管理内事;女子反穿靴帽,作为男人,管理外事。"林之洋说:"听说他们最喜欢缠足,都以小脚为贵,至于脂粉,更是不可缺少的。俺若生在这里,也教俺缠脚,那才坑死人哩!"他准备了妇人所用的货单,要上岸兜售。唐敖说:"舅兄满面红光,一定有喜事,卖货一定十分得彩。"林之洋说:"今天有两只喜鹊只管朝我乱噪。"说完,去了。

唐敖和多九公登岸进城,见到街上行走穿着男装的人,都身材瘦小,说话是女音。在一家小户门前,看见一个中年妇女,黑发油亮,真可滑倒苍蝇,满头珠翠,裙下小小金莲,正坐在那里绣花。再往脸上一看,却是络腮胡子。唐敖忍不住好笑。那妇人喊道:"你这妇人,敢是笑我吗?"喊声像破锣,吓得唐敖拉着多九公便跑。

二人回到船上,直到二更,林之洋还没回来,唐敖和多九公上岸,接连找了三天,仍无踪影。吕氏和婉如哭得死去活来。唐、多二人仍然天天寻找。

原来林之洋带着货单,到国舅府去卖。府内人介绍他到内廷去卖。出乎意料,国王传见他。林之洋到了内殿,看那国王虽然三十多岁,却生得极其美貌。国王拿着货单问价钱,不断打量他。林之洋纳闷。国王命令宫娥款待天朝妇人酒饭。

林之洋吃过酒饭,许多宫娥前来,口呼"娘娘",向林之洋磕头叩喜。随后宫娥们捧着凤冠霞帔,裙裤簪环首饰到来。这些宫娥力大无穷,像鹰抓燕雀一般，把林之洋脱个精光，用香汤替他洗浴，穿上衣裙，戴上凤钗，把嘴唇染红。林之洋细问宫娥，才知国王封他为王妃，等选了吉日，就要进宫成亲。

林之洋正在不知所措，来了几个身高体壮、满嘴胡须的官娥，拿针线，强行给林之洋穿耳。林之洋大叫："疼杀我了！"穿耳后，给他戴上八宝金环。接着一个黑须宫娥，手拿一匹白绫，给林之洋缠足。宫娥把林之洋的五个脚趾紧紧靠在一起，又把脚面曲作弯弓一般，用白绫缠住，缠两层就密密缝口，一面狠缠，一面密缝。林之洋被四个宫娥按着上身，两个宫娥按住脚，丝毫不能动弹。缠完，只觉脚上如炭火烧一般，阵阵疼痛，林之洋放声大哭道："坑死俺了！"他央求宫娥替他在国王面前回禀说："俺本有妇之夫，怎做王妃？俺的两只大脚，就像游学秀才，多年未经岁考，业已放荡惯了，怎能把它拘束住？只求早早放俺出去。"宫娥不敢去回禀。

宫娥送上晚餐，林之洋望着肉山酒海，一点不想吃。临睡前，一群宫娥各拿面盆、漱盂、手巾和各种化妆品侍候。洗过脸后，宫娥要给他搽粉，要使他皮肤白润，有香气，讨人喜欢。林之洋执意不肯。宫娥要据实启奏，请保母来。

到了夜里，林之洋把白绫撕解开，脚趾松开，就像秀才免了岁考一般畅快，沉沉睡去。次日起来，宫娥发现两脚脱得净光，立即启奏。国王命令保母过来重打二十。只打林之洋屁股五下，已是"血流漂杵"，叫喊连声。宫娥把他的脚又重新缠好。夜里疼得不能合眼，宫娥坐在身边轮流看守，林之洋只有柔肠寸断了。

林之洋的两只"金莲"，脚面折成两段，十趾全都腐烂，天天鲜血淋漓，宫娥还要搀他行走，痛苦难忍。他盼望唐敖、多九公来拯救，又无法和他们通音信，决心一死，要求保母启奏国王，立刻把他处死。当他用手乱扯白绫时，宫娥齐来阻止，保母奏请国王。国王下令把他两脚倒挂在梁上。林之洋被倒挂后，但求速死。不料，越挂心里越明白，两脚如刀割针刺，无法忍受，只好请求国王饶命。国王下令把他放下来。

两只脚脓水流尽，只剩几根枯骨，甚觉瘦小。宫娥又把他打扮一番，国王来看他，见他面似桃花，腰如弱柳，眼含秋水，眉似远山，越看越喜。又把金莲细细玩赏一番，把林之洋弄得羞愧要死。

国王选定吉期，命林之洋次日进宫，还命令理刑衙门释放囚犯，以示庆贺。次日，林之洋被开脸，梳妆打扮，身穿蟒袍，头戴凤冠，浑身玉佩叮当，

名家解读古典名著
世情讽喻小说（上）

满面香气扑鼻。上了凤舆，到了宫中正殿，参拜国王。各王妃都来祝贺。这时外面闹闹吵吵，喊声不绝，国王大惊。

原来唐敖、多九公打听到国王要纳林之洋为贵妃，去恳求国舅，国舅说断难挽回；又去各衙门请求释放，都说与己无干。二人信步走来，看见招贤治水榜文，唐敖灵机一动，把榜文揭了下来。看守的差役过来询问。唐敖说："你们国王这榜上说连年水患，人民受害，如邻国君王能治水，情愿称臣纳贡，邻邦臣民能治河，财宝禄位，悉听择取。我特来治水，为你们除患。"话未说完，很多百姓跪在地下，乞求尽快治河。唐敖说："须依我一件事。我的妻舅入宫卖货，被国王立为贵妃，如果你们到朝廷哭诉，放了此人，我就动工。如果国王不以民命为重，不肯放他，即使财宝如山，我也不干，只好回乡去了。"围看的人，人山人海，一听此言，不约而同，奔赴朝门请愿，七嘴八舌，喊声震天。

国舅向国王报告外面情况，希望主上俯念数十万生灵，释放此人，兴工治河。国王说："我国向例，凡庶民之家，从无再醮之妇，何况孤家身为人君，反令王妃违此定例呢？"国王执意不肯。外面数万人，一片鼓噪，要闹进宫来。国王下令值殿尉官，率军兵十万，立即征剿。霎时，枪炮声震天动地，众百姓面对威胁，都不肯退，说与其日后葬身鱼鳖之口，不如今日被国王杀了。国舅怕酿成大祸，下令军兵不得允许不准动手伤人，又再三劝说百姓，保证转奏国王。这时，百姓才慢慢散去。

国王见百姓散去，进宫和林之洋并肩而坐，共饮美酒，喝得醉眼蒙眬，伸出玉手，携林之洋共进鲛绡帐。

多九公听说国王用兵征剿，认为国王只知好色，不以民命为重，救林之洋回来，只怕难了。又听说百姓把国舅府围个水泄不通，等待国舅答复。国舅上朝，国王推说有病不见。

好不容易，国王传见国舅，大不高兴地问："那揭榜的妇人可在么？他果能治河，我念生灵为重，如能把河治好，把王妃放回去，治不好，把王妃留在此处，让他们拿银钱来赎。"

国舅到迎宾馆见唐敖，传达国王意旨。唐敖对他讲了疏导的治河方法，国舅表示佩服。国舅去后，唐敖对多九公解释为什么林之洋有可能被释放，是因为此事全亏众百姓之力，国王恐人众作乱。

国舅陪同唐敖视察河道情况。唐敖详细分析了为什么出现水患和治理的方法，建议发动数十万百姓兴修水利。因为女儿国甚少钢铁，加上国王防止百姓谋为不轨，禁用利器，国中所用，竹刀居多，只有富户用镰刀，也是稀罕物，所以挖河的器具，这里人一概不懂。幸而唐敖临来船上带有生铁。唐敖画出器具图样，组织当地工人开炉打造，很快器具齐备。唐敖亲自到河边指挥动工。百姓被连年水患吓怕了，所以齐心合力，不到十日，已经完工。百姓为感谢唐敖日夜辛勤，给他建立生祠，竖起金字匾额，上写"泽共水长"。

林之洋和国王成亲，上了牙床，一方面想念妻子，一面又想到自从到此，被国王缠足、穿耳、毒打、倒吊，种种辱没，九死一生，国王如此狠毒，明明是冤家对头。所以在灯光下，看那国王虽然少年美貌，但美貌中透出一股杀气，虽然体态温柔，倒像比刀还觉利害，越看越怕，所以装作木雕泥塑一般。一连几夜，国王费尽心机，终成画饼，感到他没用，一怒之下，命人把他送回过去住的楼上。

一日，有个年轻世子把唐敖治好河道、国王命令合朝大臣护送唐敖回船并赠谢仪万两的消息告诉林之洋。林之洋十分欢喜。世子忽然跪倒说："儿臣八岁立储，至今六载。不幸前年嫡母去世，西宫阿母专宠，想要他儿子立为世子，多次陷害儿臣。父王听信谗言，也有杀儿臣之意。阿母如果垂怜，明天回船，将儿臣带去。"林之洋十分同情世子。二人商定，明日世子先藏入林之洋所乘轿中。不料，次日众多宫娥在旁，世子没有机会进轿，只有附耳告诉林之洋自己住在牡丹楼，希望十日内来救他。

林之洋回到船上，和妻女相见，悲喜交集，对唐敖、多九公再三致谢，又把世子对他照顾，传送消息，希望拯救的事讲了一遍。唐敖认为应"以德报德"，搭救世子。

深夜，唐敖驮着林之洋跃过宫中几道高墙，寻找牡丹楼。不巧，两只大狗咬住二人衣服，唐敖蹿身上房逃走，林之洋被更夫捉住，送到国王面前。国王认为林之洋还留恋富贵，希望国王宠幸，又让宫娥把他改扮成女装。

次日三更，唐敖再度进入宫中，将林之洋和世子一并救出，回到船上。船立即开动，离开女儿国。世子改换女装，拜林之洋为父，吕氏为母；见了婉如、兰音，十分投契。多九公问起姓名，才知世子姓阴，名若花。唐敖听见"花"字，猛然想起梦神所说十二名花事，可是到海外处处留神，至今一无所见，只有所遇女子，都以花木为名，如：妩儿又名蕙儿，红红又名红薇，亭亭又名紫萱，其余如廉锦枫、骆红蕖、魏紫樱、尹红萸、枝兰音、徐丽蓉、薛蘅香、姚芷馨，无一人缺了花木。今天又出现"若花"，莫非从此渐渐进入

名家解读古典名著
世情讽喻小说(上)

佳境?

　　船到西海第一大邦轩辕国。三人上岸，林自去卖货，唐、多二人过了玉桥，到了一片梧桐树林，看见对对凤凰上下飞舞，如锦绣一般，十分可爱。路上所见的人都是人面蛇身，一条蛇尾盘在头上，衣冠言谈和天朝无异，举止面貌，也很秀雅。进了城中，街道宽敞，人烟稠密。市上所卖凤卵如同鸡蛋一样，摆列无数。

　　忽然有人喝道，行人纷纷闪开。只见有人手执一柄黄伞，上写"君子国"，伞下一位国王骑着一匹文虎，生得方面大耳，品貌端严，头戴金冠，身穿红袍，跟随很多侍从。随后又一伞，上写"女儿国"，伞下一位国王，骑着一匹犀牛，生得眉清目秀，面白唇红，头戴雉尾冠，身穿五彩袍，也有很多跟随。经过打听才知明天是此地国王千岁整寿，今天各国国王都来预祝。轩辕国王是黄帝之后，为人圣德，喜欢为各国排难解纷，平息了许多刀兵，保全了若干性命，所以远近各国都来祝寿，臣民也都献戏庆贺。

　　唐、多二人边走边说话间，迎面出现一座冲霄牌楼，霞光四射，上有"礼维义范"四个金字。往前走过金门，才望见十多丈高的千秋殿，殿的四面都是亭台楼阁。音乐之声不断，都是梨园演戏。走近千秋殿，殿外有一对身高六尺、尾长一丈的青鸾，鸣叫声音悠扬宛转。

　　殿上也在演戏，看戏的人山人海。林之洋也来看戏，三人走入殿中，见主座坐着身穿黄袍、头戴金冠的轩辕国王，其他国王都是奇形怪状。长股国国王，两腿伸在殿上约有两丈长，奇肱国王面中三目，一只长臂。唐、多听长臂国王对长股国王说："小弟同王兄凑起来，却是一个好渔翁。"长股国王说："此话怎讲？"长臂国王说："王兄腿长两丈，小弟臂长两丈，若到海中捕鱼，王兄将我驮在肩上，你腿长不怕水漫，我的臂长，可以随处捕鱼，岂非绝好渔翁吗？"长股国王说："我驮你，你撒起尿来，我何处躲？"翼民国王说："聂耳王兄耳朵大，王兄可以躲在其中。"结胸国王说："聂耳王兄耳朵虽大，但是近来耳软，喜听谗言，每每误事。"穿胸国王说："莫若躲在两面王兄浩然巾里，倒还稳妥。"毛民国王道："浩然巾里久已藏着一张坏脸，他的两面业已难防，岂可再添一面。若果如此，我们只好望影而逃了！"……这些国王发了很多奇谈怪论。

　　三人正在听各国国王议论，忽然女儿国王在人群中发现林之洋如鹤立鸡群，白俊可爱，呆呆望着，众国王看她出神，也往外看，吓得林之洋拉着二人走出殿外。

在轩辕国又待了几天，林之洋货物已卖出十有八九。这一天，天朝来一货船，带来尹元书信。唐敖拆看，才知骆红蕖和儿子婚姻事已经说定，十分欢悦，登时开船。

船又路过三苗、丈夫之类小国。多九公说，不死国就在邻近。国中有员邱山，山上有不死树，食后可以长生，又有赤泉，饮后可以不老。林之洋一心想饮些泉水，希望长生。于是向不死国进发。

途中，海上发生风暴，波浪滔天，船顺风而去，飘流三天，到了海外极南之地普度湾。唐敖和多九公登上海岛游玩，见有一碑，上写"小蓬莱"。唐敖感到此山处处是仙境，仙鹤麂鹿任人抚摩，并不惊走，到处松实柏子，吃到嘴里满口清香，对多九公说："小弟自从登了此山，不但名利心都没有了，只觉万事皆空，竟然有懒入红尘的念头。"多九公说："读书人每每读到后来入了魔境，变成书呆子，尊驾如今游来游去，竟然变成了游呆子。快走吧！不要逗趣了。"唐敖捉到一只手拿灵芝的白猿，把灵芝给多九公吃了。

二人回船后，次日顺风，正准备开船，突然发现唐敖在清早独自上山去了，到黄昏不见回来。林之洋等十分着急，上岸找了几天，不见踪影。多九公说："我看唐兄来海外，名虽游玩，大概有修行了道之意。他一个人上山，不是看破红尘，摆脱名缰利索吗？"众人又找了半个月，在小蓬莱石碑前上发现一首诗：

逐浪随波几度秋，此身幸未付东流。

今朝才到源头处，岂肯操舟复出游。

诗后写："某年月日，因返小蓬莱旧馆，谢绝世人，特题二十八字，唐敖偶识。"林之洋、吕氏等人只有落泪。船遂即起航，驶回岭南。

（三）唐才女韵事逸闻

半年后，回到岭南。林之洋同妻子带着兰音、若花回到家中，见过岳母江氏。他担心妹子得知唐敖一去不返消息，悲痛成病，便把唐敖的衣物放在江氏屋中，让兰音、若花与多九公的两个外甥女田凤翾和秦小春结伴，住在多家。安顿以后，林之洋带着唐敖在女儿国所得万金，乘小船去唐家。

唐敖妻子林氏，得知丈夫降为秀才后，随哥嫂去了海外，十分焦心，常和女儿小山埋怨哥嫂。唐小山写了一首思亲诗，表示要把父亲找回来。恰好叔父唐敏到来，向她介绍说：太后明年七十大寿，最近颁布了有关妇女的十二条恩诏。这十二条是：

名家解读古典名著
世情讽喻小说(上)

第一条　太后因孝是为人之根本，凡妇女素有孝行者，或在家孝敬父母，或出嫁孝敬公姑，如贤声著于闺阃，令地方官查奏，赐与旌表牌匾。

第二条　太后因"孝悌"二字都是人之根本，但世人只知妇女以孝为主，而不言悌；并且自古以来亦无旌表。殊不知"悌"之一字，妇人最关紧要，其家离合，往往关系在此，乃万不可缺的。苟能以姒娣和睦，妯娌同心，互相敬爱，彼此箴规，即是克尽悌道，查明亦赐旌奖。

第三条　太后因"贞节"二字自古为人所重。凡妇女素秉冰霜，或苦志守节，或被污不屈，节烈可嘉者，俱赐旌表。

第四条　太后因寿为五福之首，凡妇人年届古稀，家世清白者，赐与寿杖匾额。

第五条　太后因大内宫娥抛离父母，长处深宫，最为凄凉。今令查明，凡入宫五年者，概行释放，听其父母自行择配；嗣后采选释放，均以五年为期。其内外臣民人等，凡侍婢年二十以外尚未婚配者，令其父母领回，为之择配；如无父母亲族，即令其主代为择配。

第六条　太后因贫寒老媪，肩不能担，手不能提，既无六亲之靠，又乏薪水之资，每逢饥寒，坐以待毙，情实堪伤。今令天下郡县设造"养媪院"，凡妇人四旬以外，衣食无出，或残病衰颓，贫无所归者，准其报名入院，官为养赡，以终其身。

第七条　太后因贫家幼女，或因衣食缺乏，贫不能育，或因疾病缠绵，医药无出，非弃之道旁，即送入尼庵，或卖为女优，种种苦况，甚为可怜。今命郡县设造"育女堂"，凡幼女自襁褓以至十数岁者，无论疾病残废，如贫不能育，准其送堂，派令乳母看养；有愿领回抚养者，亦听其便。其堂内所育各女，俟年至二旬，每名酌给妆资，官为婚配。

第八条　太后因妇人一生衣食莫不倚于其夫，其有夫死而孀居者，既无丈夫衣食可恃，形只影单，饥寒谁恤？今命查勘，凡嫠妇苦志守节，家道贫寒者，无论有无子女，按月酌给薪水之资，以养其身。

第九条　太后因古礼"女子二十而嫁"，贫寒之家，往往二旬以外，尚未议婚；甚至父母因无力妆奁，贪图微利，或售为侍妾，或卖为优娼，最为可悯。今令查勘，如年二十，其家实系贫寒，无力妆奁，不能婚配者，酌给妆奁之资，即行婚配。

第十条　太后因妇人所患各症，如经癸带下各疾，其症尚缓，至胎前产后以及难产各症，不独刻不容缓，并且两命攸关。故孙真人（孙思邈）著

《千金方》，特以妇人为首，盖即《易》基乾坤，《诗》首《关雎》之义，其事岂容忽略。无如贫寒之家，一经思此，既无延医之力，又乏买药之资，"稍为耽延，遂至不救。妇人由此而死者，不知凡几。亟应广沛殊恩，命天下郡县延访名医，各按地界远近，设立女科；并发御医所进经验各方，配合药料，按症施舍。

第十一条　太后因《内则》（《礼记》篇名）有"不涉不撅"之训，盖言妇人不因涉水而不褰裳。是妇女之体，最宜掩密，其尸骸尤不可暴露。倘贫寒之家，妇女殁后，无力置备棺木，令地方官查明，实系赤贫，给与棺木殡葬；如有暴露道途者，亦即装殓掩埋。

第十二条　太后因节孝妇女生前虽得旌表，但殁后遽使泯灭无闻，未免可惜。特沛殊恩，以光泉壤，命各郡县设立"节孝祠"。凡妇女事关节孝。无论生前有无旌表，殁后地方官查明，准其入祠，春秋二季，官为祭祀。

唐敏认为这十二条恩诏是旷古未有。同时又给唐小山讲了一个新闻：太后对苏蕙织锦回文《璇玑图》非常喜欢。苏蕙是前秦苻坚时秦州刺史窦滔的妻子，知识精明，端庄秀丽，但由于嫉妒，虐待丈夫的宠姬赵阳台，窦滔携带赵阳台赴任，断绝对苏蕙的音问。苏蕙悔恨，写了一篇回文诗，名《璇玑图》，徘徊宛转，非常人所能读。她让家人送给窦滔，窦滔感到这篇诗绝妙，立刻派人接苏蕙到汉南，恢复旧好。太后读了此诗，在前面写了一篇序文。民间有两个才女——史幽探、哀萃芳，根据《璇玑图》先后各解成数百首诗。此事传入宫中，太后深感深闺绣阁能文之女，一定很多，不应让她们湮没无闻，要令天下才女都参加廷试，以文之高下，评定等级，所以颁布恩诏。唐敏拿出抄写的恩诏十二条给唐小山看。唐小山看恩诏大意是：

因为灵秀不钟于男子，贞吉久属于坤元，所以创立新科，特开女试。

考试先从州县考取，造册送郡，郡考中式，始与部试，部试中式，始与殿试。

县考中，赐"文学秀女"匾；郡考中，赐"文学淑女"匾；部试考中，赐"文学才女"匾，殿试名列一等，赏"女学士"职，二等，赏"女博士"职；三等，赏"女儒士"职。俱赴"红文宴"，准半支俸禄。有愿内廷供奉者，试俸一年后，量才擢用。

殿试一等，其父母翁姑及本夫如有官职在五品以上，各加品服一级；在五品以下，俱加四品服色；如无官职，赐五品服色。二等者，赐六品服色。三等者，赐七品服色。

名家解读古典名著
世情讽喻小说（上）

各级考试，俱照士子之例，试以诗赋。

凡郡考取中，女及夫家均免徭役。其赴部试者，俱按程途远近，赐以路费。

年十六以外及业已出嫁者不准参与考试。体貌残废，出身微贱者，不准与试。

圣历三年三月部试，四月殿试。

唐小山看了，不觉欣喜，接受叔父建议，准备参加考试。

林之洋到了唐家，谎称唐敖从海外归来，又去长安，准备下科考试，受到妹妹林氏和唐小山的埋怨。吕氏生子，林氏带子女到林之洋家贺喜。在江氏房中，海外带回的白猿翻出唐敖衣物，被林氏发现，唐敖滞留海外未归一事暴露。唐小山一片孝心，坚持要去海外寻父。林之洋劝她考过再去寻亲，替父母挣顶乌纱，岂不是好？唐小山说："若把父亲丢在脑后，就中才女，也免不了'不孝'二字。既是不孝，所谓衣冠禽兽，要那才女又有何用。"

林之洋不得已又带妻、女、小山、阴若花等乘船，到海外寻找唐敖。多九公也和他们同行。在东山口，遇一手拿灵芝的道姑，自称是蓬莱百草仙，要和唐小山结善缘。小山吃了她的灵芝，顿感神清气爽，有求她超度以脱离红尘之意。林之洋认为道姑蛊惑人心，动手要打她，道姑离去。

船在水仙村，林之洋等寻廉锦枫和骆红蕖不见。深夜，唐小山被蚌精和青龙劫入海中。蚌精为报廉锦枫剖蚌取珠赠给唐敖之仇，青龙想和百花仙子化身的小山婚配，寿与天齐，所以同来把唐小山劫去。幸有百介山人、百麟山人将小山救出。两位山人要把青龙和蚌精禁锢在无肠国富户的东厕。二妖乞求说："禁在无肠东厕，小畜业已难受，若再禁在富户东厕，那股铜臭更不可耐，希法外施恩。"经林之洋劝解，罚他们在西席。二妖说："西席虽有些酸臭，总比那铜臭好挨。"于是二妖随二山人而去。

船行在田木岛，众人误食桃、李、枣、橘，船上三十多口人被桃核、李核、枣核、橘核四精怪捉去，幸有道姑百果山人搭救，逃脱了将被酿成酒的灾难。

这一日，船停在一座大岭前，多九公和林之洋上了山，见有石碑，上写"小蓬莱"，随即告诉小山，这正是唐敖隐遁之处。唐小山欢喜非常，和阴若花深入山中寻找。山路崎岖，每行一处，小山都用剑在山石树木上刻一圆圈或写唐小山三字。二人白日登攀，夜宿枯树石洞之中。路逢白发樵夫，告诉她们前有镜花岭，水月村，并将唐敖的一封信转交给小山。信中告知小山，中过才女便可和她相聚,还让她改名闺臣,才可以去应试,而且要速归应试,否则是不孝。阴若花玩味出取名闺臣,是让小山去应试,虽在伪周中了才女,其实乃是唐朝闺中之臣,以明不忘本之意。二人往前行,看见镜花冢、水月村牌楼和泣红亭。泣红亭金光万道,瑞气千条,四周布满奇花异草。突然,女魁星出现,右手执斗,左手执笔,腾空而去。二人进入亭中,见当中有一碧玉座,两侧石柱上写着"红颜莫道人间少,薄命谁言座上无"。上有匾,写的是"镜花水月"四字。碧玉座上竖一高不满八尺、宽可数丈的白玉碑。碑上镌刻一百人名,在人名上都冠上司花仙子、才女名次、绰号字样。其中有"司百花仙子第十一名才女'梦中梦'唐闺臣,司牡丹花仙子第十二名才女'女中魁'阴若花"。小山知道这是天榜,用竹签蕉叶记录下来。又行在石壁下,见唐敖写的四句诗:"义关至性岂能忘,踏遍天涯枉断肠,聚首还须回首忆,蓬莱顶上是家乡。"小山又似想起了投生前往事。二人在返回途中,见一路所刻画的"唐小山"三字,都变成了"唐闺臣"。归途二人遇虎,幸有骏马拯救。骑骏马走了一段路,与林之洋相遇,共同返船。小山讲了上山所见。

　　船行到两面国,遭到很多强盗洗劫。闺臣、若花、婉如被掳上山寨。山大王因为夫人不满意昨天所掳黑女,又把三人送给夫人做丫鬟。在宴席上,三人和黑女轮流给山大王斟酒,山大王十分高兴,醉眼蒙眬,冲四人发笑。夫人说:"相公既然喜爱,莫若把他们都带去做妾!"山大王认为夫人是真心,立即打躬说:"适才听夫人的话,竟合我心……"话没说完,那夫人早已把筵席掀翻,大骂山大王是狠心贼,存心纳妾,要寻死觅活,吓得山大王跪倒哀求夫人,原谅酒后失言,主动命令四个喽啰进来,打他二十,消夫人之气。夫人喝令喽啰,不许虚应故事,要认真打。夫人骂道:"这强盗无情无义,一心只想讨妾。假如我要讨个男妾,日日把你冷淡,你可欢喜?你们男的,在贫贱时也讲些伦常之道,一经转到富贵场中,就生出许多炎凉样子,不独疏亲慢友,种种骄傲,并将糟糠之情,置于度外。这真是强盗行为,已该碎尸万段!你还敢置妾,那有忠恕之道。我不打你别的,我只打你'只知有己,不知有人',把你打得骄傲全无,心里冒出忠恕来。你若讨妾,必须替我先讨男妾。男妾,古人叫'面首';面,取其貌美;首,取其发美。这典故并非是我杜撰,自古就有了。"山大王说:"这点小事,夫人何必讲究考据,夫人要讨男妾,无不遵命,只这股骄傲,乃我们绿林向来习气久已立誓不能改的。若改这种习气,还算甚么强盗。"夫人吩咐着实打,把山大王打得命已垂危。夫人又下令把闺臣等三人连同黑女释放,所劫赃物也都发还。四人回

名家解读古典名著
世情讽喻小说（上）

到船上，林之洋认出黑女就是黑齿国的黎红薇（红红）。原来她父亲任少尉之职，久已去世。昨同叔父海上贩货遇强盗，叔父被杀，她被掳上山。闺臣等三人和红薇结拜成姊妹。

因为船上米粮被劫，众人饿得头晕眼花，忽然来一道姑，手提花篮，自称是蓬莱百谷仙，来和众人结善缘，赠给众人八颗一尺长稻米，而后扬长去了。多九公认得这是"清肠稻"，吃一个，一年不饥，八个，足够全船人数十天不饥。众人吃后，精神陡长。

船行途中，闺臣问红薇当日赴试，可曾得中。红薇答道："考试总是关节夤缘，非为故旧，即因钱财，所以未中。"谈到亭亭（卢紫萱），红薇说她家既无钱财，又无势力，因此也名落孙山，现今教几个女童，舌耕度日。船到黑齿国，林之洋带闺臣、若花拜访亭亭，说服亭亭和她母亲缁氏上船，来天朝参加考试。

七月下旬，船到岭南。林之洋带众人到家，正好林氏、小峰、兰音也在娘家。闺臣把父亲的信递给母亲，林氏虽然伤心，也略感放心。闺臣把缁氏、红红、亭亭引见给母亲。众人研究报考事，多九公甥女田凤翾、秦小春也托闺臣报考。

一天，良氏夫人带廉亮、廉锦枫、骆红蕖从海外来到唐家。林氏见了如花似玉、文武双全的未来儿媳骆红蕖，欢喜非常。为参加县考，防止当局认出是逃犯后裔，骆红蕖报履历改姓洛。

一晚，闺臣拿出泣红亭碑记给兰音、红蕖看，白猿也拿起看。闺臣曾对白猿说，将碑记付一文人作为稗官野史，流传海内，这晚白猿竟拿着碑记，蹿出窗外，无影无踪。忽然又从窗外跃进一个身插宝剑的红衣少女，自称是太守颜青天孙女颜紫绡，学会剑侠之术，希望携带她也参加县考。闺臣答应。

阴若花担心出痘，与众姊妹到白衣庵拜痘疹娘娘。老尼末空认出洛红蕖是骆宾王之后，自称是祁氏，丈夫乔琴曾在骆府教书。她在太宗第九子九王爷府教书。九王第二个女儿李良箴许配骆公子。九王爷起兵讨武失败后，她带良箴到此修行，良箴改姓宋。洛红蕖遂与宋良箴姑嫂相见。

闺臣等十一个姊妹参加县考、郡考都获得好名次。唐敏五十大寿，他的女学生印巧文、窦耕烟、祝题花、苏亚兰、钟绣田、花再芳也都郡考得中，前来祝寿，与闺臣等相聚甚欢，结成异姓姊妹。

徐承志别了唐敖后，带徐丽蓉、司徒妩儿投奔淮南节度使文隐，改姓为余。文隐虽老病衰残，仍有致力于使主上复位之心。文隐有五子：文芸、文筛、文萁、文菘、文苏。二女：书香，许给林姓；墨香，许给阳姓。余承志和文氏弟兄谈论时局，文苏主张立即杀上西京，文菘说夜观天象，心月狐光芒已渐退，近来忽吐出一道奇光。原来武氏因七十大寿，发出恩诏，除向例蠲免、减等、广额、加级等项，还有十二条专为妇女而设，活了若干民命，救了无数苦人，所以有奇光出现。无奈她杀戮太重，造孽多端，三五年内必败。正在议论中，传来陇西节度使史逸起兵勤王，被武三思征剿的消息。为了援救在史逸帐下的骆承志，余承志和文筛、文萁到陇西探听骆承志下落。三人走在中途，就听说史逸业已被难。到了小瀛洲，巧遇避难山寨的骆承志和史逸之子史述。史述又把赴京应试的未婚妻宰银蟾，表妹宰玉蟾，姨表妹闵兰荪、毕全贞介绍给三人。银蟾等赴京应试。骆承志已改姓洛。余承志建议洛承志招集旧日部曲，积草屯粮，积蓄力量，准备报仇。

余承志三人回到淮南，向文芸禀报了骆承志情况。余丽蓉、司徒妩儿、林书香、阳墨香、乳母之女崔小莺正准备赴试，文芸夫人章氏的娘家侄女已许蔡家的兰芳、已许谭家的淑芳、已许叶家的琼芳、已许褚家的月芳，都从河东节度使衙门来约文府小姐一同进京赴试。这九位才女赴京途中与唐闺臣等十二位才女巧遇，于是联袂同行。

一日天晚，众女住在店中，见官兵监守着木笼中囚禁的小将。经过打听，才知被捕的是九王爷之子李素——更名宋素，由武官熊训押解。宋良箴为拯救其兄，恳请颜紫绡帮助。颜紫绡路遇宋素未婚妻精通剑术的燕紫琼。二人将宋素劫出，把宋素送到小瀛洲山寨洛承志处，又像闪电一样返回店中。

燕紫琼邀请众姊妹到家做客。紫琼父燕义是退职总兵，时刻想着天下讨武义兵，自己也要助一臂之力，见唐敖之女等人到来，非常欢迎，设宴款待。席间，燕紫琼、燕义外甥女姜丽楼、表侄女张风雏都要同去赴试。晚间，众女闲谈，忽一执剑美女飞入堂中，自称易紫菱，为表兄熊训索回囚犯。经燕紫琼晓以忠义之道，紫菱被说服，参加众姊妹酒会，并表示也要赴试。忽有人到燕府投宿，原来是薛蘅香、尹红萸、姚芷馨、魏紫樱。次日这二十九位小姐一起进京赴试。

众女到了长安，住进由九王府改建的红文馆。已经住在馆中的文芸之妻章兰英、文筛之妻邵红英、文萁之妻戴琼英、文菘之妻由秀英、文苏之妻钱玉英、由秀英表妹田舜英，以及河东节度使章更之子章苤之妻井尧春、章芝之妻左融春、章蕙之妻廖熙春、章蓉之妻邺芳春、章芎之妻郦锦春、章莒之妻邹婉春、章苕之妻施艳春、章芹之妻柳瑞春、章芬之妻潘丽春、章艾之妻

名家解读古典名著
世情讽喻小说(上)

陶秀春等,共十六位小姐,来访唐闺臣等。唐闺臣设宴招待,四十五位小姐饮酒畅谈。

住在馆中的剑南才女缁瑶钗,因忘带本籍文书,不能赴试,啼哭不已,被唐闺臣听见。唐闺臣把曾经参加县考的未来京赴试的亭亭之母缁瑶钗的文书送给剑南缁瑶钗,使她也能赴试。

三月三日,唐闺臣等参加了部试。迟到的才女史幽探、哀翠芳、纪沉鱼、言锦心、谢文锦、师兰言、陈淑媛、白丽娟、国瑞征、周庆覃,蒙武后施恩准予补考。因为父亲是考官,女儿亲属回避考试的卞滨之女卞宝云、卞彩云、卞锦云、卞紫云、卞香云、卞素云、卞绿云,孟谋之女和侄女孟兰芝、孟华芝、孟芳芝、孟芸芝、孟琼芝、孟瑶芝、孟紫芝、孟玉芝,蒋进之女蒋春辉、蒋秋辉、蒋星辉、蒋月辉、蒋丽辉,董瑞之女董宝钿、董珠钿、董翠钿、董花钿、董青钿,掌仲之女掌红珠、掌乘珠、掌骊珠、掌浦珠,吕良之女吕尧蓂、吕祥蓂、吕瑞蓂,共三十三位小姐,也蒙武后施恩准予礼部补试,参加殿试。

殿试后,六部大臣议定唐闺臣为第一名殿元,阴若花为第二名亚元。放榜前夕,众女焦虑不堪,有的哭,有的笑,彻夜难眠。次日买来题名录,才知百名才女都取中,其中一等五十名,二等四十名,三等十名,唐闺臣名次为十一。陪同来京的多九公,打听到武后不喜欢唐闺臣这个名字,偏爱能译出《璇玑图》的史幽探、哀翠芳,把唐闺臣、阴若花等前十名移后,后十名的史探幽、哀翠芳等移前。众女上朝谢恩,接受女学士等封职,又去拜主考官卞滨。

在卞府花园里,百名才女抚瑶琴,写春扇,下围棋,观马吊,打双陆,下象棋,荡秋千,听箫笛,谈占卜,钓池鱼,斗百草,论算法,行酒令,较射技,打灯谜,辨声韵,……忽有风姨、月姊(嫦娥)冒充殿试四等才女来访,要求唐闺臣依殿试中所作《天女散花赋》题中五字为韵再作一篇赋出来,供大家鉴赏。唐闺臣笔走龙蛇,顷刻写完。月姊见那赋上处处嘲弄风月,怒形于色。她们本想羞辱唐闺臣,反被嘲弄,于是风姨做起风来,把众才女吹得冷气钻心。突然万道红光,女魁星降临,不准她们殴辱斯文。麻姑也到来,责备嫦娥、风姨不应长期介意。嫦娥、风姨接受意见而去。众才女要求麻姑谈谈每个人的休咎。麻姑对百名才女各赠诗句,有些易懂,有些不解。麻姑飘然而去。

女儿国国舅,从周饶国借了日行万里飞车,来到长安,接阴若花回国。

原来西宫趁女儿国王到轩辕国祝寿之际，将其子扶登王位。国王回国，闭门不纳，只好在轩辕国避难。西宫之子十分暴虐，宠信奸党，杀害忠臣，荼毒良民。不到一年，举国合力，把西宫和其子杀了，迎国王还朝。国王无后嗣，臣民也要求世子回国。阴若花因为其父不辨贤愚，不以祖业为重，业已寒心，表示坚决不回去。国舅无奈回国，又拿来国书，请求武后将若花赏还故国。武后因接受女儿国王许多财宝，答应了要求。阴若花知不可抗拒，申诉说国内族人甚多，良莠不齐，每每心怀异志，若稍不留神，必遭其害，希望天朝派钦差护卫保护她，并且提出希望派海外来应试的枝兰音、黎红薇、卢紫萱三人。武后立即授枝兰音为东宫少师学士，黎红薇为东宫少傅学士，卢紫萱为东宫少保学士。阴若花等四人回到红文馆，婉如为将离别哭泣。黎红薇说："伴随若花回国，正是千载难逢际遇，将来若花姐姐做了国王，我们同心协力，各矢忠诚，或定礼制乐，或兴利剔弊，或除暴安良，或举贤去佞，或敬慎刑名，或留心案牍，扶助她做个贤君，自己也落个'女名臣'美号，日后史册流芳。婉如妹妹不明此义，只图目前快聚。你要晓得，再聚几十年，也不过如此。"众人听了，登时眼泪全无，个个称善。众女为阴若花等饯行，若花等和唐闺臣痛哭告别，乘飞车升空而去。

国王因思念若花，一病不起，若花回国，业已去世。若花继位国王，封兰音、红红、亭亭为护卫大臣。亭亭又借飞车，将母亲绤氏接回女儿国。

众才女纷纷返回原籍。唐闺臣和母亲商定，到小蓬莱寻父。颜紫绡突然到来，要求陪闺臣同行。闺臣说："设若父亲看破红尘，竟自不归，或寻不着父亲，妹子自然在那里修炼。"紫绡说："贤妹自应把伯伯寻来，天伦聚乐，了却人生一件正事，但团圆之后，又将如何？无非终归于尽，谁又逃过那座荒邱？唯愿伯伯不肯回来，贤妹可脱红尘，咱也可逃出苦海。"

林之洋带了闺臣、紫绡乘海船到了小蓬莱。闺臣、紫绡上岸两个月，不见归来。林之洋上山探听，遇一女童，拿着唐、颜两封家信交给他。林之洋返回岭南，把信交给林氏。林氏知道闺臣看破红尘，哭得死去活来。

唐小峰、廉亮、尹玉、魏武、薛选等投奔小瀛洲山寨，与史述、洛承志、宋素、卞璧、燕勇等相聚。文隐病逝后，文芸继任节度吏。因心月狐光芒已退，文芸让余承志到小瀛洲通知。准备来年三月三日起兵，先破武氏兄弟四关。

在攻打四关过程中，在酉水阵里，文苁因贪酒送命；在无火阵里，林烈因暴怒丧生；在巴刀阵里，阳衍因贪女色死亡；在才贝阵里，章荭因爱财殒

名家解读古典名著
世情讽喻小说（上）

命。还有一些小将和女才子阵亡、自杀。幸有红孩儿、金童儿、百果仙子等神仙相助，窥出四阵奥秘，相继破了四关。

文芸联合各路勤王之兵，击退张易之的反攻，兵临长安城下。与文芸通消息的张柬之、桓彦范、李多祚、袁恕己、薛恩行、崔玄玮、李湛、敬晖率领御林军，乘武后病重之机，把中宗皇帝迎回朝廷，杀了张易之、张昌宗、张昌期，迫使武后退位，拥护中宗复位，上太后尊号为则天大：圣皇帝，大赦天下，对起兵众将都加以封爵。

太后病愈，又下懿旨，来年仍开女试，并命令前科众才女重赴红文宴。此旨一下，又轰动多少才女。

却说那白猿本是百花仙子洞中多年得道的仙猿。因百花仙子谪入红尘,也跟着来到凡间。百花仙子命令他把泣红亭的碑记交给文人墨客作稗官野史。他找了三百年，到了五代晋朝，找到编写《旧唐书》的刘昫，遭到拒绝；到了宋朝，又找到编写《新唐书》的欧阳修、宋祁，也遭到拒绝。一直找到圣朝，有个老子的后裔李汝珍，略略有点文名，把碑记交给此人，就回山去了。李汝珍年复一年，编出《镜花缘》一百回，仅仅写了一半。他的友人说："子之性既懒而笔又迟，欲脱全稿。不卜何时，何不以此一百回先付梨枣，再撰续编，使四海知音先睹其半为快耶！"

李汝珍认为："小说家言，何关轻重！消磨了三十多年层层心血，算不得大千世界小小文章。自家做来做去，原觉得口吻生花；他人看了又看，也必定拈花微笑。"正是：

镜花能照真才子，花样全翻旧稗官。
若要晓得这镜中全影，且待后缘。

二 思想与艺术

《镜花缘》显然是受到了《红楼梦》的影响，所以有人说它是《红楼梦》的仿作。《镜花缘》一书在艺术上是远不能和《红楼梦》相比的，但在作品所反映的新思想方面，却有着不可磨灭的光辉，甚而可以说是前此众多小说所难与媲美的。

这里，我们对《镜花缘》一书的创作以及它的思想与艺术，略作综合评析。

（一）花样全翻旧稗官

《镜花缘》结尾有句诗是："花样全翻旧稗官。"如果我们从这部小说的取材角度来理解这句话，那就是《镜花缘》改变了传统的通俗小说的常见的以人间社会真实生活为描写主体的做法，创造性地以百分之一的历史事实为框架，以大量虚构的人间故事，改造过的神话传说，以各种知识为主体，曲曲折折地反映了现实，表达了作者的理想。

《镜花缘》的取材，和描写社会生活的《水浒传》《三国演义》《金瓶梅》《红楼梦》迥然不同，和以描写神魔为主的《西游记》《封神演义》也不尽相同，所以鲁迅在《中国小说史略》里，既没有把它列入讲史小说、人情小说之类，也没有列入神魔小说范围，而是归于"以小说见才学者"之中。这种分类法是否允当，下文将有论述。但鲁迅不把这部小说纳入前三种中，而列入"以小说见才学者"一类，确实也是煞费苦心、深思熟虑的。下面就《镜花缘》取材的四大特点，分别加以分析。

1. 以历史事实为框架

《镜花缘》中所写到的唐代女皇帝武则天、唐中宗（李显）、太平公主、上官婉儿、徐敬业、骆宾王、唐之奇、杜求仁、魏思温、李孝逸、薛仲璋、张柬之、桓彦范、李多祚、袁恕己、薛恩行、崔元晖、李湛、敬晖、娄师德，都是历史上实有其人。书中提到的徐敬业兄徐敬功，司马光《资治通鉴》里作徐敬业弟徐敬猷，可能是李汝珍笔误。

书中写武则天贬唐中宗为庐陵王，篡夺唐政权，自立为帝，改国号为周，年号光宅；徐敬业、骆宾王等兴兵讨伐武氏，武则天派李孝逸征剿；徐敬业不听魏思温之言，误从薛仲璋之计，兵败，王那相杀徐敬业，投降武氏政权；以张柬之为首的朝臣，乘武则天病重，与李多祚等人率御林军，迎回唐中宗，迫使武则天退位，恢复李唐政权。这一切都是史有其事。《资治通鉴》有下列记载：

中宗即位，尊天后（武则天）为皇太后，政事咸取决焉。

中宗欲以韦玄贞（弓后之父）为侍中，又欲授乳母之子五品官；裴炎（中书令）固争，中宗怒曰："我以天下与韦玄贞何不可！而惜侍中邪！"炎惧，白太后，密谋废立。二月，戊午，太后集百官于乾元殿，裴炎与中书侍

名家解读古典名著
世情讽喻小说(上)

郎刘祎之、羽林将军程务挺、张虔勖勒兵入官,宣太后令,废中宗为庐陵王,扶下殿。中宗曰:"我何罪?"太后曰:"汝欲以天下与韦玄贞,何得无罪!"乃幽于别所。

己未,立雍州牧豫王旦为皇帝,政事决于太后,居睿宗(李旦)于别殿,不得有所预。

时诸武(武承嗣、武三思等)用事,唐宗室人人自危,众心愤惋。会眉州刺史英公李敬业(其祖父英国公徐勣被赐姓为李,实即徐敬业)及弟盩厔令敬猷、给事中唐之奇、长安主簿骆宾王、詹事司直杜求仁皆坐事。敬业贬柳州司马,敬猷免官,之奇贬栝苍令,宾王贬临海丞,求仁贬黟令。盩厔尉魏思温尝为御史,复被黜。皆会于扬州,各自以失职怨望,乃谋作乱,以匡复庐陵王为辞。

思温为之谋主,使其党监察御史薛仲璋求奉使江都……仲璋收敬之(扬州长史陈敬之)系狱。居数日,敬业乘传而至,矫称扬州司马来之官,……斩敬之于系所,……僚吏无敢动者,遂起一州之兵,……敬业自称匡复府上将,领扬州大都督。以之奇、求仁为左、右长史,宗臣(士曹参军李宗臣)、仲璋为左、右司马,思温为军师,宾王为记室,旬日间得胜兵十余万。

甲申,以左玉钤卫大将军李孝逸为扬州道大总管,将兵三十万……以讨李敬业。

魏思温说李敬业曰:"明公以匡复为辞,宜率大众鼓行而进,直指洛阳,则天下知公志在勤王,四面响应矣!"薛仲璋曰:"金陵有王气,且大江天险,足以为固,不如先取常、润(今镇江)为定霸之基,然后北向以图中原,进无不利,退有所归,此良策也!"思温曰:"山东豪杰以武氏专制,愤惋不平,闻公举事,皆自蒸麦饭为粮,伸锄为兵,以俟南军之至。不乘此势以立大功,乃更蓄缩自谋巢穴,远近闻之,其谁不解体!"敬业不从,使唐之奇守江都,将兵渡江攻润州。思温谓杜求仁曰:"兵势合则强,分则弱,敬业不并力渡淮,收山东之众以取洛阳,败在眼中矣!"

孝逸等诸军继至……敬业置阵既久,士卒多疲倦顾望,阵不能整;孝逸进击之,因风纵火,敬业大败,斩首七千级,溺死者不可胜纪。敬业等轻骑走入江都,挈妻子奔润州,将入海奔高丽;孝逸进屯江都,分遣诸将追之。乙丑,敬业至海陵界,阻风,其将王那相斩敬业、敬猷及骆宾王首来降。余党唐之奇、魏思温皆捕得,传首神都,扬、润、楚三州平。

天授元年,九月,庚辰,太后可皇帝及群臣之请。壬午,御则天楼,赦天下，以唐为周，改元。乙酉，上尊号曰圣神皇帝，以皇帝为嗣，赐姓武。

神龙元年，正月，太后疾甚，麟台监张易之、春官侍郎张昌宗居中用事，张柬之（平章事）、崔玄暐（同平章事）与中台右丞敬晖、司刑少卿桓彦范、相王府司马袁恕己谋诛之。柬之谓右羽林卫大将军李多祚曰："将军今日富贵，谁所致也？"多祚泣曰："大帝也。"柬之曰："今大帝之子为二竖所危，将军不思报大帝之德乎？"多祚曰："苟利国家，惟相公处分，不敢顾身及妻子。"因指天地以自誓，遂与定谋。

癸卯，柬之、玄暐、彦范与左威卫将军薛思行等率左右羽林兵五百余人至玄武门，遣多祚、湛（右散骑侍郎李湛）及内直郎、驸马都尉安阳王同皎，诣东宫迎太子。同皎扶抱太子上马，从至玄武门，斩关而入。太后在迎仙宫，柬之等斩易之、昌宗于庑下，进至太后所寝长生殿，环绕侍卫。太后惊起，问曰："乱者谁邪？"对曰："张易之、昌宗谋反，臣等奉太子令诛之，恐有漏泄，故不敢以闻。称兵宫禁，罪当万死！"太后见太子曰："乃汝邪？小子既诛，可还东宫。"彦范进曰："太子安得更归？昔天皇以爱子托陛下，今年齿已长，久居东宫，天意人心，久思李氏。群臣不忘太宗、天皇之德，故奉太子诛贼臣。愿陛下传位太子，以顺天人之望！"于是收张昌期、同休、昌仪，皆斩之。

乙巳，太后传位于太子。丙午，中宗即位，赦天下。丁未，太后徙居上阳宫。戊申，帝率百官诣上阳宫，上太后尊号曰则天大圣皇帝。庚戌，以张柬之为夏官尚书、同凤阁鸾台三品，崔玄暐为内史，袁恕己同凤阁鸾台三品，敬晖、桓彦范皆为纳言，并赐爵郡公，李多祚赐爵辽阳郡王，王同皎为右千牛将军、琅邪郡公，李湛为右羽林大将军、赵国公。

上述历史记载和《镜花缘》中有关描述，可以说基本一致，只不过上述记载较《镜花缘》更为详尽一些。此外，《镜花缘》写骆宾王没有被杀，"竟无下落"，是根据欧阳修、宋祁的《新唐书》，《资治通鉴》写骆被斩，是根据刘昫的《旧唐书》，二者略有不同而已。

《镜花缘》所反映的故事时代，始于武后篡夺李唐政权，终于武则天政权的覆灭。其中二十多年间武则天的统治情况，《镜花缘》并没有具体描述，而是充填大量虚构的人间故事，改造过的神话传说、生活知识。在全书一百回中，真正的历史事实，前后合起来也只有一回文字，仅占全书百分之一。所以就全书而言，很难说是历史小说，只能说是以历史事实为框架，即以历史为背景。

名家解读古典名著
世情讽喻小说（上）

2. 虚构的人间故事

《镜花缘》中唐敖、多九公、林之洋、徐承志、骆承志、尹元、尹玉、武四思、武五思、武六思、武七思、章更、文隐、文氏兄弟、章氏兄弟、薛选、魏武、卞滨、史述、蒋进、董瑞、掌仲、吕良、熊训、李素、燕义、林烈、燕勇、颜崖、田廷、阳衍、蔡崇、谭太、叶洋、褚潮、骆龙、吴之和、吴之祥、廉亮和以唐小山为首的百名才女，都是虚构的人物，历史上既无其人，更无其事，纯属子虚乌有。

有些人物虽是历史人物，但是与之有关的事件则是依据不实的传说和虚构的。譬如：武则天上苑催花故事，在清人况周颐《蕙风簃二笔》中有这样记载：

尤袤《全唐诗话》："天授二年腊，卿相欲诈称花发，请幸上苑。许可，寻复疑之，先遣使宣诏曰：'明朝游上苑，火速报春知，花须连夜发，莫待晓风吹。'凌晨百花齐放，咸服其异。"李松石汝珍撰章回小说名《镜花缘》，言武后时百花齐放事本此。

又蒋瑞藻《小说考证续编·镜花缘考》有云：

武后上苑催花事，见《事物考原》。言武后巡游后苑，百花俱开，惟牡丹独迟。后怒，贬于洛阳，故洛阳之花冠天下。

以上两段记载并不见于正史。一纸诏书竟能让百花齐放，违反时令，而且独牡丹抗旨不开，显然这是虚构的海外奇谈，不可能是事实。还有《镜花缘》中写文芸率兵攻打酒色财气四关时，李孝逸被徐承志刺伤大败而逃，也是史有李孝逸其人，并无被徐刺伤之事。《资治通鉴》垂拱三年有这样记载：

武承嗣又使人诬李孝逸自云"名中有兔，兔，月中物，当有天分。"太后以孝逸有功，十一月，戊寅，减死除名，流儋州而卒。

李孝逸被流放远，在武则天被迫退位的十六年前，根本不可能率兵迎战徐承志，捍卫病势沉重的武则天，虚构之处，不言自明。

《镜花缘》虚构的人间故事所占比重最大。当然，谁都知道以虚构的人间故事作为主要题材，并不决定小说思想内容的优劣。

3. 经过改造的神话传说

神话传说是《镜花缘》的重要组成部分。这些神话传说，经过李汝珍之手，有的依照原貌予以描述，有的加以丰富渲染，有的加以改造，赋予新意。在钱静方《小说丛考·镜花缘考》和梁镇乾《镜花缘杂考》中，对书中神话传说来源都征引了出处。下面综合这两家的考证，分作海外各国和神奇的草木虫鱼鸟兽两类，考证其来源，并与《镜花缘》中描述相比较。

(1) 海外各国

君子国。《山海经·海外东经》："君子国在其北，衣冠带剑，食兽，使二大虎在旁，其人好让不争。"

《山海经·大荒东经》："有东口之山，有君子之国，其人衣冠带剑。"

《博物志》："君子国人，衣冠带剑，使两虎。民衣野丝，好礼让不争。土千里，多薰华之草。民多疾风气，故人不蕃息，好让，故为君子国。"

《镜花缘》中用第十一回、第十二回两回篇幅来描写君子国。作者没写君子国人衣冠带剑，衣野丝，食兽，使二虎在旁，而是说"衣冠言谈，都和天朝一样"。作者重点突出"好礼不争"，使之具象化。首先通过隶卒、小军、农人买物，强调了君子国的人在财物上"好让不争"；其次描写了泰伯的两个后裔吴之和、吴之祥。泰伯是周太王（古公亶父）的长子，周文王（姬昌）的伯父。当他知道太王要让姬昌继承王位，就出奔到江南，后来成为吴国的始祖。他是在政权问题上"好礼不争"的典型。写二吴是泰伯之后，就是点出君子国有泰伯遗风。作者还超出了神话传说之外，描写了君子国谦和的新型的君臣关系，显宦的朴素的生活和没有种种不良风习——重视风水，大办满月，将子女舍身寺院，争讼诬陷，铺张浪费，合婚算命，女性缠足等等——的美好国度。

大人国。《山海经·海外东经》："大人国在其北，为人大，坐而削船。"

《山海经·大荒东经》："东海之外，大荒之中有山，名曰大言，日月所出，有波谷山者，有大人之国。"

《山海经·大荒北经》："有人名曰大人，有大人之国，厘姓忝食。"

《博物志》："大人国，其人孕三十六年生，白头，其儿则长大，能乘云而不能走，盖龙种。去会稽四万八千里。"

《谷梁传》："长翟身横九亩，断其头眉见于轼，即长数丈人也。秦时大人见临兆，身长五丈，脚迹六尺。准斯以言，则此大人之长短，未可得限度也。"

《洞冥记》："帝曰：'何谓吉云？'朔（东方朔）曰：'其国之云气占吉凶，若乐事，则满室云起，五色照人，著于草木，皆成五色。"

名家解读古典名著
世情讽喻小说（上）

《镜花缘》里把大人国人身长五丈，改写成比别处人"略长二三尺不等"。也写行动时"有云托足"，但是把以云气占吉凶改写成为每个人脚下云气颜色不同，反映行为的善恶有别。此外还增加了大人国的僧侣可以喝酒、吃肉、结婚内容。

劳民国。《山海经·海外东经》："劳民国在其北，其为人黑，或曰教民；一曰在毛民北，为人面目手足尽黑。"

《镜花缘》描写劳民国人"面如黑墨"，保留了既有特点，但增加了无论行走坐立身子总是"摇摇摆摆"这一形象特点，借以说明他们终日忙碌。又写他们只食果木，不吃煎炒烹炸之物，所以无不长寿。揣摩作者用意是影射农民。

聂耳国。《山海经·海外北经》："聂耳之国在无肠国东，使两文虎，为人两手聂其耳。"（郭璞注：言耳长，行则以手摄持之也。）

《山海经·大荒北经》："有儋耳之国，任姓。"（郭璞注：其人耳大下儋，垂在肩上。）

《镜花缘》中聂耳国人"耳垂至腰，行路时两手捧耳而行"。作者借此表达"过犹不及"思想。

无肠国。《山海经·海外北经》："无肠之国在深目东，其为人长而无肠。"（郭璞注：为人长大，腹内无肠，所食之物直通过。）

《镜花缘》在写无肠国人"食物皆直通过"基础上，一方面嘲弄说"他们未曾食物，先找大解之处"；另一方面讽刺腹内空空，假装充足的人和用大便供仆婢食用的悭吝富人。

犬封国。《山海经·海内北经》："在昆仑虚北有人曰大行伯，其东有犬封国。犬封国曰犬戎国，状如犬。"（郭璞注：昔盘瓠杀戎王，高辛以美人妻之，不可以训，乃浮之会稽东海中，得三百里地，封之；生男为狗，女为美人，是为狗封之国也。又注：黄帝之后下明，生白犬二头，自相牝牡，遂为此国，言狗国也。）

《五代史四夷附录》："胡峤入契丹，亡归，道其所见室韦北狗国，人身狗首，长毛不衣，手搏猛兽，语为犬嗥，其妻皆人，能汉语。生男为狗，女为人，自相婚嫁，穴居，食生。"

杜佑《通典·四夷考》："梁武帝天监六年，有晋安人渡海，为风所飘，至一岛，登岸有人居。女则如中国人而言语不可晓；男则人身而狗头，其声如犬吠，其食有小豆，其衣如布。筑土为墙，其形圆，其户如窦。"

《镜花缘》中犬封国的描写只沿用上述记载中一点"人身狗头",但却生发开去,强调犬封国讲究吃喝,讽刺世人中酒囊饭袋,有眼无珠。

玄股国。《山海经·海外东经》:"玄股之国在其北,其为人衣鱼。"(郭璞注:以鱼皮为衣,食鸥,使两鸟夹之。)

《镜花缘》里写玄股国人,"头戴斗笠,身披坎肩。下穿一条鱼皮裤,并无鞋袜。上身皮色和常人一样,唯腿脚以下黑如锅底。都在取鱼。"除此之外,并无生发讽喻。

毛民国。《山海经·海外东经》:"毛民之国,在其北,为人身生毛。"

《神异经》:"八荒之中有毛人焉,长七八尺,皆如人形,身及头上皆有毛,如猕猴,毛长尺余。"《镜花缘》介绍毛民国人所以一身长毛,是因为他们"生性鄙吝,一毛不拔,所以冥官给他们一身长毛。"这就给原始记载增加了讽刺意味。

毗骞国。《南史》:"梁时中国始闻有毗骞国,在顿逊外大海洲中。其王身长丈二,头长三尺,自古不死。国中人善恶及将来事,王皆知之。王作天竺书,可三千言,说其宿命所由,与佛经相似。"

《镜花缘》描述毗骞国人"寿享长年",和其王自古不死近似。但形象有差异,而是"面长三尺,颈长三尺,身长三尺。"还进一步把其王写的三千言天竺书,改成盘古时用古篆写成的旧案,借以讽刺墨守成规的保守思想。

无(腎)国。《山海经·海外北经》:"无腎之国,在长股东,为人无腎。"(郭璞注:腎,肥肠也。其人穴居,食土,无男女,死即埋之,其心不朽,死百廿岁,乃复更生。)

《博物志》:"无腎民居穴,食土,无男女。死埋之,其心不朽,百年还化为人。"

《镜花缘》中无腎国人也是"无男女之分",食土,没有提到无腎,却由无男女之分引伸出"从不生育,并无子嗣"。书中在无腎民死而复生上大作文章,强调该国民名利之心淡薄。

深目国。《山海经·海外北经》:"深目国在其东,为人举一手一目。"

《镜花缘》描绘深目国人更为具体,"其人面上无目,高高举着一手,手上生出一只大眼:如朝上看,手掌朝天;如朝下看,手掌朝地;任凭左右前后,极其灵便。"作者借此说明当今社会人心不古,仅从"正面看人,竟难捉摸,所以把眼生在手上,取其四路八方都可察看,易于防范"。

黑齿国。《山海经·海外东经》:"黑齿国在其北,为人黑,食稻啖蛇,

名家解读古典名著
世情讽喻小说(上)

一赤一青。"

《山海经·大荒东经》: "有黑齿之国,帝俊生黑齿,姜姓黍食,使四鸟。"

《通典·东夷上》: "自侏儒东南行,船行一年至裸国、黑齿国,使驿所传极此矣。"

《镜花缘》对黑齿国人形象进一步渲染,"其人不但通身如墨,连牙齿也是黑的,再映着一点朱唇,两道红眉,一身红衣。更觉其黑无比。"为了把黑齿国写成是有高度文明的国家,作者不提"食稻啖蛇"这种落后现象。作者用大量文字赞扬黑齿国男女有别,重视女子教育,举行女科考试,即使是女塾中学生,也是才高八斗,学富五车。显然这都是原始传说中所没有的。

靖人国。《山海经·大荒东经》: "有小人国,名靖人。"(郭璞注:诗含神雾曰,东方极有人长九寸,殆谓此小人也。)

《三才图会》: "东方有小人国,名竫,长九寸,海鹤遇而吞之,放出则群行。"

《通典·西戎五》: "短人,魏时闻焉。在康居西北,男女皆长三尺,人众甚多,去奄蔡诸国甚远。"(注:《突厥本纪》云,突厥窟北,马行一月,有短人国,长者不逾三尺,亦有二尺者……俗无寇盗,但有大鸟高七八尺,常伺短人,啄而食之。短人皆持弓矢以为之备。)

《博物志》: "呕丝之野,有女子方跪;据树而呕丝,北海外也。"

《镜花缘》里说"靖人,古人谓之诤人,身长不满一尺,儿童只有四寸,行路时,恐为大鸟所食,无论老少,都是三五成群,手执器械防身。"这和上述记载一致。但作者又增加了靖人国的特点,说这地方风俗浇薄,人最寡情,所说之话处处与人相反,诡诈异常。妇人都生得娇艳异常,吃桑叶,口吐丝,能将男人缠住,致男人于死地。显然增加这些描述是宣传"唯女子与小人为难养也"。

肢踵国。《山海经·海外北经》: "跂踵国在拘缨东,其为人大,两足亦大,一日大踵。"

《镜花缘》描写跂踵更细腻,"身长八尺,身宽八尺,竟是一个方人。赤发蓬头,两只大脚有一尺厚,二尺长,行动时以脚行路,脚跟并不著地,一步三摇,斯斯文文,常有'宁可湿衣,不可乱步'光景。"这一形容实际是讽刺标榜"行止端方,不越规矩"的道学先生。

长人国。《河图玉版》: "从昆仑以北九万里,得龙伯国,人长三十丈,生万八千岁而死。从昆仑以东得大秦人,长十丈,皆衣帛。从此以东十万里,得佹人国，长三十丈五尺。从此以东十万里，得中秦国，人长一丈。"

《神异经》："南有人焉，周行天下，其长七丈，腹围如其长，朱衣缟带……此人以鬼为饮，以雾为浆，名曰尺郭，一名黄父。"又："西北海外有人焉，长二千里，两脚中间相去千里，腹围一千六百里，俱日饮天酒五斗（张华注：天酒，甘露也），不食五谷、鱼、肉，唯饮酒。好游山海间，不犯百姓，不干万物，与天地同生，名无路之人。"

《镜花缘》描绘了长人国长短不一的长人，有的七八丈高；有的身长千余里，好饮天酒，每日饮五百斗，名叫无路；有的身长万余里，有的睡在地下就有十九万三千五百里之高。作者实际借这些长人讽刺说大话，脸皮厚，目空一切的人。

白民国。《山海经·海外西经》："白民之国，在龙鱼北，白身披发，有乘黄，其状如狐，其背上有角，乘之寿二千岁。"

《镜花缘》对白民国人的刻画比白衣披发详尽得多。无论老少，个个面白如玉，唇似涂朱，一双俊目，美貌异常，白衣白帽，极为素净，佩戴饰物，芳香扑鼻。可是作者通过这个国家一个绝美的学塾教师讲书多是错别字，讽刺徒有其表，胸无点墨的人。

淑士国。《山海经·大荒西经》："有国名曰淑士，颛顼之子。"

《镜花缘》把《山海经》中并无任何特征的淑士国写得有声有色，处处突出这个国家的酸腐气，到处种梅树，发出酸味。饭店的菜不是青梅，就是荠菜、糟豆腐，甚至酒也是酸的。酒保、酒客满嘴"之乎者也"之类。有些人贫困不知自爱。作者借比嘲讽那些脱离现实，以陈腐知识自矜的穷知识分子；且也赞扬这个国家重视教育，开科取士不拘一格，选拔人才。

两面国。《文献通考》："东女国于唐时内附，又阴附吐番，故其时号为两面国。"

《镜花缘》中关于两面国的描写与上述记载有较大出入。它写两面国人前脸谦和，脑后还有一张恶脸，对富人以前脸相看，对穷人则现出后边恶脸。显然，这是暴露上谄下骄，嫌贫爱富的势利小人和口蜜腹剑的阴谋家。

穿胸国。《山海经·海外南经》："贯胸国在其东，其为人胸有窍。"

《三才图略》："穿胸国在虐海东，胸有窍，尊者去衣，令卑者以竹木贯胸抬之。"

《镜花缘》解释穿胸国人为什么有窍可以贯通，是因为他们行为不正，心歪在一边，前后心生了疔疽，溃烂久了，前后相通，用狼心狗肺补上，也无

名家解读古典名著
世情讽喻小说(上)

效,心肺照旧歪着,仍是一个大洞。不言自明,这是大骂心术不正的人。

厌火国。《山海经·海外南经》:"厌火国在其国南,兽身,黑色。生火,出其口中。"

《镜花缘》里形容厌火国人"生得面如黑墨,形似狨猴",说话唧唧呱呱,听不懂。这个国里的人见外来者强索财物,不给就口喷烈火,加以威胁。由此看来,作者矛头所向是强索硬要的地痞流氓。

结胸国。《山海经·海外南经》:"海外自西南陬至东南陬者,结胸国在其西南,其为人结胸。"

《镜花缘》解释该国人为什么胸前高起一块,原来是他们好吃懒做,吃了就睡,饮食不消化,渐渐变成积痞。

长臂国、长股国。《山海经·海外南经》:"长臂国在其东,捕鱼水中,两手各操一鱼。一曰在焦侥东,捕鱼海中。"

《山海经·海外西经》:"长股之国在雄常北,披发,一曰长脚。"(郭璞注:国在赤水东也。长臂人身如中国,臂长二丈。以类推之,则此人脚过三丈矣。黄帝时至,或曰长脚人常负长臂人入海中捕鱼。)

《镜花缘》描写长臂国人臂长两丈,长股国王披发,腿长两丈,也写到两国国王商量合作下海捕鱼事,这些和《山海经》所载一致;唯独增加解释长臂形成原因是攫取不义之财,积而久之造成的。讽刺的对象自然是贪官豪绅。

翼民国。《山海经·大荒南经》:"有卵国之民,其民皆生卵。"(郭璞注:即卵生也。)

《山海经·大荒北经》:"西北海外,黑水之北,有人有翼,名曰苗民。"

《镜花缘》描写翼民国人乃是卵生,身长五尺,头长五尺,一张鸟嘴,两只红眼,一头白发,背生双翼,浑身碧绿,有走的,也有飞的——飞不过二丈。作者借多九公之口解释其所以头长五尺,因为喜戴高帽。

伯虑国。《山海经·海内南经》:"伯虑国……皆在郁水南,郁水出湘陵南海,一曰相虑。"

《镜花缘》描写伯虑国人"一生最怕睡觉,恐怕睡去不醒,送了性命",所以十分疲惫,连走路也闭着眼睛。作者借此讽刺那些杞人忧天式的悲观而神经衰弱的人。

巫咸国。《淮南子·坠形训》:"轩辕丘在西方,巫咸在其北。"

《镜花缘》也和《淮南子》一样,没有介绍该国人体貌特征;但是却在描写该国一部分人,对待养蚕纺丝这样新的生产技术上,表现出来的保守思想。

歧舌国。《山海经·海外南经》:"歧舌国在其东。"

《镜花缘》描写歧舌国人"舌尖分做两个,就如剪刀一般,说话时舌尖双动,所以声音不一。"这个国家的人喜欢音乐,特别重视音韵学,秘不示人。

女儿国。《山海经·海外西经》:"女子国在巫咸北,两女子居,水周之。一曰:居一门中。"

《山海经·大荒西经》:"大荒之中,有龙山,日月所入;有三泽水,名曰三淖,昆吾之所食也。有人衣青,以袂蔽面,名曰女丑之尸,有女子之国。"(郭璞注:王颀至沃沮国,尽东界间,其耆老曰:国人常乘船捕鱼,遭风,见吹数十日,东一国在大海中,纯女无男,即此国也。)

《三才图会》:"女人国在东南海上,水东流,数年一泛,莲开长尺许,桃核长二尺。昔有舶舟飘落其国,群女携以归,无不死者。有一智者,夜盗船,得去,遂传其事。女子遇南风裸形,感风而生。"

《通志·东夷传》:"扶桑东千余里,有女国,容貌端正,色甚洁白,身体有毛发,长委地。至二三月,竞入水,则妊娠,六七月产子。女人胸前无乳,项后生毛,根白,毛中有汁以乳子,百日能行,三四年则成人矣。"

《通志·四夷第三》:"女国隋时通焉,在葱岭之南。其国代以女为国王……其俗贵妇人轻丈夫……生子皆从母姓。"

《镜花缘》中女儿国并非上述记载中纯女人之国。迎风入水而孕,胸前无乳,而是有男有女,男女相配生子女,形体完全和常人一样;唯一和上述相同的是"其国代以女为国王,其俗贵妇人轻丈夫"。在这一点上,作者展开大量描写,既揭露封建社会对妇女的种种压迫,也暴露宫廷内部夺嫡斗争,统治者酒色荒淫,不恤民苦。

轩辕国。《山海经·海外西经》:"轩辕之国,在此穷山之际,其不寿者八百岁,在女子国北。人面蛇身,尾交首上。穷山在其北,不敢西射,畏轩辕之丘,在轩辕国北,其丘方。四蛇相绕。此诸夭之野,鸾鸟自歌,凤鸟自舞。凤皇卵,民食之;甘露,民饮之,所欲自从也。"

《述异记》:"南海中有轩辕丘,鸾自歌,凤自舞,古云天帝乐也。"

《镜花缘》中轩辕国有鸾歌凤舞和人面蛇身,蛇尾盘交头上,长寿的国人,和上述记载并无二致。作者增加的内容是:轩辕国王是黄帝之后,为人有圣德,和远近邦国莫不友好,而且肯为他国争斗排难解纷,息了多少刀兵,活了多少民命。他是万邦敬仰的共主。

三首国。《山海经·海外南经》:"三首国在其东,其为人一身三首。"

名家解读古典名著
世情讽喻小说（上）

《镜花缘》描写三首国王一身三首，"喜怒爱恶，全摆在脸上，令人一望而知"，不像两面国王那样阴险可怕。

(2) 神奇的草木虫鱼鸟兽

当康。《山海经·东山经》："又东南二百里曰钦山，多金玉而无石。师水出焉，而北流注于皋泽，其中多鳡鱼，多文贝。有兽焉，其状如豚而有牙，其名曰当康，其鸣自叫，见则天下大穰。"

《镜花缘》第八回里描写当康，"其形如猪，身长六尺，高四尺，青色，两只大耳，口中伸出四个长牙，如象牙一般，拖在外边。其鸣自叫。每逢盛世，始露其形。"

精卫。《山海经·北山经》："发鸠之山，其上多柘木，有鸟焉，其状如乌，文首，白喙赤足，名曰精卫，其鸣自詨，是炎帝之少女，名曰女娃。女娃游于东海，溺而不返，故为精卫，常衔西山之木石以堙东海。"

《镜花缘》第八回中描写精卫与此相同。

木禾。《山海经·海内西经》："海内昆仑之墟在西北，帝之下都。昆仑之墟，方八百里，高万仞，上有木禾，长五寻，大五围。"

《镜花缘》第九回描写木禾，长五丈，大五围，无枝节，穗长丈余，米三寸宽，五寸长，吃一粒，足饱一年。

蹑空草。《别国洞溟记》："有掌中芥，叶如松子。取其实，置掌中，吹之而生。一吹长一尺，至三尺而止。后可移于地上。若不经掌中吹者，则不生也。食之，能空中孤立，足不蹑地，亦名蹑空草。"

《镜花缘》第九回描写蹑空草与此相同，又进一步写唐敖吃蹑空草后，蹿上去，离地有五六丈。

清肠稻。《拾遗记》："宣帝地节元年，乐浪之东有背明之国，来贡其方物……有清肠稻，食一粒，历年不饥。"

《镜花缘》第九回记述清肠稻与此相同。

果然。《夷坚续志》："果然，似猿而大，行者大者前，小者后。有为射中者，则生者拔死者箭，自刺而死。"

《镜花缘》第九回描写"果然"，形象如猿，浑身白毛，上有许多黑文，其体不过四尺，有长尾，二尺余。"果然"是义兽，同类死，守尸旁啼哭，往往被猎人捕获。

飞涎鸟。《外荒记》；"南海狗国有鸟，吐涎如胶，绕树飞洒，有他禽至，如入网然，乃啄食之。"

《镜花缘》第十回描写飞涎鸟与上述记载基本相同。

苊鱼、何罗鱼。《山海经·东山经》："泚水出焉，东北流，注于海。其中多美贝，多苊鱼，其状如鲋，一首而十身，其臭如蘪芜，食之不櫅。"

《山海经·北山经》："又北四百里曰谯明之山，谯水出焉，西注流于河，其中多何罗之鱼，一首而十身，其音如吠犬，食之已痈。"

《镜花缘》第十五回对这两种鱼都有描写。

细鸟。《别国洞溟记》："元封五年，勒毕国贡细鸟，以方寸之玉笼盛数百头，形如大蝇，状似鹦鹉，声闻数里，名曰细鸟。"

《镜花缘》第二十回有关于细鸟的描写。其他神奇之物，如人鱼、不孝鸟、驼鸟、药兽等都有出处，不再赘述。

(3) 各种知识

《镜花缘》中利用人物对话介绍了大量各种各样的知识，综合起来有二十回之多，占全书文字近五分之一。这些知识可分作以下七个方面：

医药知识：包括治烧伤、痱子、中暑、痢疾、跌打损伤、乳痈、痈疽、安胎、虫积、出痘、惊风等症的药方、秘方、偏方和成药。

文体活动知识：包括象棋、围棋、花湖、双陆、马吊、斗草、投壶、射箭、舞剑、秋千、弹琴、灯谜。

文史知识：包括经书版本、注疏、名物考证、语义诠释，《璇玑图》读法，王朝兴替历史知识。

音韵学知识：包括反切、双声叠韵、古今音等。

水利知识：包括治河指导思想、方略、技术。

茶的知识：包括种茶、采茶、饮茶、真假茶、茶的代用品。

其他知识：占卜、算学、鼻烟的鉴别、救灾用的济饥辟谷仙方。

以上各种生活知识是否都是科学的、有价值的，文学界人士还没有全面研究过。不过个别人曾有所验证，如《冷庐杂识》载：

《镜花缘》说部，征引浩博，所载单方，以之治病则效。表弟周莲史太史士炳，为余言之："余母周太孺人，喜施方药，在台郡时，求者甚众。道光癸卯夏，有患烫火伤，遍身溃烂，医治不效，来乞方药。检阅是书中方，用秋葵花浸麻油同涂。时秋葵花方盛开，依方治之立愈。乃采花贮油瓶中，以施人，无不应手立效。"

这仅仅是一例而已，至于其他有的知识一眼就可以看出荒诞不经。譬如第六十一回写燕紫琼讲到她父亲嗜茶成癖，每次必吃五碗，若少饮一碗，必

名家解读古典名著
世情讽喻小说（上）

觉不宁。后来从腹中呕出一物，状如牛脾，有眼有口；用茶浇它，张口痛饮，饮到五碗，就不再喝。作者借此宣传喝茶多有害，显然是荒诞不经的，因为它没有科学根据。当然我们也不应因为书中少部分生活知识没有科学价值而否定全部，总之，书中所有生活知识的价值还有待一一研究。

（二）镜花水月理想国

《镜花缘》中有哪些进步思想？回答这个问题需要从这部小说为什么叫《镜花缘》谈起。

此书第一回，写魁星夫人红光护体，海外小蓬莱有块玉碑，近日常发光芒，二者遥望辉映，是反映将要出现众多巾帼奇才的征兆。百花仙子见此情况说："不知小仙与这玉碑可能有缘？即使所载竟是巾帼，设或无缘，不能一见，岂非'镜花水月'，终虚所望么？"第四十八回写唐小山到小蓬莱镜花岭水月村，看见泣红亭中玉碑上有一匾，上写"镜花水月"，玉碑上有百名才女的姓名和名次。这百名才女的姓名和名次和武后钦定的榜文完全相同。这些情节都和"镜花水月"有关。镜中花、水中月都是虚幻的，并非真花真月。上述情节中仙境、异域、人间事物的描写，都是实际生活中并不存在的。百名才女名登皇榜，固然是旷古盛事，但毕竟是虚妄的。百花仙子想见玉碑则由百花仙子转世的唐小山见到了，且又名列皇榜，总算和这虚幻的盛事有缘，所以叫"镜花缘"。就全书内容看，作这样的解释，自然未免狭隘。唐敖、多九公、林之洋遨游海外三十多个国家，耳闻目睹许许多多奇闻逸事，无一不是虚幻的，也可以说他们和那些虚幻事物的遇合有"镜花水月"之缘。

统观全书，主要的就是描写唐敖、多九公、林之洋和以唐小山为首的百名才女等，活动在犹如镜中之花、水中之月，既美好又虚幻的理想世界中，他们的经历遇合就是"镜花缘"。

文学作品未必都是以摹写现实人生为题材而反映现实，也可以用虚构的事物为题材反映现实，《镜花缘》就是后者。李汝珍为此书如此题名的目的，就是以之揭示题材的特点。

在虚幻的描写中，此书主要的思想倾向是什么呢？作者通过赞扬和揭露两种艺术手段，精心描绘了一个实际并不存在的理想国。尽管这个理想国是镜花水月，但不是异想天开与现实无关的境界，而是深深植根于清代现实社会的基础之上，换言之，李汝珍所写的是理想中的中国。理想中的中国是什么样的，这可以从以下几个方面获得说明：

(1) 在国际上实行和平外交政策，制止国际战争，求得各国的敬重。

李汝珍描写海外各国中处理国际关系最好的国家，是轩辕国。轩辕国国王是黄帝后裔，显然作者是写理想中的中国在国际上的作用和地位。轩辕国王能以圣德服人，无论远近国家，莫不和好，而且有求必应，最肯排难解纷，每遇两国争斗，进行和解，平息了许多战争，保全了许多人民的性命。无疑作者希望中国实行和平友好的外交政策，有能力发挥调解国际争端，使外国人民免遭战争涂炭的作用。因为轩辕国王起到了这样作用，在他千岁寿诞之际，各国国王纷纷来祝寿。反映轩辕国王受到了各国的拥戴，也反映了作者希望自己的祖国在国际上也有这样受到别国敬重的光荣的地位。在清代，李汝珍这些希望只能是理想，不过在他的理想中的反对国际战争，维护世界人民利益，确实是中国小说史上的空谷足音。

(2) 帝王专作善事，不谋求私利，不擅作威福，不追求享乐生活，不无视百姓利益。

君子国国王严谕臣民，不准进献珠宝，如有进献，除将本物烧毁，并问典刑，他在国门上大书"唯善为宝"。这样没有物质贪欲，拒绝进贡，号召人人做好事作为宝物贡献给国家的帝王，在中国历代帝王中无一人能做到。李汝珍又写了女儿国国王，和君子国国王相对比。女儿国国王是个贪淫暴虐的帝王。她强抢"美妇"林之洋进宫，用缠足、穿耳、拷打等手段，迫使林之洋就范，满足其淫欲要求。当百姓聚众要求释放林之洋，她命令派大军进行镇压。平素她不准发展铜铁生产，禁止百姓使用金属利器，防止百姓造反，致使百姓没有治河的有利工具。武则天为逞其"霸王风月"，令百花在冬季盛开，"颠倒阴阳，强人所难"，擅作威福。这样的帝王只顾追求个人享乐，不顾百姓死活，把政权看成是不准他人染指的私产，做的都是恶事，和君子国国王倡导的"唯善为宝"大相径庭。

(3) 统治集团内部重视"好让不争"，不存在夺嫡斗争。

君子国的宰辅吴之和、吴之祥兄弟是泰伯之后。泰伯是谦让王位、放弃皇权的典范人物。作者写这两个人是君子国的宰辅，旨在说明他们继承和发扬了泰伯的礼让遗风。在他们的影响下，形成了君子国上上下下"好让不争"的美好社会风气。君子国没有发生政权的争夺事件，而在女儿国却出现西宫娘娘谗害世子、篡夺政权的斗争。现实中唐王朝也是如此，武则天废唐中宗为庐陵王，自己称帝。作者对于这类权柄的争夺由衷的厌恶，他所称羡的还是发扬泰伯遗风。

(4) 百姓敢于联合起来，反抗贪暴的君主、篡权者，对他们施加压力，迫使他们顺从百姓的意愿，或把他们消灭掉。

女儿国的百姓的行动最足以说明这个问题。唐敖揭了榜文后对百姓说，如果国王不释放林之洋，"不以民命为重"，他就不参与治河工程。百姓为了生存，聚众数万人，到朝门去请愿，对国王施加压力，要求国王结束纳妃的美梦。女儿国国王一意孤行，派值殿尉官率十万军兵进行暴力镇压。百姓不怕生死威胁，坚持不退，终于在国舅斡旋下，取得了国王答应释放林之洋的胜利。西宫篡夺政权后，也是女儿国"举国并力，把残害百姓的西宫母子害了"。恢复了固有的政权。武则天的统治，也是在地方武官联合民间力量和朝廷中反武派的征讨下崩溃的——当然这也是虚构的。不言而喻，在李汝珍理想中的国家里，百姓应该敢于团结起来，进行暴力斗争，发挥改变专制统治，维护自己利益的作用，而且确信百姓能取得最后胜利。

(5) 君主应有折节下问的作风，大臣应谦恭和蔼，轻车简从，生活朴素。

君子国国王要和宰辅商讨军国大事，不是下诏令让宰辅到朝廷晋见，而是屈身到宰相家进行研究。这种不维护高高在上者的尊严，折节下问的作风，在中国历史上是罕见的。君子国两个宰相吴之和、吴之祥在街头和唐敖等相遇时，既无封建显官所带的侍从，更无卤簿仪仗，完全没有官僚的势派，和普通百姓一样。言谈话语，并无盛气凌人的官腔傲气，让人感到谦恭和蔼，脱尽仕途习气。他们的宅第并无高楼大厦、亭台水榭，只有两扇柴扉，周围篱笆墙上缠绕着青藤薜荔，门前一片池塘，种有菱莲，门内四面翠竹，环绕敞厅，除掉朴素雅静外，毫无富贵气。这样的君王和重臣在当今世界也是极不多见的。李汝珍耳闻目睹清廷中帝王权臣的作威作福，穷奢极欲，幻想这样明君贤臣的出现，也是自然的。

(6) 经济生活中，买卖双方都能克服利己主义，公平交易。

关于君子国中隶卒、小军、农民买物的描写，虽不免夸张，但作者塑造了理想中的商人，绝不唯利是图，损人利己，坚持货真价实，更不因为买者是农民，就在银子成色上占乡巴佬的便宜；还塑造了理想中的买者，多为卖者着想，不占卖者便宜，更不凭借自己是隶卒、小军的身份，横拿硬要。这种"好让不争"的理想的交易风气，显然是作者鉴于日常生活中所见所闻构想出来的。现实生活中商人唯利是图，漫天要价，以次充好，欺骗乡愚，隶役、军兵强取豪夺，付不当值，这些丑恶现象和君子国交易中"好让之风"形成极其鲜明的理想与现实的反差。

(7) 重视全民教育，道德学问，实行多学科考试，形成全民热爱学习风气，严防脱离实际的卖弄学问的酸腐气。

作者关于淑士国的描写，很多地方揶揄了这个国家反映出来的酸腐气，但是这一回的回目却是"唐探花酒楼闻善政"。淑士国的"善政"是什么呢？这个国家的国主在创业之始，就在国门上镌上对联："欲高门第须为善，要好儿孙必读书。"号召学习，勉人上进。凡是庶民没有参加考试的，称之为"游民"，只能充任贱役，不能列入四民之中。如果他们以农工为业，也要被人耻笑，人们都要远而避之。因此，淑士国的人自幼无不读书。所以唐敖等走街串巷，到处人家都传出朗朗读书声。学塾的门上对联是"优游道德之场，休息篇章之囿"，金字匾额是"教育人才"。说明这个国家的教育方针是德智并重。国家表彰在德智方面有突出表现的人，由国主赐给"贤良方正"、"孝悌力田"、"聪明正直"等金字匾，予以奖励。甚至对稍有过失的人，也须给"改过自新"黑匾，教育他痛改前非。这一切说明淑士国重视教育的作用和程度。淑士国的考试制度，是"不拘一格降人才"，凡在经史、词赋、诗文、策论、书启、乐律、音韵、刑法、历算、书画、医卜等方面，精通其中一门，都可以获得功名。显然，这样考试制度是提倡培养出多方面的人才。

作者把淑士国重视教育，提倡人人学习，尊重知识，不拘一格选拔人才，都看成是理想中的"善政"，这和他生活的时代有密不可分的关系。嘉庆道光年间，统治集团根本不重视全民教育，当然更谈不到全民形成重视学习知识的风气。科举考试注重的是钳制人们思想的八股文、试帖诗，不可能选拔出国家所需的多种人才。与李汝珍同时的启蒙思想家龚自珍曾经大声疾呼"九州生气恃风雷，万马齐喑究可哀。我劝天公重抖擞，不拘一格降人才。"（《己亥杂诗》）龚自珍的呐喊和李汝珍想象中淑士国的"善政"，都是基于嘉道时代教育、考试制度的凋敝这样现实。读者阅读到淑士国的描述，往往对酒保说的"酒要一壶乎，两壶乎？"所吸引，不太重视淑士国的"善政"。其实这样的酒保并不是作者理想中的人物，而是鞭挞现实生活中"整瓶不摇半瓶摇"，端着斯文架子，满嘴"多乎哉，不多也"的孔乙己式人物。这种脱离实际，炫耀一点贫乏知识的迂阔之士，实际是于国于家无望之辈。

(8) 多方面解放受压迫的妇女，提高妇女的社会地位，尊重妇女的才智，重视妇女教育，开设女科，给予妇女参加科举考试机会，享有和男人同等的被选拔的权利，可以参加政治活动，管理国家，废除多妻制，释放宫女奴婢，消除算命合婚对妇女的歧视，免除缠足穿耳之类对妇女的残害行为，兴办各

名家解读古典名著
世情讽喻小说(上)

种有利于妇女的福利事业。

这些关于妇女的设想，是作者理想国中重要内容。早在胡适的《镜花缘引论》中就曾说："李汝珍所见的是几千年来忽略了的妇女问题，他是中国最早提出妇女问题的人。他的《镜花缘》是一部讨论妇女问题的小说。他对于这个问题的答案是：男女应该受平等的待遇，平等的教育，平等的选举制度。"胡适说《镜花缘》是中国最早提出妇女问题的书，这一评论并不周延。明朝的思想家李贽就曾提出对所谓"妇人见短，不可学道"问题的自己看法，《红楼梦》也提出了妇女婚姻、守节等问题。显然李汝珍并非是最早提出妇女问题的人。不过胡适强调《镜花缘》重点提出要求妇女和男人平等是符合实际的。

李汝珍有感于几千年来中国妇女在以男子为中心的封建等级压迫的社会里，没有和男子相等的社会地位，受到种种压迫、禁锢，从精神到肉体受尽扭曲和摧残，所以他幻想妇女应恢复她们应有的自然状态。在《镜花缘》第四十八回里，记述在泣红亭碑记后面，有这样一段文字：

泣红亭主人曰：以史幽探、哀翠芳冠首者，盖主人自言穷探野史，尝有所见，惜湮没无闻，而哀群芳之不传，因笔志之，或纪其沉鱼落雁之妍，或言其锦心绣口之丽……结以花再芳、毕全贞者，盖以群芳沦落，几至澌灭无闻，今赖斯而得不朽，非若花之重芳乎？所列百人，莫非琼林琪树、合璧骈珠，故以全贞毕焉。

这段话的意思是李汝珍认为碑记中所列的百名都是琼林琪树、合璧骈珠似的英才，可惜在历史上被湮没无闻。我写《镜花缘》的目的是让这些名花才女重振芳香，在社会上显示她们的才干，有所作为，显示出她们保全了自然的真性。什么是妇女的自然的真性，就是没有被扭曲、禁锢的固有的聪明才智，思想感情。李汝珍想要表现妇女自然的真性时，势必考虑到必须有适合表现妇女自然真性的社会条件，随之，变革社会制度、社会风习等等的描写，必然要出现。这可能就是《镜花缘》描述妇女时，触及问题众多而复杂的根本原因。这些变革的社会条件，多是作者幻想中产物，但其中却孕育着理想的内核。下面分别介绍书中所写的理想中的妇女及其社会条件。

妇女和男子的天赋是完全相同的，但是几千年来的封建社会剥夺了妇女受教育的机会，使她们的才智得不到发展。明代陈继儒说了句"女子无才便是德"，被人们奉为圭臬，把妇女打入愚民行列，取消了妇女接受教育提高才智的念头。《镜花缘》中黑齿国与之适得其反。他们的风俗，无论贫富，都以才学高的为贵，不读书的为贱。就是女人，也是这样。从而重视妇女教育，妇女都入女学塾学习。妇女们认为涂脂抹粉是丑陋的，能花钱买书，充实知识是可贵的。妇女到了年纪略大，有了才名，才有人求亲；若是没有才学，即使生在大户人家，也没人和她婚配。在这种重视妇女才学、妇女教育的社会风气影响下，产生了黎红薇、卢紫萱这样学识丰富、才华出众的才女。她们对唐敖、多九公的一系列问难，吓得二人汗流浃背，狼狈而逃，心有余悸，反映了妇女有超越男性的才识，即使身为探花的唐敖也不是对手。

李汝珍不仅宣扬了妇女的文才，还描写了妇女的武技。唐小山、阴若花都幼习武艺，身佩利剑；骆红蕖善射神箭，能射死猛虎；廉锦枫能潜入深海，杀蚌取珠，魏紫樱惯用连珠枪，射倒狻猊；颜紫绡、燕紫琼都是来无踪、去无影的剑侠。此外还有参加讨武战争的三十多位女才子，有的阵亡，有的夫死自尽。李汝珍借此说明妇女不应是传统观念中的闺中弱质，应该是和男子一样文武兼备、敢于冲锋陷阵的英雄，这才是她们的自然真性充分的体现。

中国从隋代建立科举制度以来，直到清代一直把妇女排斥在科举考试之外，当然妇女也没有获得任何科第资格的可能。李汝珍为此大为不平，虚构了黑齿国和武后开女科考试，表达自己的理想国中应有此异乎寻常的政绩。黑齿国"虽无女科，向有旧例，每到十余年，国母即有观风盛典，凡有能文处女，俱准赴试，以文之优劣，定以等第，或赐才女匾额，或赐冠带荣身，或封其父母，或荣及翁姑"。武后称帝以后，颁发诏书，筹开女科，提出开女科的理由是：

"天地英华，原不择人而畀；帝王辅翼，何妨破格而求。丈夫而擅词章，固重圭璋之品；女子而娴文艺，亦增蘋藻之光。……况今日：灵秀不钟于男子，贞吉久属坤元。"

这段话的意思是男女天赋相同，当今女子的才智超过男子，应该打破常规，破格选拔女才人作为帝王的辅官。所颁诏书中还具体规定了州县、郡、部、殿试四级考试制度，录取等级的荣誉职称、俸禄、担任官职、父母翁姑丈夫的封赠。把黑齿国的女科考试和武则天的女科考试进行比较，虽有其一致性，但后者在考试目的上，考试步骤上和任职情况上就更明确，更具体，而淑士国实行多学科考试，选拔多种人才，又胜天朝一筹。开女科考试是破天荒的事，但它终究不是现实，是李汝珍理想中为甄别妇女才能所虚构的选拔制度。

有人说武则天开女试，和今天的选美一样，只能让人观赏一番，那百名

名家解读古典名著
世情讽喻小说(上)

才女并没有起到社会作用。对这个问题，李汝珍并非毫无设想。在武则天的诏书中说明开女科的目的，就是要选拔女才人作为帝王的辅翼，显然是要任命为辅佐帝王的官吏；但是在任职规定中又说，殿试前三名"准其半支俸禄，其有情愿内廷供奉者，俟试俸一年，量才擢用。可是给予官职只限三人，少得可怜，和男子参加科考，凡会试得中三甲之中者，都有官做，大不相同。女性任职限于内廷供奉，内廷供奉是在宫内侍奉皇帝的官，并非是参与政事的中央或地方官吏，实际上往往是皇帝的清客，甚至是弄臣，和男性当有实权的官又不相同，作者写到发榜后，众才女大宴五日，没有一名才女被封为内廷供奉。真正成为政治舞台显要人物的只有阴若花、枝兰言、黎红薇、卢紫萱四人。阴若花当了女儿国国王，枝兰言等被武则天封为东宫护卫大臣。卢紫萱谈到去女儿国的抱负时，确实反映了女才子不是仅供观赏的花瓶。她说：

"将来若花姐姐做了国王，我们同心协力，各矢忠诚，或定礼制乐，或兴利剔弊，或除暴安良，或举贤去佞，或敬慎刑名，或留心案牍——扶佐她做一个贤君，自己也落个'女名臣'的美号，日后史册流芳。"

由此可见李汝珍还是意识到了女子应该参政，而且可能在政治舞台上有多方面建树。其后三十几名才女参加了讨武战争，也是参加了政治斗争。为什么李汝珍没有写百名才女做武则天王朝中官吏，很可能他想写一部分才女参加讨武战争，不愿把百名才女写成拥武和反武两派，形成百名才女内部矛盾，所以没写一人在武氏王朝中任职。这一看法如能成立，那就不存在开女科和今天选美相等问题了。李汝珍还是希望女才子在政坛上发挥卢紫萱所说那些作用。

中国妇女自古以来在婚姻上受到种种压迫，选妃制、多妻制给妇女带来极大痛苦。选妃制、多妻制是君尊民卑、男尊女卑的等级压迫制度的产物。李汝珍痛感这种男性爱恶自由的蔑视妇女意志的不合理，于是采取以其治人之道还治其人之身的做法，虚构了女儿国国王强纳林之洋为妃的描写。女儿国国王在内殿向林之洋买货，相中了林之洋美貌，并不征求林之洋的意见，宣布他是娘娘，选订吉期和他婚配。在身高体壮的宫娥挟持监管下，任凭林之洋哭闹，恳求释放，都无济于事，还是和女王共进了鲛绡帐。这和历史上帝王派花鸟使到民间以选秀女为名，强抢民女，完全一样。只不过颠倒过来，让男性尝尝被点秀女的恐惧、忧虑，全无个人意志自由的苦滋味。当然这样男女颠倒的描写，只是对帝王拥有罪恶的选妃特权的鞭挞，并无美好的理想的描写。但是李汝珍否定选妃制的目的，无疑是不希望在一个理想国度里有选妃制的存在。

多妻制也就是纳妾制，在我国封建社会是合法的。这种制度给予男性在选择配偶的数量上有最大限度自由，而女性就没有这种自由，要承担从一而终的义务，显然这是不平等的。怎样改变这样不平等，李汝珍塑造了一个理想的妇女形象——两面国山寨的强盗夫人。这位夫人听说大盗要纳唐闺臣等三人为妾，大怒，说：

"你若讨妾，必须替我先讨男妾，我才依哩！"

"假若我要讨个男妾，日日把你冷淡，你可欢喜？你们作男子的，在贫贱时原也讲些伦常之道，一经转到富贵场中，就生出许多炎凉样子，将糟糠之情也置度外，这真是强盗行为。你还想置妾，哪里有个忠恕之道！我不许你别的，我只打你'只知有己，不知有人'。"

强盗夫人这番话，说明在婚姻关系上男女要平等，纳妾违背忠恕之道，纳妾必然给妻带来痛苦．是"只知有己，不知有人"的利己主义行为，男子富贵后多弃妻纳妾，是在财势观念支配下世态炎凉的表现。这些认识无一不是正确的，而且是高水平的，只差没有抨击到封建法律、封建道德维护多妻制和男性利益。在清代的富贵家庭里，妻子允许丈夫纳妾，充当大贤人的有之；胸怀不满，无可奈何，甘受冷遇者有之；争权夺势，虐待众妾，以泄私愤的有之，但是像强盗夫人这样对丈夫进行如此说理加暴力斗争，最终把唐闺臣等遣送回去，取得胜利，是及为罕见的。

在封建社会里，宫女和奴婢都是失掉人身自由的奴隶。她们长年累月供人奴役，忍辱含垢，没有自己的家庭欢乐，更没有婚姻自由。有的终生服役，孤独地死去；有的被强纳为姬妾，含恨终生；有的被三子指配，所遇非人。宫女和婢女都是残存的奴隶制的牺牲品。有鉴于此，李汝珍在虚构的武则天的恩诏十二条第五条中规定：

"太后因大内宫娥，抛离父母，长处深宫，最为凄凉。今命查明，凡入宫五年者，概行释放，听其父母自行择配；嗣后采选释放，均以五年为期。其内外臣民人等，凡侍婢年二十以外尚未婚配者，令其父母领回，为之婚配；如无父母亲族，即令其主代为择配。"

李汝珍这一构想，并没有改变奴隶制为雇佣制，但缩短奴役年限，给宫娥、婢女较大的自由，这种人道主义精神仍然是超时代的。

算命合婚是流传已久的迷信恶习，对男女婚姻危害极大，特别是对女性更为不利。从维护女性利益出发，李汝珍认为应该革除这种恶习。所以他描

名家解读古典名著
世情讽喻小说(上)

写君子国并没有这样恶习，该国的宰辅吴之和还向唐敖、多九公谈到对天朝存在这种恶习提出批评。吴之和认为婚姻关系男女终身，理应慎重，如果品行、年貌、门第相当，就是好姻缘，不应当相信推算。北方习俗认为女命属羊不好，南方认为女命属虎主凶。他质问说，生在未年，和羊有什么关系？生在寅年，又和虎有什么关系？属龙的未必个个命好，属虎的也未必都是悍妇，这都是愚民无知。可是这些算命的邪说，往往破坏好姻缘，使儿女抱恨终身。这些论点是正确的。在今天还未能根除算命合婚邪说，羊年命运多舛之说流行，不能不使我们慨叹君子国确实是理想国。

缠足穿耳是对妇女形体的摧残，缠足尤为严重。唐代并无缠足之说，缠足之风始于五代，李汝珍博学多识，不可能不知缠足的历史，他所以写唐代有缠足，不外是把有关妇女的问题集中描述罢了。清代汉族中变本加厉的盛行缠足的客观现实，促使关心妇女的李汝珍不能不把这一伤残人体的罪恶行为提出来。以大脚板为丑，以三寸金莲为美，这种审美观点在清代社会里，无论贫富男女都深以为然。少女如不缠足，长大很难找到婆家，父母只有忍痛摧残女儿。一些无聊文人在淫词艳曲、低级小说中大肆宣传这种审美观点，赞扬脚小弓纤，走起路来如风摆杨柳。实际这是有闲阶级中男性变态性心理的反映，是性虐待狂的表现之一。这种审美观点绝非来自劳动人民，可是影响所及，劳动人民也深受其害。

穿耳的习俗，比缠足古老得多，《诗经》里就有配戴耳饰的记载，配戴耳饰必然要穿耳。据传说在这以前，穿耳是军队处罚士兵的酷刑。在女奴耳洞上系上环，是防止女奴逃跑的手段。后来在耳洞上挂上了珠玉金银环，成为妇女美容不可缺少的方法，实际上这种审美的习俗是蛮性的遗留。在清代，女孩年满十岁，无不穿耳。穿耳的痛苦虽比缠足为轻，终究是伤痛。《镜花缘》中有两处关于缠足穿耳的描写：一处是女儿国国王让林之洋亲尝缠足穿耳的痛苦情状；另一处是君子国吴之和批评天朝缠足的陋习。宫娥用针给林之洋穿耳，林之洋大叫"疼杀俺也！"还可以挨过，及至缠足，简直是无法忍受的酷刑。宫娥先把"白矾洒在脚缝里，将五个脚趾紧紧靠在一边，又将脚面用力曲作弯弓一般，即用白绫缠裹。才缠两层，就有宫娥拿着针线密密缝口，一面狠缠，一面密缝。林之洋身边有四个宫娥紧紧靠定，还有两个宫娥把脚按住，丝毫不能转动。及至缠完，只觉脚上如炭火烧的一般，阵阵疼痛，不觉放声大哭道'坑死俺了'"，事后，痛苦得吃不下，睡不着。忍无可忍，把白绫扯掉，遭到毒打。当再次被缠之后，脚面弯曲折作两段，十趾俱有腐烂，日日鲜血淋漓，疼得寸步难行。他情愿国王处死，也不愿缠足。最后血肉变成的脓水流尽，只剩下几根枯骨。林之洋被缠足的全部过程，他宁愿死去也不愿受缠足的痛楚，是每个汉族少女缠足经历的真实写照。吴之和对妇女受如此痛苦大感不解。他质问唐敖说：

"小子以为此女或有不肖，其母不忍置之于死，故以此法治之。谁知系为美观而设，若不如此，即不为美！试问鼻大者削之使小，额高者削之使平，人必谓为残废之人。何以两足残缺，步履艰难，却又为美？即如西子、王嫱皆绝世佳人，彼时又何尝将其两足削去一半？况细推其由，与造淫具何异？此圣人所必诛，贤者所不取。"

这番话直斥荒谬而罪恶的审美观。至于他进一步揭露缠足的根本缘由是造淫具，更是一针见血，确实是色情狂的变态性心理的反映，从旧社会过来的人多了解其中奥秘。而那个时代多数愚夫愚妇不明究竟，盲从效仿，世代相传，相沿成习，把亿万妇女造成伤残，这种酷刑危害之大、之久，史无前例。李汝珍把君子国写成没有这种酷刑的国度，当权宰辅还指责这种酷刑，反映了君子国具有理想中的高度文明。又把女儿国写成是横施这种酷刑的国度，显然是影射当时的中国。除揭露缠足酷刑的暴虐外，还使林之洋易地而处，身受其苦，把矛头指向首倡这种罪恶审美观点的男性。可以想见，如果男性人人都视三寸金莲为丑，这种酷刑自然会消失。

清代妇女和历代妇女一样，除少数劳动妇女外，由于没有获得必要教育，更没有到社会上就业机会，依附男人生活，只能做操持家务和繁衍后代的工具。贫困家庭的妇女和丧失男人生计无着的妇女的命运是十分悲惨的。年老者饿死填沟壑，年幼的或被送入尼庵，或被卖为侍妾，或被卖为倡优。女性的生理特征也给妇女带来更多痛苦。异乎寻常特别关怀妇女的李汝珍洞察这一切，虚构了武则天专为妇女降恩旨十二条，其中关于妇女福利的占大部分。其中第五条是释放宫娥、婢女；第六条命令天下郡县设造养媪院，由官方收养四十以上、衣食无着、残病衰颓、无家可归的妇女；第七条命令天下郡县设造育女堂，官方收养自襁褓以至十数岁，或疾病残废，或贫困不能养育的幼女。幼女年至二旬，每名酌给妆资，官为婚配。第八条对夫死孀居、苦志守节、家道贫寒的，按月酌给薪水之资。第九条凡女子年二十，家道贫寒、无力妆奁、不能婚配者，酌给妆奁之资。第十条命天下郡县延访名医，在适当地界设立女科，并发御医所进经验各方，配合药料，按症施舍。第十一条贫寒之家，妇女死后，无力筹办棺木者，官方给与棺木殡葬；暴露街头的，

名家解读古典名著
世情讽喻小说(上)

由官方装殓掩埋。武则天这道恩旨颁发后，全国照办遵行，活了若干民命，救了无数苦人。如果从作者生活时代的现实出发，检验李汝珍设想兴办的妇女福利事业，我们不能不承认具有理想主义色彩。

（9）具有良好的社会风气，在风俗习惯方面不存在以下种种歪风陋俗：殡葬讲究看风水；为子女生日大操大办；舍子女入空门；争讼鸣官；屠宰耕牛；大吃大喝；结交三姑六婆；后母虐待前妻子女；奢侈浪费；两面三刀，用心险恶的人情世态；祖传秘方概不外传和反对新生产技术的保守思想。

李汝珍除关心国家施政大计、规章制度、君臣思想作风、妇女问题之外，对于具有一定普遍性的不良风俗习惯、人情世态，做了全面观察，有的冷讽热嘲，有的痛下针砭。在他的扬清激浊的描写中，暗示读者那些丑恶习俗、歪风陋俗、可鄙的世道人心，不应当存在于理想的国度里。

殡葬讲究看风水问题，是不讲究此道的君子国吴之和向唐敖等提出来的。他抨击天朝做子孙的不考虑"死者入土为安"，长期停厝父母灵柩，为子孙兴旺寻找阴宅宝地，追求毫无影响的富贵，是缘木求鱼；不如多做善事，广积阴功，安享余庆之福。吴之和这番话有一定道理，虽然不能说他有彻底的反对迷信思想，但在反对看风水这一点上，还是可取的。

反对富贵之家为子女三朝、满月、百日、周岁张筵演戏，是君子国吴之祥提出的。他认为天朝这种世俗是浪费，不如把那些花费周济贫寒。

吴之祥还反对天朝把子女"舍身"到空门。他认为入空门后有疾者自能脱体，寿短者也可延年，都是僧尼诱人上门的话，愚夫愚妇受骗上当。入空门的子女，不独阴阳有失配合之道，也产生无穷淫奔之事。大人国的和尚娶尼姑为妻，既喝酒，也吃猪头肉，就是反对宗教的违反人道的禁欲主义，建筑在吴之祥此说基础上的构想。

吴之和抨击了天朝争讼鸣官之风，指出争讼或因口角，不能容忍；或因财产较量，引起相争，鸣之官府，控告不休，致使家道由此而衰，事业因此而废。

吴之和还批评天朝有屠宰耕牛之风，全不想人非五谷不生，五谷非耕牛不长。

对天朝大吃大喝之风，吴之和颇不以为然。他指出贵处宴客，珍馐罗列，菜既奇丰，碗也奇大，小吃未完，客人已饱，以后所上菜，不过虚设。更可怪者，不辨味之好坏，唯以价贵为尊，如希图夸富，何不把元宝放在盘中？可谓穷极奢华。天朝大夫曾作《五簋论》一篇，主张菜以五样为度。敝处至今敬谨遵守。作者关于犬封国和结胸国的描写，进一步对大吃大喝之风痛加嘲骂。犬封国的国民都是人身狗头，一无所能，专门计究吃喝，个个是酒囊饭袋。由于吃喝成风，酒肉香气飘遍全国。谁要是劝这些"狗头民"节约，他们就狂吠乱咬，不接受批评。结胸国民，好吃懒做，每天吃了就睡，醒了就吃，长期消化不良，渐渐变成积痞，每个人胸前都隆起一块。治这种病的方法是抽掉懒筋，消除馋虫。

对于天朝有喜结交三姑六婆之风，吴之祥认为一经把这类人招引入门，妇女往往为其所害。哄骗银钱，拐带衣物，导致奸情，都可能发生。应正言规劝家中妇女，不许她们进门，以防奸宄。

对于天朝有后母虐待前妻子女之风，吴之祥极表愤慨。他指出后母视前妻子女为祸根，进行种种折磨虐待。富贵家后母希冀独吞家财，对前妻子女进行种种陷害。其父往往听枕边谗言既久，也变成后父，子女被凌虐至死。

吴之祥认为天朝嫁娶、殡葬、饮食、衣服以及居家用度，莫不失于过分奢侈浪费。惜福君子应当在乡党中进行教导，不要奢华，一归俭朴。愚民稍可糊口，就不致追求奢华、流为奸匪，天下自然太平。

吴氏兄弟所抨击天朝的这些歪风陋俗，在君子国并不存在，这说明君子国不仅好让不争，诸多方面的社会风习都反映了是一个有高度文明的社会。

通过剥削奴仆、积资发家的是富民中流行的歪风。无肠国人可鄙之处，不在于饮食过后立即上厕所，而是想发财的人家，把自己的大粪收存起来，供仆婢下顿之用。自然这不会是事实，但是所影射的富民在衣食等方面剥削奴仆的现象是广泛存在的。

保守思想和上述鄙陋风俗一样，也是在落后国家普遍存在一种思想倾向，而在理想国里却是不应存在的禁忌。多九公有治病的祖传秘方，由于想保住全家人衣食来源，绝不肯刊刻流传，造福更多患者。这种维护个人私利的保守思想，被唐敖说服了，终于公开济世。巫咸国经纪人为了保住落后的木棉生意，反对先进的养蚕织机生产技术，率众围攻外国来的传播先进技术的姚芷馨、薛蘅香；视先进生产技术为洪水猛兽，传播者为仇敌，这是保守思想的另一种表现。祖传秘方，概不外传，终有一天随着家族消亡，这些可贵"遗产"定然要在人间绝迹；抵制外来先进生产技术，势必永远保持生产落后状态。一个不能在科学技术上发扬固有特长，不失时机地吸收外来先进技术、取代落后的生产方式的国家，不会是理想的先进国家。

（10）在世态人情方面，不存在势利眼、口蜜腹剑、心黑手辣、贪得无

名家解读古典名著
世情讽喻小说（上）

厌、悭吝成性、谲诈虚伪、谎话连篇、性喜奉承、妄自尊大、不务实际、墨守成规、无端悲观的人。

在两面国的描写中，揭露了两种人：一种是见了穿着儒巾绸衫的唐敖和颜悦色，见了旧帽破衣的林之洋冷漠无情的势利眼；另一种是从正面看是头戴浩然巾，表面谦恭和蔼的所谓正人君子，脑后却藏着一张恶脸，青面獠牙，舌如钢刀，口喷毒气，纯粹是个口蜜腹剑人物。

穿胸国的人比两面国的人更坏。他们居心不正，行为不端，前后心烂成大洞，虽然补上了狼心狗肺，依然是心术不正的心黑手辣之徒。

长臂国人两臂竟有两丈长，比身子都长，都是因为攫取不义之财，积而久之，把胳臂弄长了。这是贪得无厌者的下场。

毛民国人由于生性鄙吝，一毛不拔，死后冥官按其所好，让他们长了一身长毛，成为吝啬鬼的标志。

靖人国的人，身长八九寸，从形体看是小人国，从思想品德上看无一是正人君子，都是小人，满嘴说反话，诡诈异常，致使社会风俗浇薄。

豕喙国都是好撒谎的人组成的，冥官惩罚这些不诚实的"谎精"，让他们长一张猪嘴，吃一辈子糟糠。

翼民国的人都是最喜奉承、愿听戴高帽话的人，长年伸着头让人戴高帽，致使头长五尺。戴高帽仅仅是精神满足，并不能捞得实惠，所以他们虽然背生双翼，也不能飞黄腾达，一步登天，飞起来也离地不远。

长人国人的特点，主要不是身体长大，而是那张大嘴爱说大话，脸皮厚，目空一切，妄自尊大。

跂踵国的人身长八尺，身宽八尺，是个方形人，走起路来一步三摇，"宁可湿衣，不可乱步"像似行止端方、规行矩步的读书人，但却是一个渔民。

淑士国一个儒巾素服、戴着眼镜、手拿折扇、满嘴之乎者也、貌似斯文的人，却是酒保。这些人都是徒具皮毛，与所务实际风马牛不相及的人。

毗骞国保存的盘古时代旧档案，上面圈圈点点，尽是古篆，无人能认识。林之洋说：这都是盘古做的事总不能跳出圈子，"唯有圈中人，才知圈中意"。显然，这是对墨守成规者的讽刺。

伯虑国的人最怕睡觉，唯恐睡去不醒，送了性命，从不入睡，终日忧心忡忡，愁眉苦脸。由于长年累月不睡觉，精疲力竭，有人一旦睡觉，立即死去，这样越发增加人们的恐惧。这个国家的人都是缺乏常识、神经脆弱的悲观主义者。

在李汝珍的理想国中，不存在上述十二种人，必然是一个平等待人、友善相处、忠厚淳朴、轻财重义、不尚虚夸、务实进取、充满乐观主义情绪的社会。

由以上十个方面看来，李汝珍心目中理想的中国，不是简单地把某一个生活侧面理想化，譬如：有人单纯地强调李汝珍提出了一系列有关妇女解放的理想；实际上，他提出的改造现实的理想，是多方面的、复杂的。如果说是他设想全面改革中国社会，未免夸大；肯定他提出多方面改革的理想，还是庶几近似的。

李汝珍理想中的中国，并不是可望而不可即的镜花水月，结合一百六十年来的中国现实来看，有的理想已完全成为现实，有的理想在一定程度上成为现实，有的再经过一定岁月可能成为现实。

应该承认，凡属李汝珍的理想，都具有不同程度的进步性，是针对假丑恶提出的真善美的构想，是引导人们除旧布新的火炬，是激发人们奋进的兴奋剂。

无庸讳言，或因时代的局限，或因保留陈腐的封建意识，李汝珍在理想国描述中仍存在一定落后思想。他在海内外国家的描述中，无一处否定君主制，在讨武战争中反映了维护唐王朝的正统观念；在叙述武后恩旨中宣传妇女的贞节观念；在写到黑齿国街头行人时，男女分行在左右，体现男女有别思想；在写到百名才女时，没一人是具有爱情欲求的人，其中凡是结婚的都是恪守父母之命媒妁之言，无一人是自由恋爱成亲的；李汝珍把自由恋爱看成是桑间濮上的罪恶行为。他甚至传布"唯女子与小人为难养也"的歧视妇女观点，在描述靖人国的两种人时，一种是诡诈异常的小人，一种是吐丝缠死男人的娇滴滴妇人；在他批评殡葬讲求风水迷信行为过后，又通过才女之口大肆宣传六壬神课。他批判屠杀耕牛时，虽不乏正确观点，但也有迷信的因果报应思想。特别是他在描绘一个美好的理想国的同时，又把主人公唐敖、唐闺臣写成是厌弃现实、走向逃世隐遁之路，反映他入世和避世的矛盾心理。总之，李汝珍是一个进步的思想家、文学家，但仍未能彻底摆脱旧意识的羁绊。

（三）得失自在任评说

任何一部作品，都不可能是十全十美的；即使是十全十美的作品，也因

名家解读古典名著
世情讽喻小说(上)

读者的口味不同而褒贬不一。《镜花缘》也如此。这里,我们对它的得失略作剖析。

1. 作品中的人物描写

《镜花缘》写了几百个人物,其中有真实的历史人物,有的是虚实参半的历史人物,有的是纯属虚构人物。

真实的历史人物有:庐陵王、徐敬业、骆宾王、魏思温、薛仲璋、唐之奇、杜求仁、王那相、张柬之、桓彦范、李多祚、袁恕己、薛恩行、崔元玮、李湛、敬晖等。这些人历史上实有其人,《镜花缘》中所写他们的事迹也是史有其事。虚实参半的人物有:武则天、上官婉儿、太平公主、李孝逸等。这些人物的事迹有的在历史上实有其事,有的则是作者虚构的。

纯属虚构的人物最多,可以分作三类:第一类是天上神仙类,其中包括西王母、魁星夫人、百花仙子、百果仙子、百谷仙子、百草仙子、兰花仙子、牡丹仙子、嫦娥、风姨、麻姑、织女、玄女、百鸟大仙、百兽大仙、百介大仙、百灵大仙、木公、老君、彭祖、张仙、月老、刘海蟾、和合二仙、红孩儿、金童儿、青女儿、玉女儿、心月狐等。

第二类是形体怪异,有一定人的思想性格的海外人物,其中有大人国官员、劳民国人、无𦙍国人、犬封国人、人鱼、毛民国人、深目国人、黑齿国卢秀才、靖人国男女、跂踵国人、长人国人、两面国人、穿胸国人、厌火国人、结胸国人、长臂国人、翼民国人、豕啄国人、伯虑国人、歧舌国人、轩辕国王、长臂国王等。

第三类是形神都是人的形象,这类人为数众多,包括唐敖、林之洋、多九公、徐承志、骆承志、百名才女、君子国吴氏兄弟、女儿国国王、国舅、淑女国酒保、老者、文隐、文氏五弟兄、章更、章氏十兄弟、卞滨、董瑞、燕义……

人物如此众多,但是思想丰满、个性鲜明、栩栩如生的人物极为罕见,绝大部分人物形象苍白、概念化,是作者宣讲知识学问的代言人。书中大量人物登场,特别是才女的队伍浩浩荡荡,读者只能从姓名看出差别,而在形神方面难以区分辨识,可谓千人一面。即使有的刻意加以描绘,如写卞家七姊妹"比花稳重,比月聪明",蒋家六才女"丽品疑仙,颖思入慧",董家五女"娇同艳雪,慧比灵珠",吕家三位小姐"暖玉含春,静香依影"。这些都是群象的刻画,概括性描绘,并无个性特征。描绘的辞藻虽然工丽,却不见言行在矛盾中所展示的性格,好像时装美人行列而来,又行列而去,不能给人留下深刻印象。下面就几个着墨较多人物略加分析:

武则天是个半真半侵人物。篡夺李唐政权,屠戮李唐宗室,镇压徐敬业、骆宾王等起兵,被张柬之等胁迫退位,这一切是史实;命令百花齐放,发十二条恩诏表彰妇女,兴办妇女福利事业,又发十二条恩诏宣布开女试,并按时举办,这一切都是虚构。"

有人说李汝珍对武则天予以全面褒奖,这不符合实际;应该说褒贬互见。作者从维护正统思想出发,贬斥了武则天废掉仁慈的唐中宗,镇压迫害反对者,屠杀李唐宗室,这一系列都是谋逆,残暴行为。为了巩固个人统治,她具有锐敏的嗅觉。录取才女时看到唐闺臣,就觉察出她是李唐王朝的拥护者,把唐闺臣从榜首黜在十名之后。从巨细事件中,不难看出她是一个具有强烈权势欲的统治者。一个权势欲极强的人往往肆无忌惮地胡作非为,卖弄自己的威权。不尊重百花开放的自然规律,强令在冬季一起开放,把遵命稍迟的牡丹贬至洛阳,就反映武则天这个极权暴君为满足个人私欲所袁现的专横暴虐。武则天迫使不愿自投罗网的阴若花归国,因为她接受女儿国国王许多财宝,这说明她还是"爱有贝之才胜过无贝之才"的嗜利受贿之徒。对武则天扰乱唐室的行为,作者解释为唐太宗夺取隋政权时杀戮过重,上天派心月狐投生为武氏,扰乱唐室,消除隋炀帝等魂灵控告唐太宗的罪案。这一因果报应的描写,无疑给武则天的罪行在一定程度上披上合法性外衣,使人感到武氏固然有罪行,但其罪行的产生,自有原因,从而冲淡了对她的罪行的憎恶程度。

作者对武氏两个十二条恩旨采取全部肯定态度。恩旨中反映的武则天对以男性为中心社会里下层社会妇女悲惨命运多方面的同情和关怀,对妇女才智的充分肯定,对妇女被剥夺应试权利的高度同情,是史无前例的进步思想。尽管这些进步思想不是通过动人的生活形象反映出来,也给武则天平添了光辉,把历史上的武则天美化成下层妇女福利、自由的维护者,提高妇女社会地位的倡导者。恩旨中宣传妇女节烈观念,固属陈腐的封建意识,但瑕不掩瑜,武则天仍不失为是一个历史上妇女运动先驱者形象。

唐敖是个家有良田数顷,屡次赴试不中,仍然是一领青衫的秀才。后得中探花,受徐敬业等牵连,功名蹭蹬,被黜仍为秀才,断绝了仕途希望,弃家出游,终于逃出红尘,实现了成仙愿望。

唐敖是以道家思想为主导的儒道思想和进步思想杂糅的人物。葛洪《抱

名家解读古典名著
世情讽喻小说(上)

朴子·对俗篇》中说:"求仙者,当立功德,以忠孝和顺仁信为本。"又在《辨问篇》里说:"至于仙者,唯须笃志而信,勤而不怠,能恬能静,便可得之。"在梦神观里,梦神对唐敖讲的一番话就体现了《抱朴子》中的思想。他说:"要求仙者,当以忠、孝、和、顺、仁、信为本。若德行不修,务求玄道,终归无益。要成地仙,当立三百善,要成天仙,当立一千三百善。今处士既未立功,又未立言,而又无善可立,一无根基,忽而求仙,岂非'缘木求鱼',枉自费力么?"梦神认为唐敖有志未遂,"塞翁失马,安知非福"。如果唐敖能遍历海外,将飘零外洋的十二名花,"力加培植,俾归福地,与群花同得返本还原,冥冥之中,岂无功德?再能众善奉行,始终不懈,一经步入小蓬莱,自能位列仙班。"《抱朴子》和梦神所宣传的成仙途径,除道家所主张断绝七情六欲、服食修炼外,都提倡奉行儒家忠孝之类道德观念、实现立德、立言、立功三不朽事业中功德,广结善缘。唐敖不仅奉行儒道两家的准则,还对进步的事业言行表示了关注和赞赏,反映他是一个在政治前途上遭受沉重打击,灰心丧气,既想忘情现实,又热情关注现实,终于逃避现实的充满自我矛盾的人物。他被黜回乡后,羞与兄弟妻子相见,女儿小山两度寻到小蓬莱,他从不露面,这说明他想按照道家准则,断绝七情六欲。他佩服精卫填海,认为"如果都像精卫那样立志,何患无成?"暗下"笃志"求仙的决心。他吃了肉芝,可以益寿延年,吃了朱草,可以超凡入圣,吃了蹑空草,可以升空。这些服食行为,使他有了半仙之体,在淑士国能背负徐承志越过四五丈高的城墙。最后,他到了道家所追求的归宿小蓬莱,那里是"四时有不谢之花,八节有长春之草。他如仙果、瑞木、嘉谷、祥禾之类,更难枚举。"他与仙鹤麋鹿为伍,以松实柏子为食,过着遨游太清的神仙生活,成为逃世的弱者。

在唐敖求仙过程中,儒家的入世思想始终牢牢占据他的灵魂深处。尽管他在仕途上永无高举的希望,他仍然十分醉心功名。遁迹小蓬莱之后,他仍托水月村樵夫捎信给唐小山,让她必须参加女试,中了才女以后,才能和他相见。这样就把自己不能实现的理想,在女儿身上得到代偿,可见追求功名思想在他脑中无时或忘。

儒家的忠君思想,表现在唐敖身上就是忠于李唐王朝,反对伪周的建立。他考功名的目的,就是想为官作宦之后,"恢复唐业"。被黜以后,他的忠心成了泡影,但仍让女儿改名唐闺臣,在女儿名字上留下世代不忘本,永作李唐臣,反对伪周的一点印迹。他在海外救助反对武氏失败者及其后裔,也是他的忠唐反周思想的延伸。

儒家建立功德思想，在唐敖赴考前就有。他想在为官之后，能"解生灵涂炭"，造福于水深火热中的百姓。这种立德的思想，随着被黜受到抑制。但是，到了女儿国，他指挥治河，贡献铁块制造工具，实现了造福万民的愿望，获得"泽共水长"匾额，建立生祠的荣耀。他虽未能建功于唐王朝，但立德于异域他邦，也是实现了宏愿。至于协助骆红蕖等十二才女回到天朝，拯救徐承志脱离险境等善行义举，无一不是立德表现。

在海外游历中，他接触了很多新奇事物。对那些异象奇观，暴政罪行，他不是视而不见，充耳不闻，无动于衷，而是热情关注，积极评价，爱憎分明，挺身而出。这反映他在求仙过程中还不是彻底摈弃红尘、超凡入圣的人物。看到了君子国买卖双方好让不争，他赞扬不求利己、专门利他的无私行为是"一幅行乐图"；见到泰伯之后吴氏兄弟，他敬重这样不争权夺势的宰相；耳听吴氏兄弟揭示天朝种种歪风陋俗，他认为那番议论都是"圣贤仁义之道"，不愧"君子"二字；亲受黑齿国二才女问难，他惊叹草野有鸿儒；拥护《孟子》"诛一夫"及"视君如寇仇"之说；目睹两面国人真相，他深恶阴恶人物；听说多九公有祖传秘方，他劝告多九公公开秘方，济世活人；鉴于林之洋被纳为贵妃，他敢于发动数万百姓到朝廷请愿，对酒色荒淫的女儿国王施加压力；为了以德报德，他仗义深入女儿国宫中，背负林之洋，怀抱世子阴若花，跃出宫墙，使林之洋、阴若花获得自由。这一切说明唐敖有改革政治的理想，除旧俗树新风的念头，惩治暴君的民主意识，济困扶危的侠肝义胆。这些进步的思想是唐敖三种思想成分中最富有活力的思想因素，本应成为支配他积极入世，争取有所作为的主宰力量，岂能支配他忘情现实；但是作者违反这个人物性格的发展逻辑，强行让他到了小蓬莱断却一切尘念，走向虚无，使人感到不近情理。应该说，最终作者把唐敖塑造成一个出世神仙，是不应有的败笔。

林之洋是书中富有生活气息的人物。他专做海外生意，和所有商人一样，将本图利，而且深通缺者为贵、见景生情的做买卖诀窍。到君子国看到了买卖双方"好让不争"受到了教育，逐利之心转趋淡泊。淑士国学馆的生童喜爱他卖的笔砚，拿不出多钱，他也学君子国"好让不争"，"吃些亏卖了"。但是他非常厌恶有人在买卖两方中间吃回扣的人。歧舌国一位官员买了林之洋的双头鸟，从中经手其事的官员家的仆人，非要勒索鸟价一半回扣，一毫不让，否则不付款。林之洋对这种从中盘剥行为大为恼火，搬请多九公同去

名家解读古典名著
世情讽喻小说（上）

交涉，终于取得胜利。由此可见，他是一个守本分的商人。

他虽然是商人，并非满肚子铜臭，颇有济困扶危的好心肠。青邱国渔翁网住廉锦枫，把人当鱼卖高价，他愤怒地要求渔翁必须释放廉锦枫。歧舌国通使女儿枝兰音患严重虫积，当地无药可医，危在旦夕，他答应把兰音带回天朝，治好病，再顺便送回。女儿国世子阴若花，面临死亡威胁，他毅然和唐敖救阴若花脱离险境。由此可知，他具有古道热肠。

他厌恶两面国人以衣帽取人的势利眼，更视道貌岸然、内心凶险的人为恶魔。他希望天朝也能云生足下，反映人的善恶。由此足证他是个平等待人、表里如一、厌恶邪恶的正直人。

他没有读很多书，不具备唐敖、多九公那么多书本知识，但还是尊重知识的，他买了很多书供女儿婉如阅读。他对"整瓶不摇半瓶摇"，"酒要一壶乎？两壶乎？"的假斯文非常瞧不起。厌恶情绪甚至到要对假斯文饱以老拳程度。尽管他学问不大，他对于学塾中某些教育内容却颇有独到见解。淑士国学塾先生教学童对对子，先生出"云中雁"，学童对"水上鸥""水底鱼"。他认为学童所对和"云中雁"在内容上并无"瓜葛"，他对了"鸟枪打"，解释说："一抬头看见云中雁，随即就用鸟枪打。"初学对对子只求上下联字面对称，不顾上下联内容的关系，确被他言中了。对"鸟打枪"虽字面不对称，在内容上上下联还是构成完整意思。

他是一个性喜诙谐、富有风趣的人。白民国私塾先生问他，唐敖是否不知文墨。林之洋说："他自幼读书，曾中探花，怎么不知！"这句话把在黑齿国受黑女问难，吓得如惊弓之鸟的唐敖，又吓得顿足不迭。可是林之洋接着说："俺对先生实说罢！他知是知的，自从得了功名，就把书籍撇在九霄云外。幼年读的《左传》右传、《公羊》母羊，还有平日做的打油诗、放屁诗，零零碎碎，一总都就了饭吃了。"这番话又给唐敖解了围，转危为安。与此类似有风趣的话，还有很多。这些地方，显示出林之洋比其他人物更富有个性。

他年纪四十多岁，皮肤白皙，在厌火国胡须被烧掉，显得年轻可爱，被女儿国国王看中，强纳宫中，经过上妆、穿耳、缠足、打肉、倒挂的折磨，他已经变成面似桃花、腰如弱柳、眼含秋水、眉似远山、金莲乍小的"美妇人"。经过这番折磨，按理林之洋在妇女受压迫问题上应有所觉醒，至少因身受其苦，应痛恨缠足；可是并未如此。当阴若花恳求他携带去天朝时，他说："俺们家乡风俗与女儿国不同，若到天朝，须换女装。小国王作男子惯了，怎能改得，就是梳头、裹脚也不容易。"阴若花表示"情愿更改"，他才答应。

林之洋身受求生不能求死不得的极大痛苦，竟然未能吸取教训，有所醒悟。作者如此描写，极不合逻辑。

在林之洋被纳为贵妃过程中，作者有意表现他能闯过酒、色、财、气四关。逃出女儿国后，林之洋进行自我评价，认为自己嗜酒如命，可是进宫之日，恐酒误事，吃了两杯，遂即装醉，涓滴不入；面对国王花容月貌，认作是害命钢刀，能柳下惠坐怀不乱，抑制了情欲；把国王赐给的大量珠宝金钱视如粪土，控制了金钱欲；经受形体上折磨、精神上凌辱，都能够忍耐，坚持到死里逃生。林之洋这些自我解释，带有作者借人物之口进行说教的性质，并不动人，只能说明他是一个正人君子。

有人说作者对林之洋极尽讽刺能事，通过上述分析可知，林之洋仍是作者所肯定的正面人物，而不是尽情鞭挞的反面人物。

有人说："林之洋有'易装癖'，属于一种变态心理病。患者以穿异性衣服得到性的满足，尤其喜欢选取紧身衣和绑得发痛的腰带。易装癖常有同性恋倾向。男性易装癖，行为趋近女性化。他自觉是个女性，故爱作女性装扮。林之洋改扮女装的案例，显然出自'易装癖'的心理。林之洋平白受罪，逆来顺受，甘受虐待，这个红妆粉郎是个强烈的'易装癖'患者。缠足、丽服是紧身装束，穿耳、缠足皆有变相的刺激快感。林之洋的怪态，暴露人类变态心理。"这番奇谈怪论，实在可笑。持这种论点的人，把一些变态心理学的一些知识，强加在林之洋身上。生活中确有"易装癖"的人，但书中的林之洋却和有"易装癖"的人风马牛不相及。当他被换上妇人丽服时，莫名其妙，不知为什么要把他打扮成妇人，只是发愣，何尝有性的满足？当他的脚被缠得痛苦万分，放声大哭时，何尝有快感？这种不正视林之洋并非自愿易装的客观事实，硬给林之洋贴上有"易装癖"的标签的主观主义分析法，显然是没有说服力的。

2. 作者的才学和作品的艺术

《镜花缘》的特点之一，就是作者在通过塑造人物、创造故事情节，反映现实之外，另有一个鲜明的目的，就是有意地借人物之口，展示自己，才学的丰富。基于这一特点，鲁迅把《镜花缘》列入"以小说见才学者"一类。作者在《镜花缘》第二十三回写到唐敖、林之洋、多九公游历淑士国，借林之洋之口吹嘘自己在《镜花缘》中所展示的这方面特长。林之洋说：

名家解读古典名著
世情讽喻小说（上）

　　这部《少子》乃圣朝太平之世出的，是俺天朝读书人做的——这人就是老子后裔。老子做的是《道德经》，讲的都是玄虚奥妙，他这《少子》虽以游戏为事，却暗寓劝善之意，不外"风人之旨"。上面载着诸子百家、人物花鸟、书画琴棋、医卜星相、音韵算法，无一不备；还有各样灯谜、诸般酒令，以及双陆、马吊、射鹄、蹴球、斗草、投壶，各种百戏之类，件件都可解得睡魔，也可令人喷饭。

　　林之洋所说的老子后裔就是李汝珍，所说的《少子》，就是李汝珍在《镜花缘》所记述的这些知识学问。鲁迅概括为"盖以为学术之汇流，文艺之列肆，亦与《万宝全书》相邻比矣！"可以说概括得十分准确。《万宝全书》是各种生活常识的汇编，在《镜花缘》中确实可以找到很多治病的药方和文艺活动的种种方法等等。在全书一百回中，将近一半是这些内容，特别在五十二回以后尤为突出。鲁迅说"论学说艺，数典谈经，连篇累牍而不能自已"。

　　如此连篇累牍地载述一些知识学问，有何利弊呢？

　　其中保留了一些久已失传的文艺活动知识，如双陆、马吊，使读者增广了见闻。有的知识可能至今仍有实用价值，如前文谈到的蒋瑞藻《小说考证续编》引《冷庐杂识》所载治疗烫火伤的偏方。有的知识可以启发读者心智。书中写了很多灯谜，对丰富读者知识、活跃读者联想力，都有一定作用。

　　书中写了多种多样的文娱活动，这些文娱活动都是健康有益的。结合文芸等攻破酒色财气四关，主张抑制人们有害的贪欲来看，作者有意提倡用正当娱乐取代有害的欲求。这种倡导具有积极意义。

　　但是这些知识学问在小说中泛滥成灾，就成为最大弊端。《红楼梦》也有谈诗论画，说乐理讲脉象，乃至药方等描写，但给读者的感觉和《镜花缘》大不相同。《镜花缘》中这些知识学问，不但不能解人睡魔，令人喷饭，反而使人感到作者借人物之口，卖弄知识学问，刺刺不休，枯燥无味，令人不肯卒读，昏昏欲睡。

　　造成如此不良后果的根本原因，是李汝珍没有充分意识到小说的特征是以塑造生动活泼、富有个性的人物形象，创造新奇动人、富有悬念的故事情节，反映社会矛盾为主；人物的知识学问只是表现人物思想性格的手段，而不是以人物为传声筒，把人物当作传播知识学问的手段。李汝珍一心想要表现自己多才多艺，让才女们一个接一个讲经书，谈历史，论音韵，说文艺。这些知识学问只能说明某一才女的知识专长，和反映这一才女对社会矛盾的看法，乃至个性特征毫无关系。这些知识学问覆盖在人物情节之上，淹没了小说的特征，形成贩卖各种知识学问的杂货铺，正如鲁迅所说"学术之汇流，文艺之列肆"。怎能唤起读者阅读兴趣呢？所以凡读《镜花缘》的人，往往读到五十回后，就搁置一旁。刘大杰在《中国文学发展史》中说："《镜花缘》实在是一部没有多大文学价值的书。"在很大程度上是指这一弊端而言，不过却把此书理想国题材的创造性、进步思想的特殊性过分贬低了。鲁迅把《镜花缘》归入"以小说见才学者"之类，也是根据这一内容上缺点划分的，无疑如此归类大大地降低了《镜花缘》的价值，只看到缺点，对长处估计不足。应该说《镜花缘》瑕瑜互见，而且瑕不掩瑜，仍不失为杰出之作。

3. 在小说史上的地位

如果仅从小说的艺术性来评价《镜花缘》，自然在清代它难以与《聊斋志异》《儒林外史》《红楼梦》相颉颃，"学术之汇流，文艺之列肆"，人物塑造的概念化倾向，严重损害了它的艺术价值。但是文学作品都是一定时代的产物，假若从它能反映时代的现实，提出前人所未能提出的问题，表达了超越前人的进步的观点认识，多角度地考虑它的艺术性，就确定了它的在文学史上不可动摇的地位。

李汝珍身历乾隆、嘉庆、道光三朝，正是清代由乾隆盛世向嘉道衰世过渡的转折期，也是王聪儿领导的川陕楚农民大起义、林清起义引起的社会大动荡时期，更是中国封建制度腐败到十分严重时期。在这样时期里，虽然很多士大夫文人仍然浑浑噩噩地过日子，但也有极少数头脑开始清醒的士大夫文人锐敏地观察到政权的危机、社会的危机。生活在这个时代里的著名思想家、文学家洪亮吉就是其中之一。可是，他在给嘉庆皇帝所上条陈中，揭露时政中种种弊端，有指责皇帝"视朝稍晏，小人荧惑"等语，戳了皇帝老子的肺管子，被发配到伊犁。由此可见，乾隆时代文字狱之风尚未平息，敢于揭露时弊的能有几人？在这样政治高压下，李汝珍的《镜花缘》像巨石下的一株劲草，尽管它生长得扭曲，终究是出现在荒漠中难得的新绿。无论在思想内容还是艺术形式上都有特异之处，有超越前人和同时代作家的地方。

《镜花缘》思想内容的特点之一，是它直接指斥了封建君主为自己一时耳目之娱，违反自然规律，倒行逆施；为个人淫乐，强掠民妇，不恤民隐。虽然这一指斥是借武则天和女儿国王表现出来的，涂上了历史的幻境的油彩，掩盖了庐山真面目，防止文字狱的文网，但是有心人还是可以看出所影射比

名家解读古典名著
世情讽喻小说（上）

附的是当今皇帝的倒行逆施，不恤民隐。狡黠的官吏如果举报当今万岁，《镜花缘》中描写的女儿国水患，是影射嘉庆皇帝不关心发生在河南的水灾，纵使李汝珍满身是口，也难辩清。而在《聊斋志异》《儒林外史》《红楼梦》这样伟大的作品中，直接指斥帝王到谬天而行程度的描写是没有的。

思想内容特点之二，是它赞扬了人民群众团结起来，不畏暴力镇压，迫使帝王收敛淫欲，顺从民意的强大力量。女儿国数万百姓，先包围国舅府，后包围皇家宫阙，面对十万大军，枪炮声震得地动山摇的威胁，绝不后退，最终取得胜利。如此煽动"民变"的描写，在《聊斋志异》《儒林外史》红楼梦》哪一部中能找得出来呢？

思想内容特点之三，是它从崭新角度，多方面提出妇女问题，而且阐明解决办法。《镜花缘》开篇伊始，声明书中所写女性都是恪守曹大家《女诫》中妇德、妇言、妇容、妇功四行的，而在实际描写中放在突出地位上的，却是四行中所没有的而百名才女所共有的"妇才"。

几千年来，封建势力从来不承认妇女有才智，发挥她们的才智，当然更不会认同妇女有和男人同等才智。《红楼梦》虽然写了一些有才华的女性，曹雪芹还未能自觉地把妇女的才华当作一个社会问题提出来。《镜花缘》如异军突起，不仅写百名才女各有才华，而且强调有的才女的才识胜过探花，如此为广大妇女张目的描写，是前所未有的。《镜花缘》提出的另一个问题是妇女应和男人一样有资格参加国家考试，获得各等荣誉。女性是男子的附庸，妇女只能做老死户牖的家庭主妇，只有夫贵才有妻荣，这些在千百年来的封建社会里一直是天经地义。《镜花缘》竟然提倡妇女走出家门，参与女试，为丈夫尊亲赢得荣誉，这在中国古代思想史上是破题儿第一遭，也是在以描写科举制度著称的《儒林外史》中遍寻不得的。

妇女缠足在中国盛行了近千年，人们把这种"酷刑"当作理所当然，司空见惯。蒲松龄、吴敬梓、曹雪芹这样目光锐敏的作家也熟视无睹。《镜花缘》第一个以喜笑怒骂方式，揭露这种残忍行为，迥非以前名篇巨著所能及。过去描写妇女的小说，多数写她们生活在爱情、婚姻、家庭狭隘的天地里，思想性格不脱脂粉气，甚至反映淫乱的生活。《镜花缘》能跳出传统小说的窠臼，独辟蹊径，让妇女走出狭隘的生活圈子上山射虎，下海捉蛤，海外传艺，说古论今，问难学者，题名金榜，执掌政权；百名才女中无一人是情思绵绵、伤春悲秋的人物，都是坦直、亢爽的新型女性；全书无一处围绕女性的淫秽描写，如此净化在明清说部中也是不可多得的。

思想内容特点之四，它集中地反映了歪风陋俗，人情世态。在清代著名小说中不乏关于社会风习、世态人情的描写，《镜花缘》的特异之处在于关于社会风习人情世态的描写，较比前人触及面更广阔，反映得更集中，而且描绘了理想中的风习—如君子国的好让不争，更为罕见。

从作者创作才思和艺术效果上看，也有两点值得称道之处：

其一，作者想象力异常丰富，具有鲜明的独创性。《镜花缘》和《封神演义》《西游记》超现实幻境描写大不相同，它写武则天颁恩诏开女试是凭想象虚构的，写天堂里百花仙子和嫦娥、风姨的矛盾更是想象中产物，写唐遨等游历海外三十几个国家，虽在一定程度参照《山海经》《博物志》《神异经》等书中神话故事，但凭借想象赋予那些国度里光怪陆离的形象以人的品格。总之，《镜花缘》中幻想事物的取材，不是因袭前人，都是出自作者的苦思冥想。形象的众多，情节的繁缛，反映了作者想象力的丰富，特别是在虚构的境界和形象上体现作者的理想，更说明作者的超凡才力。

其二，《镜花缘》诙谐而讽刺的艺术风格，具有特殊艺术魅力。蒋瑞藻《小说考证》引《负暄絮语》评论说："《镜花缘》文笔视《红楼》《水浒》良有不逮，然而诙谐间作，谈言微中，独具察世只眼，似较他书为胜。"这一评论是切合实际的。

以林之洋在女儿国缠足为例，一个四十多岁中年汉子，竟被加上妇女丽服，涂脂抹粉，不男不女，令人感到滑稽突涕，穿耳缠足时林之洋像杀猪一般叫喊，那般狼狈相，更令人捧腹大笑。这些违反生活常态的描写，极尽诙谐之能事；但是作者在诱发读者狂笑之余，还启发读者考虑一个壮汉尚且如此，对少女来说穿耳缠足是不是苦难？视金莲为美对不对？为什么男人没有这种苦难？男人对女性缠足应持什么态度？这是一种幽默性讽刺，讽刺的对象不仅是林之洋，而是把矛头指向视金莲为美和见少女缠足之苦无动于衷的所有男人，而且讽刺的内涵十分深刻。这种幽默性讽刺在《儒林外史》中也不多见。范进中举后发疯，只能令人感到意外和可怜，并不令读者感到可笑；严监生死前总不断气，还伸着两个指头，只能让读者从迷惑不解到恍然大悟，也难使人发笑，这些讽刺都不具有幽默性质。唯有《镜花缘》有此独具匠心的描写，收到异乎寻常的富有风趣的讽刺效果。在《镜花缘》中还有不少类似的幽默性讽刺，如卢紫萱用反切语"吴郡大老倚间满盈"嘲笑唐敖等是"盲人"；大盗夫人拷扛想纳妾的大盗那场令人忍俊不禁的生动场面；淑士国酒楼上酒保和林之洋的对话等。至于其他富有风趣的描写，随处可见，这里不再一一赘述了。

以上所举思想内容，作者才思和艺术风格方面的卓越成就，不过是荦荦大端，尚未能尽述；不过，仅以此为据，《镜花缘》虽不能和伟大的作品相媲美，但它在中国文学史上应拥有辉煌的杰出的地位，是毋庸置疑的。

4. 一个特殊的问题

最后，谈一个特殊的问题——《镜花缘》是否影射反满思想问题。

李辰冬在《镜花缘的价值》一文中，曾经提出"假设《镜花缘》是一部民族意识极强烈的作品"，可是看遍他的全文，无一处明确提到究竟是哪一个民族的民族意识。他举出有民族意识的佐证：一是唐敖求取功名，是为了反对伪周，恢复唐室，给女儿取名闺臣，以示不忘唐朝。二是李汝珍是"在不得意后，来写《镜花缘》，唐敖不成问题是李汝珍的自写"。三是清代"不许文人谈国家大事，又大兴文字之狱，文人不敢再谈政治了，只有谈女人和鬼怪。考证训诂风气的形成，实由民族意识而起"，"李汝珍处在这种民族意识强烈的环境下，自然也就受到了影响"。四是唐闺臣"对尘世的荣华富贵，丝毫没有沾染，科举毕，马上就遄返蓬莱"，"不失本性"足证她有民族气节。五是百草仙子看了百兽群舞后说"百花姐姐不屑与鸟兽同群了"，反映了百花仙子的气节。六是众才女有的隐退，有的参加勤王事业，有的做了官，也是做外国官。根据李辰冬所提这六点佐证加以推测，似指反对满族压迫的汉族的民族意识。

尤信雄的《〈镜花缘〉的主旨及其成就》一文认为，"李辰冬先生《〈镜花缘〉的价值》则颇具卓识，以为《镜花缘》的宗旨是在'表现民族气节'，此说庶几近之；可惜没有进一步分析探讨。其实本书的真正的主旨所在，第二层面的主旨，乃借武则天和诸才女故事中之'恢复唐室'，以暗讽满清之入僭中原，高压统治，亦当有仁人志士，起而推翻此'伪朝'和暴政；但这在当时是说不得的。因为文人惧于文字之祸，故只好借古讽今。这绝非是个人的臆测或穿凿附会。"

尤信雄认为有反满思想的根据是什么呢？主要有三点："一是他认为泣红亭主人所说'穷探野史，尝有所见'是'消息关键之所在'。盖作者此语正是针对当时文士避祸讳谈史事之弊加以微讽，唤醒大众不要忘记历史的提示和教训。而李汝珍之'所见'，就是历史上仁人志士推翻伪朝和暴政的贞烈史迹。"于是，作者借武氏僭号，"诸义士'恢复唐室'的一段历史，诸才女故事，暗中提醒被压迫的文人，效法徐敬业等人的义举，起而推翻满清暴政。"二是泣红亭主人又说："谢文锦后，承之以师兰言、陈淑媛、白丽娟也。""就谐音而言，陈淑媛谐音'陈宿怨'、白丽娟谐音'白里观（见）'；意谓'所叙述者皆在清人高压统治下长久累积之苦闷怨恨，唯难于明言，故表白当于文之隐微深处见其真意'。"三是《镜花缘》结尾说："而编出这《镜花缘》一百回，仅得其事之半"，至于另一半则是"有待于有只的仁人义士，推翻满清暴政恢复汉民族的历史正统，始克完成之"。

李、尤二位所举出的各点能否证明《镜花缘》里有反满的民族思想呢？不足为证。因为：

其一，唐敖反对的伪周不是异族建立的政权，而是同族篡夺的政权，唐敖反对武氏，是维护李唐正统，反映的是正统观念，难说是反满的民族意识。

其二，作品中人物身上寄托着作者思想这是必然的，如果说唐敖是作者自写，并不符合实际。李汝珍既没考取过探花，参与过任何反对国家政权的武装斗争，更没到海外隐遁。即使唐敖就是李汝珍的化身，但唐敖并无反对异族统治思想，李汝珍也不会有反满意识。

其三，文字狱迫使文人不敢谈政治，这是事实。但是这一客观原因，并不能决定所有文人都有反满思想。写小说谈女人和鬼怪的，其中可能有反满思想，也可能没有。《镜花缘》中还看不出有反满思想的蛛丝马迹。清代考证训诂风气的形成，确是清廷对文人实行高压政策的结果。但是这是文人逃避迫害，希求寻找精神寄托的怯懦表现，而不是借从事考证训诂积极表现反满复汉意识。著名的考据家戴震，曾经在《孟子字义疏证·理》中，猛烈抨击统治者"以（天）理杀人"，反对封建意识束缚的民主思想可谓强烈，可是并没流露出反满思想。把逃避现实的考据训诂之风，说成是由民族意识而起，完全是曲解。

其四，唐闺臣厌弃荣华富贵，不失本性，返回蓬莱，是因为她对自己前身是百花仙子，"若悟若迷"，在一定程度意识到自己是神仙，应归仙境。唐闺臣前身百花仙子在获知将受贬谪后，曾说："今我既已失信，将来自然要受一番轮回之苦。只要你家仙姑留神，看我在那红尘中有无根基，可能不失本性？日后缘满，还是另须苦修，方能返本，还是刚弃红尘，就能还原。到了那时，才知我的道行并非浅薄之辈哩！"从这段话来看，百花仙子的本性是不受红尘羁绊的神仙性，丝毫看不出她的本性就是民族气节。

其五，百花仙子宁肯与"草木并腐，不屑与鸟兽同群"，只能说明百花仙子认为鸟兽在瑶池之歌舞并不美，自视甚高而已，并无民族气节可言。如把鸟兽理解为满族统治势力，百花仙子将下凡时，百兽、百鸟大仙来送行，并赠给百花仙子灵芝，百花仙子道谢拜领，这一描写难道不是可以理解为百花仙子（或唐闺臣）丧失民族气节，接受和感谢满族统治势利的馈赠吗？

其六，众才子没有一个人在武氏政权中做官，这并不能说明百名才女不愿为清廷效劳。作者写才女们中试后分赴各地，无一人表示武则天是异族统治者，拒绝为她驱使。李辰冬认为她们在这一点上有民族气节，实无任何根据。

其七，根据泣红亭主人说"穷探野史，尝有所见"，就推测出号召被压迫文人，效法徐敬业等反武，起来推翻满清暴政，这纯属臆测。如果按照这种深层推测法，也可做出这样分析：应该对唐王朝忠心耿耿，积极参加反武战争的唐闺臣，竟然没参加，反而走向小蓬莱，作者如此处理这个人物，是引导文人不要参加反满斗争。作者既号召文人反清，又引导人们逃避反清，显然这是难以解释的矛盾。

其八，即使陈淑媛谐音"陈宿怨"、白丽娟谐音"白里观（见）"有可能，但是宿怨也未必是仇视清廷的汉族文人的积怨，如此分析实属牵强附会。

其九，从此书结尾说的"仅得其事之半"，推测出作者的意思是下一半该是现实生活中仁人义士推翻满清。这是不顾上下文的荒诞解释。原来文字是说李汝珍"编出《镜花缘》一百回，而仅得其事之半"，接着又说"其友方抱幽忧之疾，读之而解颐，而喷饭，宿疾顿愈。因说道：'子之性既懒而笔又迟，欲脱全稿，不卜何时，何不以此一百回先付梨枣，再撰续编，使四海知音以先睹其半为快耶，"根据这段完整文字看，明明说的是全书已经完成和计划完成的规模和付梓先后问题。"再撰续篇"怎能有号召文人采取反满行动之意呢？如此穿凿，毫无说服力。

总之，李、尤两位学者和蔡元培《石头记索隐》认为《红楼梦》宣传反满的民族主义思想一样，探隐索微的结果，走上牵强附会的邪路。

三 李汝珍其人

评论一部文学作品，离不开作品产生的那个时代，也离不开作者的身世、经历和思想感情。《镜花缘》思想艺术的得失，和李汝珍其人有着密切联系的——这里略述作者的生平。

(一) 多才多艺多坎坷

《镜花缘》的作者是李汝珍。这已为学术界所公认。可是，在江苏海州一带民间，传说这部小说是许乔林或其弟许桂林所作，有的学者支持此说。孙佳讯有《〈镜花缘〉公案辨疑》一书，详细论证了作者确是李汝珍。由于李汝珍和明代伟大的医学家李时珍名字仅有一字之差，知识贫乏的人往往不辨黄瓜与丝瓜，把二人误认为一个人，竟以为《镜花缘》作者是李时珍。

李汝珍，字松石，大约生于清乾隆二十八年（1763年），卒于道光十年（1830年），享年六十多岁。原籍是直隶大兴（今北京市）人。家无恒产，是个普通城市居民家庭。弟兄三人，兄名汝璜，字佛云，监生，弟名汝琮，字宗宝。

李汝珍自幼就非常聪颖，喜欢读书，什么书都涉猎，唯独不喜欢八股文章，讨厌科举。胡适《镜花缘引论》里说"他大概是一个秀才"。这是推测之词。尤信雄《镜花缘考证》说"他在科举功名上非常不得意，只是一个穷秀才，而老于诸生"。认定他中过秀才，其实并无根据。

乾隆四十七年（1782年）秋，李汝珍哥哥李汝璜从大兴移家到海州板浦。海州在江苏东北部，又叫东海，板浦是海州城东南的一个镇。李汝珍随家到了板浦。第二年，李汝璜担任板浦场盐课司大使——这是佐杂之类小官。李汝璜任此职务直到嘉庆四年（1799年），长达十六年之久。嘉庆六年（1801年），他调任淮南草堰场大使，前后住在板浦共二十年。李汝珍一直和哥哥一起住在板浦。

在此期间，著名的声韵学家凌廷堪，应李汝璜聘请，教家中子弟。李汝珍成了凌廷堪的受业弟子，他曾说"受益极多"。李汝珍前妻死后，续娶的是板浦许氏。许氏本家弟弟许乔林、许桂林和李汝珍过从甚密，既是亲戚又是研究学问的好友。李汝珍在他的《李氏音鉴》中说："月南（许桂林字）为珍内弟，撰《说音》一编；珍于南音之辨，得月南之益多矣！"

嘉庆六年（1801年），不知由谁举荐，李汝珍到河南东部某县做负责治水的县丞。当时正是川、陕、楚、豫四省白莲教起义的时期，也是黄河在邵家坝决口之际，这对李汝珍不能没有影响。在《镜花缘》中唐敖谈女儿国治河等描写，就反映了李汝珍在河南的见闻和治河经验。

名家解读古典名著
世情讽喻小说（上）

嘉庆九年（1804年），李汝珍从河南回到海州，后来又到淮南草埝。嘉庆十年（1805年），他的《李氏音鉴》基本成书。友人石文煃在《音鉴序》中说："今松石行将官中州矣。"说他将要再度去河南做官，究竟他去了没去，研究者说法不一，至于做什么官更无可查考。嘉庆十年以后，他仍可能客居在淮南淮北一带。

嘉庆十九年（1814年），李汝珍住在海州，此后直到道光十年（1830年）老死异乡这十六年间，他的行踪便无人知晓了。

李汝珍的晚年相当贫困，孙吉昌在他的《镜花缘》卷首题词里说他"形骸将就衰。耕无负郭田，老大仍驱饥。可怜十数载，笔砚空相随……穷愁始著书，其志良足悲"。

李汝珍是个爽直坦荡的人，并且善饮。石文煃在《音鉴序》中说他"忼爽遇物，肝胆照人，……花间月下，对酒征歌，兴至则一饮百觥，挥霍如志。"有这样性格和嗜好的人，当小官很容易触怒上司，所以许乔林在《送李松石县丞汝珍之官河南》一诗中曾告诫他说："吾子经世才，及时思自见（表现才能）。熟读河渠书，古方（治河之术）用宜善。下僚谈大计，侵官（侵犯上司的职权）亦近擅（擅自专权）。且须听堂鼓（古代官衙中公堂，用击鼓作为集散的号令，这里比喻上司的意见），循分（遵守下僚的本分）逐曹掾（追随属官之后）。"许乔林既希望李汝珍展示才华，又担心他为人坦直，固执己见，被上司认为侵官擅权。李汝珍不做县丞，是否是这个缘故，不得而知。

李汝珍是个于学无所不窥，博学多识的人。许乔林在《镜花缘序》里说他"枕经葄史（睡觉仍枕着经史书），子秀集华，兼贯九流，旁涉百戏，聪明绝世，异境天开。"石文煃《音鉴序》说他"平生工篆隶，猎图史，旁及星卜奕戏诸事，靡不触手成趣。"余集的《音鉴序》里也说他的学问"旁及杂流，如壬遁、星卜、象纬、篆隶之类，靡不日涉博其趣，而于音韵之学尤能穷源索隐，心领神悟。"

李汝珍生前好友有许乔林、许桂林、萧荣修、孙吉昌、吴振勃、陈云、陈铨、徐鉴、徐延和、沈桔夫、石文煃等人，他们多是当时的知名学者，有的还是杰出的声韵学专家。

李汝珍的著作，存留于世的有小说《镜花缘》、声韵学著作《李氏音鉴》（附《字母五声图》）、围棋谱《受子谱》。他还写了《广方言》一书，可惜没有写完，至于其他诗文多已散失。

解读《镜花缘》

据孙佳讯的考证，李汝珍在壮年三十五岁左右就开始了《镜花缘》的写作。胡适认为此书是李汝珍晚年作品是不正确的，他接受了孙佳讯的见解。嘉庆二十二年（1817年），《镜花缘》经过三易其稿，最后定稿成书。这时李汝珍在五十五岁上下。嘉庆二十三年（1818年）最早刊行的《镜花缘》，是李汝珍亲自到苏州监刻的。李汝珍原计划《镜花缘》写二百回，刊行的仅百回，可能未来得及写，他就死了。

据孙佳讯介绍，《镜花缘》的创作和李汝珍在板浦的生活有密切关系。李汝珍舅兄许某（现代人许绍蘧的高祖）有《案头随录》一书，其中颇有一些与《镜花缘》有关的内容。许某是个鹾商，有两只海船，常常出海做生意，他在《随录》中不止一次记李汝珍随着许某出海飘洋，谈天说地，讲些怪事奇闻，商讨编部书出来。《随录》中所录下来的游戏文章，有不少和《镜花缘》相同。还记载李汝珍和舅兄许某同游云台山。南云台山东磊，延福观东侧岩壁下有石刻"小蓬莱"三个篆字，和《镜花缘》中小蓬莱不无因缘。孙佳讯认为："《镜花缘》中的唐敖，有些地方是作者自况。第七回说唐敖妻子久已去世，继娶林氏，近似作者前妻去世，继娶许氏。海州现在有人认为，林之洋是唐敖的舅兄，影射许乔林、桂林为李汝珍的舅兄，当然不足信；如他的舅兄名许×林，《镜花缘》中倒林为姓，以此影射，虽扑朔迷离，尚略可辨识。"